세상을
돌고 돌아보면

세상을
돌고
돌아보면

김영호 지음

매일경제신문사

어떤 삶이 잘 산 삶일까?

100세 세상이다. 의학과 과학의 발달로 인해 인간의 수명이 점점 길어지고 있다. 하지만 지금도 '100세 시대'의 도래는 축복이 아닌 저주라고 이야기하는 사람이 적지 않다. 노후에 찾아오는 가난과 고독, 나아가 치매로 인생의 마지막 몇 년 또는 몇십 년간을 살아야 한다면 이것은 저주가 아닌가? 내가 볼 때는 생명 연장에 필요한 약을 개발하기보다는 남은 인생을 풍요롭게 살아가도록 도움을 주는 치매 예방 같은 약을 만들어주는 연구가 더 필요해 보인다.

생로병사

태어나 늙고, 병들어 죽는 것은 인간이면 누구나 피할 수 없는 것들이다. 그런데도 사람들은 장수를 목표로 살아간다. 얼마나 길게 살아야 할까?

어느 미국 학자에 의하면 노화는 치료 가능한 질병이며, 150세까지 살 수 있다고 한다. 그렇지만 인간이 150세까지 살면 무엇을 하면서 시간을 보내야 할까? 무엇을 하면서 살아야 잘 살았다고 할까?

우리가 원하는 노년의 삶은 단순하다. 선배들이 겪었던 노년의 삶보다 좀 더 활동적이고, 건강하며, 행복한 삶을 더 오래도록 누리다가 준비가 됐을 때, 빠르고 고통 없이 죽음을 맞이하고 싶은 것이다.

사람은 죽음이 임박해 자신의 삶을 돌아보게 된다. 그런데 전 세계 모든 사람이 임종이 가까워지면 공통으로 갖게 되는 회한들이 있다. 우리나라뿐만 아니라 선진국 노인들도 한결같이 죽음이 다가오면 후회하는 일들이 거의 비슷하다.

어떤 삶이 잘 산 삶일까?

다음은 내가 만 60세이지만 거의 100세를 산 것과 비슷하다고 주장하는 이유다.

첫째, 나는 지금까지 30여 년간 42개국, 94개 도시를 찾아가서 열심히 도시 트렌드를 연구하면서 여러 나라의 다양한 사람들이 사는 이야기를 누구보다 많이 들었다.

둘째, 나는 지금까지 유통 관련 모든 업태(오프라인 및 온라인)에서 실무자, 관련자로 일해 현장 경험이 풍부하다. 여러 사업을 진행하면서 만난 다양한 업종, 수많은 사람의 이야기가 풍부하다.

마지막으로, 개인사업을 하면서 새로 기획한 업무를 위해 많은 업종의 수많은 사람과 만나 논의하고 토론했던 경험이 있다. 최근 4년간 대한민국 경영 분야 저자 150여 명과 접촉한 경험도 있어 다양한 분야 사람들의 살아가는 이야기가 많다.

그래서 다른 사람의 입을 통해 알게 된 간접적 내용의 책, 또는 한 직종에서만 근무해 알게 된 편협한 인간관계에서 나온 내용과는 비교하지 말기 바란다.

이 책에서는 각자의 삶을 영위하면서 어디에 삶의 비중을 두고 살아야 할지, 어른이 된다는 의미는 무엇인지, 악연이 선연보다 많을 수 있다는 점, 우리는 어떤 존재로 삶에 자리매김해야 하는지, 마지막으로 우리네 생명은 자신의 의지와 상관없이 바뀔 수도 있다는 점 등을 주제로 삼았다.

이 콘텐츠가 당신의 삶에 나침반 같은 정보가 되길 바라는 마음으로 한 자, 한 자 적었다. 성실히 기술했으니 슬기로운 인생을 사는 법에 관한 콘텐츠를 즐기시길 바란다. 오래 살려고 노력하는 양(量)의 삶이 아닌, 제대로 존경받는 어른으로 나이 먹고 싶은 질(質)의 삶을 살고 싶은 분들을 위한 콘텐츠임을 밝혀둔다.

그리고 대한민국에 산업별, 분야별로 존경받는 어른이 참 많았으면 좋겠다는 마음으로 이 책을 집필했다. 공정한 세상, 함께하는 세상을 후손에게 물려주고 싶은 희망으로 이 책을 가슴으로 읽어주면 좋겠다.

고양시 화정동에서
유통9단 김영호

목차

3장. 세상에는 두 가지 인연(因緣)이 있다

4장. 존재 이유

5장. 생(生)과 사(死)는 손바닥 뒤집는 일

1장

뭣이 중헌디

오늘도 걱정으로
밤을 지새우는가?

60여 년을 살아보니 그동안 너무 많은 걱정과 미래에 대한 불안으로 점철된 삶을 살지 않았나 싶다. 이런 결론에 이른 이유는 중학교 2학년 때부터 현재까지 40여 년간 적어온 일기장 수십 권을 복기하듯 읽어 보니 그런 결론에 이르렀다. 그런데 이런 현상은 비단 나만의 개인적 경험은 아닐 것이다.

일기장 내용의 대부분은 미래에 대한 불안과 현실의 불안정함이 주요 키워드였다. 지금껏 다른 사람 앞에서 감춘 그 모든 걱정과 불안이 어느 정도 시간이 지나 나중에 보면 거의 다 쓸데없는 기우에 불과했다. 그런데 내 주변의 거의 모든 사람도 나와 비슷하다는 것이 신기하다.

왜 사람은 인생을 살면서 이런저런 고민하는 시간으로 밤잠을 설칠까? 해결방안도 없는데 다가올 미래를 염려하면서 보낸 시간을 모두 더한다면 얼마나 될까? 아마 오늘도 당신은 밤을 꼬박 새울지도 모른다. 잠 못 이루는 걱정과 불안의 요인은 각자 다르겠지만, 당신이 고민한다고 해결될 문제는 단 하나도 없다. 고민한다고 해결되지 않는다는 것을 알면서도 고민하는 자신이 싫은 적도 있을 것이다.

60여 년을 살아보니 다 부질없는 짓인 듯싶다. 다 필요 없는 노력인 도로(徒勞)다. 결론만 말한다면 현재의 그 많은 고민과 번민이 다 필요 없는 짓이다. 그런데 나는 당신이 고민하는 순간을 멈추게 하고 싶지는 않다. 왜냐고? 간단하다. 그런 고동의 시간이 있어야 더 성숙해질 테니 말이다. 인간은 고민하고 걱정하다 보면 성숙해지는 긍정적인 측면도 있기에 당신의 결론 없는 고민을 그대로 놔두고 싶다. 그렇다고 내일 일어나지도 않을 일을 미리 걱정할 필요까지는 없다. 그래서 기원전부터 지금까지 성인들이 '현실에 최선을 다하라'고 한결같이 충고하는 것이다. '카르페 디엠'이라고 말이다. 영화 〈죽은 시인의 사회〉에서 키팅 선생이 학생들에게 자주 이 말을 외치면서 더욱 유명해진 용어다.

하지만 만약 당신에게 걱정이 하나라도 있다면, 내가 지금 말하는 이 진실이 전혀 귀에 들어오지 않을 것이다. 나도 그랬으니까. 지금 와서 보면 쓴웃음만 나온다. 왜 그렇게 절대자에게 애원했는지 말이다. 무신론자를 제외하고 대부분의 사람은 절대자인 신에게 머리를 조아리고 애원한다. 자신의 소리가 반드시 절대자에게 들릴 것이라고 믿으면서 말이다. 물론 그렇다고 아무 일도 하지 않으면서 기원만 하지는 않을 것이다. 나는 최소한 할 수 있는 데까지 최선을 다하고 대천명(待天命)을 했다. 그런데 만약 그때로 되돌아갈 수만 있다면 다른 선택을 했을지도 모른다.

이번 책을 저술하기 위해 지난 수십 권의 일기장을 넘기노라니, 거의 사흘에 한 번꼴로 다양한 걱정이 일기 대부분을 차지했다. 걱정의 원인은 아주 간단했다. 결혼 전에는 연애와 취업 그리고 친구 관계, 이 세 가지가 걱정의 대부분이었다. 새로 사귄 여자친구와의 갈

등과 동창생들과의 불화, 그리고 취업에 성공했어도 가보지 않은 길에 대한 목마름 등이 있었다. 결혼 후에는 내 집 마련과 아이들 키우기, 그리고 직장에서 안 잘리고 승승장구하는 승진 등이 주된 고민거리였다.

50세를 넘어가니 대책 없는 노후 생활을 걱정하는 사람들이 많다. 60세를 넘어서면 아마 건강과 자식들 결혼문제, 여유로운 노후 생활자금 등이 아마 걱정되리라. 사람들은 나이별로 고민의 내용이 엇비슷하다. 하지만 동일한 고민을 잘 헤쳐 나온 사람이 있는가 하면, 반대로 그 고민에 매몰되어 헤어 나오지 못하는 사람도 있다. 그것도 다 개인마다 정해진 운명이고 역량이라 생각한다. 누가 옆에서 아무리 좋은 말을 해도 들리지 않는다.

혹자는 돈만 있으면 모든 게 해결된다고 말할지도 모른다. 반은 맞고 반은 틀린 답이다. 돈만 있으면 어느 정도 문제가 해결될지도 모르지만, 근본적인 해결은 되지 않는다. 바로 행복한 가정이 밑받침되지 않는다면 말이다. 아무리 몇십억 원, 몇백억 원 하는 펜트하우스에 살면 뭐하겠는가. 가족 구성원 모두가 따로국밥이라면 무슨 소용이 있겠는가! 행복한 가정은 항상 수신(修身) 후에 이뤄진다. 수신제가치국평천하(修身齊家治國平天下) 아닌가! 자기 자신도 제대로 관리 못 하면서 가정이 잘 돌아갈 것이라 믿는가? '평천하'는 하지 않아도 좋다. '치국'도 필요 없다. '제가(齊家)'만 잘되어도 좋겠다. 대한민국 가정이 모두 그랬으면 좋겠다. 큰 바람도 없다. 제발 행복한 가정이 대한민국 전체 가정의 60% 이상만 되면 좋겠다.

겉과 속이 다른 삶을 사는 사람들이 생각보다 참 많다. 나는 대한민국은 유교 때문에 발전하지 못했다고 믿는 사람이다. 대한민국이 이토록 유교를 추앙하는 이유는 자신의 더러움과 거짓을 막아줄 수 있는 유일한 방패막이기 때문이다. 그리고 한 가지 더! 제발 종교가 사람들에게 걱정을 안 끼쳤으면 한다. 종교가 대중을 걱정해야 하는데 대중이 종교를 걱정해야 하는가? 특히 일부 종교 지도자들의 위선과 무례한 행동거지, 기본적인 소양 부족, 그리고 종교 시설 세습 등은 대중을 기만하는 행위와 같다. 젊은 사람 중에 종교 믿기를 거부하는 인구가 점점 늘어나는 현상이 달리 발생한 것이 아니다.

다시 정리해본다. 우리는 매일매일 뭔가를 걱정하면서 하루를 살아간다. 하지만 우리가 걱정하는 모든 일은 나중에 보면 다 필요 없는 기우였다. 그러니 이제부터라도 두 다리를 쭉 뻗고, 머리를 맑게 하고, 그냥 잘 주무시기 바란다. 내가 걱정한다고 일이 해결된다면 그렇게 해도 되겠지만 말이다.

행복하게 잘 살려면
건강 관리는 기본이다

사람이 나이를 먹는 것은 자연스러운 현상이다. 당연히 모든 세포가 늙거나 죽어가는 중이다. 생로병사는 인간이 피할 수 없는 운명이다. 젊게 늙는다는 표현이 맞지는 않겠지만, 되도록 노화를 늦추면서 건강한 하루하루를 보내는 것이 내 목표다. 이 목표는 인간이면 누구나 갖는 목표다.

하지만 대부분의 사람은 연약하기에 여러 유혹에 넘어간다. 특히 술을 좋아하는 사람은 거의 매일 술자리를 만들려고 일부러 이벤트를 만들기도 한다. 최근 TV 또는 유튜브 등에서 먹방으로 유명한 분들이 참 많아 걱정이다. 가뜩이나 나이를 먹으면 저절로 살이 찔 수밖에 없는데, 계속 먹는 것을 즐긴다면 체중은 나날이 늘어날 수밖에 없다. 순간의 식욕으로 평생 병원에서 관리를 받아야 할지도 모른다.

그렇지만 인간은 아주 단순하다. 눈앞의 욕구를 좀처럼 떨치지 못하는 것이 인간이다. 눈앞에 보이는 달콤한 유혹에 금방 넘어간다. 하지만 이런 나약한 인간도 스스로 정한 목표대로 몸 관리도 하고 음식조절도 한다면, 건강한 신체와 건전한 사고를 지니면서 하루하루를 즐겁게 살아가리라 본다. 그러기 위해서 가장 중요한 것이 바로 운동과 섭식을 습관화하는 것이다. 습관만큼 인간을 유혹이나 이상한 욕구로부터 탈출하게 만드는 동인(動因)이 없다. 내가 운동을 습관화한 건전한 삶을 살아 보니 좋은 습관만큼 인생에 중요한 동인이 없다고 느낀다.

예를 들어 TV에 나오는 예능인 중에 운동과 음식조절을 습관화해서 롱런하는 분들이 몇 있다. 이분들은 항상 과하지 않게 음식을 섭취하고, 운동을 하며 몸과 마음을 단련한다. 그야말로 자기관리가 철저하다. 그래서 그런지 이런 좋은 습관을 지닌 연예인들은 풍파 많은 연예계에서 잘 생존하면서 높은 명성을 유지한다. 그리고 또 하나, 전 세계 유능한 지도자 중에 배가 불뚝 튀어나온 지도자를 본 적 있는가? TV 또는 대중연설에 나온 지도자나 예비지도자 중에 배가 많이 나온 사람이 있다면 다시 생각해봐야 할 것이다.

나는 45세였던 2006년 하반기부터 동네 헬스클럽에 등록해 거의 매일 건강 관리를 한 것이 15여 년이 흘렀다. 수영과 헬스를 하루 걸러 한 번씩 지속해서 운동한다. 주말에도 큰일이 없으면 헬스장을 향한다. 정말 습관이란 것이 무섭다. 하체 운동과 상체 운동, 마지막으로 등 근육 운동까지 하고 달리기로 마무리한다. 땀으로 범벅된 몸을 씻으면서 스스로가 정화되는 느낌을 받는다. 정말 너무너무 상쾌한 기분! 뱃살 없는 중년을 유지하기 위해, 나아가 거의 매일 앉아서 근무하는 사무직이기에 더더욱 신체 건강 관리가 첫 번째 관리요소다.

그리고 매일 아침 적어도 15분간 정도 아침 명상을 한다. 우선 머릿속을 비우는 작업을 하고, 욕심을 되도록 버리려고 노력한다. 하루를 시작하는 시간을 정결하고 깨끗한 몸과 마음 상태를 유지하면서 시작하려 노력한다. 이런 아침 명상을 매일 하다 보니 해외여행을 가더라도 일찍 기상해서 반드시 내면을 만나는 명상 시간을 꼭 갖도록 노력한다. 좋은 습관인 아침 명상은 사람을 깨끗한 사람, 정화된 사람으로 만들어준다.

금연과 금주는 필수다. 담배는 개인사업을 시작한 해부터 일절 끊어버렸기 때문에 담배에 대한 욕구는 없다. 그리고 술은 잘 마시지 않지만, 한 달에 1~2회 정도 가족 또는 친구들과 아주 가벼운 술자리를 갖는다. 어느 순간부터 주말에 가족들과 와인 한 병을 나눠 마시는 것이 좋다. 아예 술을 멀리하는 '금주'보다는 좋은 사람들과 술한 잔 정도 하며 좋은 분위기를 갖는 것은 인생을 사는 의미일 수도 있다.

행복하게 잘 살려면 건강 관리는 필수다. 아무리 억만금이 있고, 서울 강남에 빌딩 몇 채가 있으면 뭐 하겠는가! 이 좋은 습관을 여러분에게도 적극적으로 권하고 싶다.

나이가 들면
체력 관리는 당연하다

*

나는 담배를 피지 않는다. 담배는 일찍 배웠기 때문에 39세 때 완전히 끊었다. 사업을 막 시작하던 때였다. 14년간의 회사생활을 마치고 내 나름의 비즈니스 세계를 만들기 위해 출사표를 던진 해부터다. 그동안 얼굴도 본 적 없는 사주(社主)를 더 큰 부자로 만드는 일에 열정을 바쳤으니, 이제부터는 나를 부자로 만드는 일에 열정을 불사르기 위해 새로운 도전을 시작했다.

새로운 삶은 새로운 생활습관에서 나온다는 생각으로 변화를 시도했다. 즉 그동안의 생활습관 3가지를 바꿨다. 3가지를 바꾼 이유는 새로운 삶을 살겠다고 마음을 먹었으니 새로운 행동 양식을 갖추는 것이 정말 중요하다고 결심했기 때문이다.

가발 벗기 : 백화점 특판 팀장을 몇 년 하면서 외부 거래처에 영업하다 보니 외모에 어느 정도 관리가 필요했다. 그래서 머리가 없어 보이는 것보다는 아무래도 가발을 쓰면 젊어 보이고 활력 있어 보이니, 외모 관리를 위해 인조가발을 계속 착용했다. 그 가발을 과감히 벗어 던지고, 스포츠머리 형태인 지금의 머리 스타일로 전격 교체했다.

키높이 구두 버리기 : 마찬가지로 외부 영업을 하면서 관리를 위해 키높이 구두를 착용했지만, 개인사업은 있는 그대로의 내 모습을 보여주기로 작심했기 때문에 과감히 키높이 구두도 버렸다. 대신에 캐주얼 슈즈나 운동화로 대체했다.

정장 입지 않기 : 백화점을 다니던 시절에는 항상 정장과 넥타이를 착용해야 했지만, 개인사업을 하면서부터는 캐주얼하게 차려입으면서 정장은 옷장 깊숙이 들어가야 할 처지가 됐다. 넥타이를 맬 기회도 거의 없다.

1998년부터 앞의 3가지 생활습관을 유지하고 있는 중이다. 양복 정장과 구두는 아주 특별한 경우에만 착용한다. 그리고 외모 관리뿐만 아니라 내면의 관리를 제대로 하기 시작했다. 또한, 시간을 아주 많이 잡아먹는 스포츠인 '골프'도 멀리했다. 사실 골프의 기본기는 21세 때, 동네 골프 연습장에서 프로골퍼에게 3개월 배운 경험이 있지만, '골프'라는 운동은 한번 하게 되면 시간을 엄청나게 먹어 치우는 '타임 몬스터'이기에 멀리했다.

50세가 넘기 시작하면서 몸이 여기저기서 적신호를 보내기 시작했다. 집 근처에 있는 D대 병원을 지정해서 다니는데, 거의 모든 과를 다녔다. D대 병원의 VIP나 다름없었다.

그래서 아프다고 느껴지면 바로 병원에 가서 정확한 진단 받을 것을 권한다. 더 큰 병으로 발전하기 전에 싹을 없애 버려야 하고, 그동안 내가 잘못 생활해온 나쁜 습관을 고칠 수도 있으니 말이다.

50세에 들어서면 각자 나름대로 평상시의 운동습관 그리고 식습관을 수정해야만 한다. 우선 평상시 아침 운동을 하자. 돈 하나 안 들이고 아침 운동을 하는 방법으로 내가 애용하는 방법을 추천해드리려 한다. 40대 후반과 50대 초반에는 아파트 안에 있는 야외 농구장에서 혼자 열심히 농구를 연습했다. 약 40여 분간 하고 샤워 후 출근했다. 그런데 나이를 먹으니 무릎에 통증도 오고 해서 아침 운동방식을 수정했다. 즉, 내가 근무하는 오피스텔의 계단을 이용하는 계단 오르기 방식이다. 사무실이 있는 25층까지 걸어서 올라가는 식이다. 평상시 체력 관리 방법으로 가장 강력하게 추천하고 싶은 방식이다.

그런데 이 방식에도 문제점은 있다. 계단 중간중간에 담배 냄새가 남았을 때가 있다. 계단 중간중간에 오염된 공간을 지나쳐야 하는 슬픈 현실이 있기는 하다. 그리고 지금과 같은 코로나 시기에 마스크를 착용한 상태로 계단을 오르는 것은 상당히 힘들다. 그래서 요즘은 25층까지 올라가지 못하고 14층까지만 올라가는데, 중간중간에 잠시 쉬어 숨을 골라야 한다. 마스크를 한 상태로 계단을 오르는 일은 조심하면서 진행해야 한다는 유의사항은 있지만, 돈 하나 안 들이고 매일 등산하는 기분을 만끽할 수도 있고, 심폐기능과 다리 근육을 단련하는 데 아주 좋다.

여기에 식습관도 바꿔야 한다. 아침은 채식 위주로 식단을 바꾼다. 요플레와 바나나, 블루베리 등으로 간단히 식사하고 점심은 한식 또는 간편식 등으로 하고, 저녁 식사는 가족과 함께 오순도순 이야기하면서 한식 위주로 식사한다. 그리고 여기서 아주 중요한 금기사항이 있는데, 절대 밤 9시 이후에는 음식물 섭취를 하면 안 된다. 이것이 나의 50세 이후의 체력 관리 방식이다.

지금까지 무탈하게 잘 진행되고 있는데, 앞으로도 이같은 방식을 계속 유지하려 한다. 여러분도 본인만의 운동방식과 식습관을 만들어 건강한 일상생활을 유지하시길 바란다. 이것만이 젊게 늙어갈 수 있는 유일한 방법이다. 그리고 치매를 예방하는 지름길이다. 늙어서 치매라는 병에 걸리게 된다면 정말 슬프지 않겠는가!

가족들과 오랫동안 행복한 삶을 살다가 마감하고 싶다면 지금부터 몸과 마음을 건강하고 건전하게 만드는 일에 매일 매진해야 한다. 자식에게 많은 돈을 물려주지 못할망정 감당하기 힘든 병원비와 병원 수발을 남겨줘서는 안 되지 않겠는가!

정해진 틀에서 조금도 바꾸려 하지 않는 조직

우리 사회가 아직도 경직된 채 조금도 미래를 향해 발을 내딛지 못하는 이유는 무엇일까 생각해본다. 그 많은 자기계발, 자기관리 책과 콘텐츠가 넘치고 넘치는데도 불구하고 말이다. 그리고 매주 한 차례, 자신만이 믿는 종교장소를 찾아 회개하는 사람들이 그렇게 많음에도 불구하고 이 사회는 점점 퇴보하는 중이다. 무엇이 문제일까?

세상은 정말 빠르게 변해 가는데, 우리 주변에는 좀처럼 변하려 하지 않는 조직이 참 많다. 그중에도 단연 공직사회가 그렇다. 가장 불변의 조직은 검사와 판사가 주류를 이루는 '법조계'라고 판단한다. 그 이유는 나도 알고 당신도 알고 있는바, 아무리 대통령이 바뀌고, 세상이 바뀌어도 바뀌지 않을 것 같다.

공직사회가 이토록 철밥통 조직이 된 것은 정말 역사가 깊다. 해방 이후 이승만 정부부터 공무원 사회는 절대 먼저 나서는 경우가 없다. 그리고 실력 있는 사람을 중용시키겠다고 만든 개방형 선출방식 또한 말로만 진행된다. 그야말로 무늬만 개방형 선출직이라고 할 수 있다. 정권의 심복만이 공직의 수장이 될 수 있는 게 대한민국이다. 당연히 밑의 조직은 전혀 움직이지 않는다. 먼저 움직이다가 자기 목이 날아간 경우를 너무 많이 보았기 때문이다. 뭔가 혁신적인 업무를 기획했다가 잘못되면 모든 책임은 기획한 자에게 떨어지니까 누가 혁신적이고 획기적인 사업을 기획하겠는가!

우리나라 공직사회가 혁신을 입이 닳도록 부르짖지만 안 되는 이유는 무엇이겠는가. 2021년, LH 사태로 살짝 보게 된 공직사회의 비리는 비단 해당 조직만의 문제일까? 썩을 대로 썩은 대한민국의 공직사회에서 혁신을 외치는 것, 그 자체가 어불성설 아닐까. 혁신은 물론 전문성도 갖추지 못한 공직사회가 변해야 하는데 아직 방법이 없다. 한번 공무원이 되기만 하면, 정년 때까지 아무 일 없으면 무사히 퇴직해서 매월 나오는 연금 받으면서 노후를 보내려는 엘리트 젊은이가 많은 나라치고 발전하는 나라가 있겠는가? 무슨 희망이 있겠는가! 얼마나 취업하기 힘들면 거의 모든 젊은이가 공무원 시험에 혈안이 됐겠는가! 대부분의 국민들이 공감하는 내용이지만, 법조계만큼 변하지 않는 조직은 찾아보기 힘들 듯싶다. 아무리 개혁을 외치지만 대한민국 공무원 조직은 절대로 개혁할 마음이 없어 보인다.

몇 년 전, 공기업 최고경영자(CEO)를 세 번이나 지낸 전직 CEO가 공기업 비판서를 출간한 적이 있었다. 그는 29년간의 공직생활을 마감하고, 9년 동안 공기업 CEO로 재직했던 경험을 책에 녹여냈다. 그는 공무원을 '세발자전거를 타는 사람들'이라고 표현했다. 절대 넘어지지 않는 세발자전거는 안정적이지만 느린 특징을 지녔다. 사회가 혁신적으로 도전함으로써 발전하려면 빠르게 달리는 두발자전거 같은 조직이 되어야 하지만, 그 반대라는 것이다. 세발자전거만을 타는 사람이 많으니 당연히 그 조직은 정체되고 퇴보하는 것이다. 그리고 한마디를 덧붙인다. 공기업의 정체된 안정성은 정부 책임인데, 그 이유는 주인 없는 기업이기 때문이란다. 주인 없는 조직이어서 필연적으로 눈치 보기가 난무할 수밖에 없는 원천적 구조를 갖췄기에 그 속에 있는 공기업 직원만을 비판할 수 없다는 내용도 덧붙였다. 즉, 누가 공기업에 재직하든 현 상황은 변화가 없으며, 세발자전거를 많이 만들어낸 정부가 공직사회 정체의 책임을 져야 한다는 것이 그의 결론이었다.

인생 중 총 40여 년을 공직사회에서 겪은 경험을 정리한 이 책을 보면서 구조적 딜레마에 빠진 대한민국 공직사회는 하루빨리 지혜롭고 똑똑한 지도자가 나타나서 해체하고 다시 복원시켜야 할 조직임을 느낀다. 답답하겠지만 조금만 참아보자. 조만간 진정 현명한 최고 지도자가 나타나리라 희망 고문을 스스로 해본다. 그런 측면에서 대한민국이 제대로 선진국 대열에 보무당당하게 입성해 부패 없는 사회, 정직한 사회가 되기를 희망하는 차원에서 내가 예전에 기획한 깨끗하고 공정한 사회를 만드는 방법론을 알려 드리고 싶다.

다음의 내용은 1999년 6월 말에 내가 작성한 내용인데, 조금 손보았다. 1999년이면 김대중 정부가 들어선 다음 해다. 그 당시 이 글은 '한국능률협회'에서 주관해 전 국민을 상대로 '새로운 세기를 여는 대국민 제안'이라는 공모 프로그램에 제출했던 내용 중 일부다. 20여 년이 지났지만, 이 내용이 아직도 빛을 발하는 것은 그만큼 우리 사회가 조금도 변하지 않았다는 증거고, 앞으로 나아갈 길이 멀다는 것을 의미하는지도 모른다. 비록 그 당시 내 제안내용이 등수에 들지는 않았지만, 내가 항상 마음에 품고 있는 기본 생각이기에 다시 한번 여러분과 함께 공유하고 싶다.

부정부패의 현상과 국민이 느끼는 부패지수

영국의 사회보장제도는 '요람에서 무덤까지'라는 말로 함축된다. 태어나면서부터 죽을 때까지 그만큼 사회보장제도, 국민복지가 잘되어 있음을 나타내는 것이다. 그렇다면 우리나라의 부정부패를 한마디로 응축한다면 뭐라 할 수 있을까?

사회의 리더급인 분들의 부동산 치부와 관련된 거짓말이 진실로 판명되면 한결같은 행위를 취한다. 모든 공직을 사퇴하고 조용히 물러난다. 단 한 명도 부동산으로 치부한 부를 국가에 헌납하고 사회적 물의를 일으킨 것에 사죄한 것을 본 적 없다(아주 예전부터 지금까지 희한하게 똑같다).

과연 그 누가 이런 썩은 부정부패의 관행을 척결할 수 있을까 하는 의문이 든다. 역대 정권 중에 부정부패와의 전쟁을 선포하지 않은 정권이 있었던가. 그렇다면 왜 우리는 해방 후 70여 년이 지나도록 아직껏 부정부패 이야기를 해야 하는가?

공직사회를 보자. 아무리 장관이 바뀌어 새로운 정책과 새 분위기를 부처에 전파하려 해도 아래에서 따라주지 않는데 혼자 계란으로 바위 치는 그런 조직에서 무엇을 기대할 수 있을까. 반면 일반 사조직인 회사의 부정부패와 관련된 현상은 어디까지일까. 정답은 회사 사주의 평소 언행과 거의 밀접하게 연결되어 있다. 그러나 모든 일반 회사는 공직사회와 연결고리로 이어져 있으므로 사주가 아무리 깨끗하게 살고 싶어도 그렇게 살지 못하는 것이 대한민국 1999년 현실이다. 나의 이러한 주장에 아니라고 반대 이론을 들고나오는 사람이 있었으면 좋겠다. 쉽게 이야기하면 투명성이 결여된 사회라고 할 수도 있다. 과연 이러한 투명성이 떨어지는 나라의 미래는 어떻게 될 것인가.

역대 대통령의 검은돈과의 커넥션, 그를 바라보는 국민, 왜 전직 대통령 할아버지가 구치소로 가야 하는지 모르는 어린 아들에게 과연 뭐라고 설명을 해줘야 하는지 한숨만 나온다. 나라의 가장 정점에 있는 대통령이 부정부패와 한 패거리가 된 나라의 21세기는 국제경쟁력 몇 위의 나라가 될까.

부정부패와의 영원한 결별방안

나를 포함해서 부정부패에 신물이 나는 사람들이 숨 쉬는 동안 부정부패와의 영원한 결별을 위해 반드시 시행해야만 되는 순차적인 방안을 제안한다.

1단계 : 대통령의 솔선수범

대통령제에서 모든 결정의 정점에 있는 대통령의 실천은 그 어떤 메시지나 계도보다 강력하고 효과 있는 정책이다. 역대 정권에서도 못했던 청렴결백을 이번 정권만큼은 잘됐으면 하고 기대가 많은 편이다. 첫 번째로 대통령의 안빈낙도 삶, 대통령가(家) 전체와 관련한 일가친척들의 청렴성은 우리 사회의 귀감이 되고도 남으리라. 1단계가 성공적이지 못하면 이 프로그램의 성공은 그 누구도 장담하지 못한다(결과적으로 김대중 정부는 1단계에서 성공하지 못한 결과가 나왔다. 일가친척들의 청렴성에서 문제가 발생했기 때문이다).

2단계 : 공직사회부터 엄격히 적용되는 부정부패 척결법과 부정과 결탁 시 받게 되는 불이익 헌장 제정

투명한 공직사회의 상을 보여주기 위한 프로그램 개발, 아주 사소한 일이라도 부정한 방법에 따른 결과에 대해 싱가포르에서 시행했던 태형부터 사형까지 등급별로 엄격한 법 적용이 중요할 것이다. 그렇다면 이러한 엄격한 법 적용의 시행기관은 어디가 되어야 할까. 당연히 '부정부패 척결부'를 신설해서 이곳에서 엄격한 법을 제정하고, 적용 대상에 관한 법의 적용 등을 해야 하리라 본다. 이때 중요한 사항은 예외를 인정하지 않는다는 것이다. 한 번의 예외는 계속된 예외를 양산하기 때문이다. 적용 대상이나 적용 범위에 대한 예외 없는 독립된 부서의 공평 정대한 법 시행만이 21세기에 대한민국이 경쟁력을 갖추는 길이라고 감히 주장한다.

3단계 : 10대 대기업과 재벌 회장 및 그 일가부터 부정부패와 단절 선포

우리나라 10대 재벌의 근무 인원과 협력업체에 근무하는 인원만 합해도 500만 명은 되리라 보는데, 이는 우리나라 국민의 10% 정도에 해당한다. 이들을 중심으로 부정부패 실천 요강을 선포하는 발대식을 하게 한 후 이를 어겼을 시 벌칙에 대해 미리 공지한 후 그대로 적용한다. 또한, 재벌 회장과 일가친척들의 부정부패에 대한 예외 없는 적용 내용 등을 서약서 형식으로 받아 재벌이 부정부패의 온상이 되지 않도록 나라의 공권력으로 제어한다. 공직사회와 민간사회가

동시에 부정부패와의 한판 승부를 시작하는 것이다.

만약 이 프로그램을 성공리에 달성할 자신이 없는 정권이라면 애초에 시작조차 하지도 말 것이며, 부정부패와의 전쟁이라는 단어조차 쓰지 말아야 한다.

결론

이 '부정부패와의 결별' 프로그램은 20년 후 완성되리라 보고, 단계별 실천방안을 마련하는 것이 좋다. 먼저 10년 동안에는 아마 벌칙 적용으로 인해 사회가 홍역을 치르겠지만, 우리 자손세대에서만큼은 '부정'이라는 단어와 동떨어진 사회를 물려주고 싶다면 잠깐의 아픔은 참는 수밖에 없다고 본다.

독버섯처럼 사회 전반에 흐르는 알지 못하는 불의와의 결탁, 부정과의 밀월관계, 이권을 둘러싼 부정과의 안녕이 그렇게 쉽지 오지 않으리라. 안티 세력의 집결 그리고 그들과 보이지 않는 전쟁판을 매일같이 통과의식처럼 치러야 할 것이다. 나날이 새로운 부정부패 세력의 집결된 힘과 '부정부패 척결부'와의 전쟁이 시작될 것이다.

'부정부패 척결부'에 근무하는 이들을 역사적 사명감으로 일할 수 있는 분위기를 만들어주어야 하는 사람은 바로 대통령이다. 바로 그때, 그들에게 힘을 주는 이들은 대다수의 선량한 국민이다. 이것이야말로 나와 너, 우리가 바라는 21세기 대한민국의 새로운 주소인 것이다.

지구에서 유일한 분단국가인 대한민국에서 무력이 아닌 평화적인 통일을 이루기 위해서 우선해야 할 일은 우리 자신의 '수신제가'이리라 본다. 나는 '부정'과 '부패'라는 단어가 국어사전에서 상실된

나라에서 살고 싶다.

(* 상기 내용은 1999년 6월에 작성한 내용을 일부 수정했음을 밝힌다.)

*

'갑'으로만 평생 산 사람들의
이야기는 참고만 해라

일상에서 알게 된 팩트

민주사회에 사는 게 맞는지 의문이 생길 때가 있다. 언론에도 빈번하게 나올 정도로 사회 모든 분야에 '갑'의 횡포가 너무 광범위하게 퍼져 있기 때문이다. 갑의 폭력에 저항하다가 극단적인 선택을 하는 '을'의 뉴스를 보는 것도 드문 일이 아니다. 이 소식에 동병상련인 '을'로 사는 사람들, 공분한 소비자들이 갑질한 브랜드를 구매하지 말자는 불매운동을 벌이면, '갑'의 대처방식은 어느 경우에도 비슷하다. 바로 해당 사업을 접거나 사업체를 사모펀드 회사에 팔아 버리고, 목돈을 챙겨서 사라지거나 아니면 언론을 피해 숨어버린다. 아주 간단하지 않은가. '을'이 시끄럽고 귀찮게 구니까, 아예 사업을 접거나 일정 기간 언론을 피해 다니는 방법을 채택한다.

해방 이후, '갑'으로만 살아온 사람들이나 그들이 속한 집단은 좀처럼 변하지 않았다. 절대로 변하려고 하지도 않는다. 왜? 대한민국의 기득권 세력들이 서로 보호해주니까. 만약 동일한 사건이 미국에서 일어났다면 아마 몇십 년 콩밥을 먹었을 일도, 대한민국에서는 집행유예로 풀려나는 일들이 다반사다. 해방 이후, 왜 이런 일들이 몇십 년 동안 반복되었을까? 언제쯤 대한민국은 공정한 사회, 정의로운 사회가 될까?

여행에서 알게 된 팩트

나는 수십 년 동안 여행을 많이 한 사람이다. 여행하면서 많은 사람과 만나서 이야기를 했다. 특히 미국 여행을 하면서는 유학 온 분들도 많이 만났다. 그런데 여행 중에 만난 유학생들에게 한인사회 이야기를 들었는데, 이 경우에 단연 주된 주제는 미국에 사는 한국인이다.

여행 중에 만난 박사 코스에 있는 영문학 전공 학생분에게서 상당히 많은 영문학적 지식을 전수받고, 사는 이야기를 하면서 목적지에 도착하기도 했다. 유학생과 기차 안에서 나눈 대화 중에서 한국인들의 기질에 관한 부문에 공감이 갔다. 이외에도 여러 경우, 다양한 장소에서 유학생들을 만나 이야기를 하게 되는데, 그 주요 내용은 대체로 비슷하다.

지나치게 다른 사람을 신경 쓰는, 그러면서도 폐쇄적 인간관계 형태가 유학생 사회에서도 자주 일어난다고 한다. 물론 다른 사람에게 피해를 주지는 않지만, 그렇다고 적극적으로 오픈된 사회는 결코 아니라서 자신의 의견 발표를 주저하는 경우가 많은가 보다. 이러한 경향은 국내와 동일하다고 본다. 또한, 많은 한국 여성들이 외국을 나와서 사고가 깨었으면 좋겠다는 의견도 많이 듣는다. 최근에는 여성의 유학 비중도 남성보다 절대 뒤쳐지지 않을 만큼 발전했다고 본다. 여성들은 유학이라는 형태를 통해 자신의 정체성을 찾는 경우가 많을 것이다. 하지만 아직도 유학은 부유층이 더 수월한 신분 상승의

장이 될 수 있다는 생각은 있다. 나도 자식에게 유학을 권하고 싶어도, 사실 경제적 여유가 안 되어서 주저하고 있는 것도 사실이다.

한 명의 유학비용이 생각보다 정말 많이 들어간다는 것은 다 아실 것이다. 유학 가서 성공하면 나머지 인생이 좀 더 자유로워질 것임에는 틀림없는 자명한 팩트인데도 선뜻 유학을 권하지 못하는 내가 싫을 때도 있다. 미국 가서 로스쿨을 졸업하고 변호사로 삶을 살 수 있는 인재임에도 불구하고, 유학을 선뜻 권하지 못하는 현실이 존재한다. TV에 나와 미국 유명 대학(원) 출신으로서 어느 분야에 얼굴을 내미는 유명인들을 보면 대부분 집안이 부유한 경우가 많다. 이것이 팩트다.

그래서 나는 이왕이면 유학의 대안으로 홀로 가는 해외여행의 기회를 많이 만들기를 추천하고 싶다. 우리나라 남자의 경우, 2년 동안 군대 생활 후 직장 잡느라 허둥지둥하고, 또 결혼해서 현실과 부딪혀 살다 보면 아마 멍할 것이다. 사고의 전환이라는 지상 명제가 쉽게 일어나지는 않지만, 수직적 사고에 찌든 우리 젊은이들도 수평적 사고 및 입체적 사고에 쉽게 적응이 되어 세계사의 주역이 될 수 있으면 얼마나 좋을까 생각해본다. 그러기 위해 많은 것을 경험하고, 많은 것을 느끼고 자신의 내부에서 철학적 밑거름으로 정화해서 세계 공통적인 유니버셜한 개념 정립이 시급해 보인다.

해외여행을 하다 보면 다른 나라 젊은이들을 많이 만나게 되는데, 한결같이 어찌나 어른스러운지. 그들처럼 어른스러운 심성을 지닌 한국 젊은 청년을 만나고 싶다. 내가 만난 대부분의 남자 배낭여행객들은 자신만을 위한 삶을 살아서 그런지 함께하는 공생의 개념이 상당히 부족해 보였다. 군대라는 제도 덕분에, 청년 실업률이 높은 덕분에, 대한민국 젊은이들은 같은 나이 또래 외국 친구들보다 꿈과 열정이 모자라 보인다. 너무나 현실에 안주하는 경향이 많다는 의미다.

여기에 3가지 더 불만 사항이 있다. 첫 번째는 전 세계 거의 모든 한인사회가 너무 시끄럽다는 것이다. 외국에 나가서 보면 아시다시피 애국자가 된다고 한다. 그렇지만 한국인 커뮤니티를 보면 상당히 문제가 많아 보인다. 이민을 와서 어느 정도 자리를 잡게 되면 권력욕, 감투를 갖고 싶은가 보다. 전 세계 거의 모든 한인회라는 단체를 중심으로 또는 한인 교회를 중심으로 헤게모니를 잡기 위해 상대방을 헐뜯는 이야기가 난무하다. 제발 이런 추한 모습이 국내 뉴스를 통해 들리지 않는 날이 빨리 왔으면 한다.

두 번째는 콘텐츠로 독자를 오해하게 만드는 저자들이 많다는 점이다. 즉, '갑'으로만 살아온 어느 저자들은 누구한테 들은 이야기를 자기 주제에 끌고 들어와 자기주장을 합리화하는 도구로 이용한다. 그래서 정작 저자의 이야기가 사실인지도 헷갈리게 만든다. 다시 말해서, 사람들이 듣고 싶어 하는 주제와 이야기의 결말을 만들기 위해 남에게서 들은 이야기를 들려준다. 사실 들은 이야기가 실제로 발생했던 일인지, 아닌지는 그 누구도 모른다. 왜냐하면, 그냥 들었던 이야기니까. 그리고 그 들었던 이야기가 언제 들었는지, 어디서 들었는지도 정확하지 않을 수도 있다. 또는 자신의 주장을 합리화하기 위해 그리스·로마 신화를 가져다가 그럴듯하게 자기 이야기와 버무리는 저자도 있다. 독자 입장에서는 듣고 싶은 이야기이기 때문에 해당 책이 참 많이 팔린다.

이것도 '갑'으로만 산 사람들의 자기주장 방식이기에 주의해야 할 것이다. 남에게서 들은 이야기나 그리스·로마 신화 내용을 가져와 내 이야기와 맛있게 버무려서 독자에게 들려주는 기법이 너무 흔하게 통용되고 있다. 아니면 책으로 장사하는 예도 있다. 책의 전면부에 대문짝만 하게 사진을 넣고, 자기가 운영하는 회사나 단체를 소개한다. 그러면서 젊은 시절에는 찢어지게 가난했지만, 큰돈을 벌게 된 경험을 독자 여러분에게 나눈다고 한다. 만약 이런 책을 발견했다면 읽지 말고 그냥 덮길 바란다. 그리고 해당 저자가 벌이는 판에 절대 발을 담그지 말기 바란다.

마지막으로 왜 '갑'으로만 살아온 사람들의 이야기는 참고만 해야 하는지 보자. '갑'으로만 평생 살아온 교수(교사)들은 너무 가르치려고 한다. 평생 '갑'으로만 살아온 법조계 사람들은 조직만을 위해 일한다.

'사농공상' 사회 시스템에서 살아온 국민이라 그런지 교수가 이야기하면, 법조계 사람들이 말하면 곧이곧대로 모두 팩트라 믿는다. 그리고 교수는 모두 선한 인간이라고 생각한다. 법조계 사람들은 모두 법을 잘 지킨다고 생각한다. 아니다. 교수도 사람이다. 법조계 사람들도 보통 사람들이다. 나쁜 사람, 약속 안 지키는 사람, 거짓말을 잘하는 사람들도 많다는 팩트를 잊지 말자.

배우자를 보면 그(녀)의
됨됨이를 알 수 있다

우리나라 이혼율이 상당히 위태롭다. 하루에 300쌍의 부부가 남남이 된다고 한다. 전 세계적으로 봐도 대한민국의 이혼율은 최상위에 속한다. OECD가 발표한 '한눈에 보는 사회 2019'에 따르면 한국 조이혼율(인구 1,000명당 이혼율)은 2016년 기준 2.1명으로 1991년 1.1명보다 2배 정도 높아졌다. OECD 평균 조이혼율인 1.9명보다도 앞선 수치다. 경제협력개발기구(OECD) 회원국 중 아시아에서 1위라고 한다. 특히 인구를 고려했을 때 우리나라 이혼율은 아주 심각한 상황이라 할 수 있다.

일생을 함께 살아가면서 동고동락할 배우자를 선택하는 것은 정말 일생일대의 가장 큰일이다. 나와 비슷한 가치관과 인생관, 세계관, 종교관 등 사상적인 문제와 음식과 혈액형, 예술적 취향 등 종일 함께하는 생활에서 불편함은 없는지, 나아가 양가 부모님 댁의 경제적 사정까지 정말 여러 각도로, 여러 항목을 함께 점검하게 된다. 나와 비슷하지만, 함께 어울려 큰 합을 이룰 수 있는 인물을 선택해야하므로 그 과정이 길고 험난하다. 그래서 우리는 '반려자(伴侶者)'라는 단어를 사용한다. 우리 운명의 나머지 반을 결정하는 아주 중차대한 사람이다. 나와 아침저녁을 함께하는 내 인생의 동반자다.

배우자를 잘 선택한 인생과 그 반대의 인생을 생각해보자. 배우자를 옳게 선택한 인생은 물질적으로, 정신적으로 상당한 도움을 받을 것이 틀림없다. 만약 반대의 배우자를 선택했다면, 당연히 힘든 인생을 살아가게 될 것이다. 여러 우여곡절 끝에 자신만의 짝을 찾게 되는데, 이때 여러 부문에서 자신과의 합을 생각하게 된다. 경제적인 문제, 학력 문제, 양쪽 가문 간의 문제, 건강 문제, 종교 문제, 사람 됨됨이, 그리고 미신을 믿는 가정이라면 사주 궁합을 꼭 거치는 등 정말 다양한 방법으로 체크해야 할 항목이 상당히 많다.

우리가 이렇듯 배우자 선택에 있어서 신중에 신중을 기해야 하는 이유는 간단하다. 우리가 만약 30세에 결혼한다면 100세 시대에 약 70여 년을 동행할 사람이기 때문이다. 배우자는 운명을 함께하고 동고동락을 함께할 사람이기에 몹시 어려운 의사결정을 하게 되는 것이다. 그런데, 대한민국 이혼율이 아시아 최고라는 것은 요즘 결혼하는 사람들이 너무 성급한 의사결정을 한 것은 아닐까 하는 생각이 든다. 서른 즈음 자신의 반려자를 선택할 때 여러 가지 부분을 고려하고, 다양한 문제를 의식했다면 가장 최적의 선택을 하지 않았을까?

하지만 이렇듯 이혼율이 높은 것은 이런 여러 가지 복잡하고 미묘한 부분의 문제를 너무 쉽게 생각하거나 방심한 결과가 아닐까 하는 합리적인 의구심을 갖게 만든다. 즉, 너무 성급한 결론에 이른 것은 아닌지, 또는 경제적 부분만 치우쳐 결혼이라는 중차대한 의사결정을 한 것이라는 결론에 이른다.

사람은 늘 유유상종하게 되어 있다. 초록은 동색이듯 같은 종류의 사람끼리 모인다. 그래서 나는 사람을 처음 보면 그 주변을 보고 판단한다. 나와 비즈니스를 새롭게 하려는 사람의 아주 친한 친구는 누구인가? 친한 친구를 보면 그 사람의 됨됨이를 미루어 짐작할 수 있다.

마찬가지로 한 나라의 대통령을 선택할 때도 그 주변을 살펴본다. 즉, 대통령에 출마한 사람의 배우자를 아주 자세히 분석하면 된다. 대통령 선거지만, 대통령 후보를 살피는 것이 아니라 그의 아내(또는 남편)를 자세히 살펴야 한다. 배우자의 지나온 이력을 보면 해당 대통령이 되겠다고 나온 인물의 됨됨이를 미루어 짐작할 수 있다. 배우자를 통해 그 사람의 됨됨이, 평소 언행, 그릇의 크기 등 다양한 분석이 가능하다.

'베갯머리 송사'라는 말이 있다. 이는 잠자리에서 아내가 남편에게 바라는 바를 속삭이며 청한다는 뜻인데, 동서양을 막론하고 배우자의 탐욕으로 인해 인생이 바뀌고, 역사가 바뀐 사례는 너무 많아 셀 수가 없다.

다시 정리해본다. 나는 대통령 선거 때, 누구를 찍었을까? 당연히 대통령이 되려는 사람 배우자의 됨됨이를 먼저 살펴본 후 투표에 임했다. 공약(公約)은 공약(空約)이므로 믿지도 않는다. 배우자를 적극적으로 탐색하는 이유는 대통령이 되려는 사람의 그릇 크기를 바로 알 수 있는 바로미터이기 때문이다. 사람은 좀처럼 변하지 않는다. 특히 철학이나 사고방식은 거의 변하지 않는다. 바뀐 것처럼 보이게 노력은 할 수 있지만, 위기상황이 오면 금방 자신의 속내를 드러내기 때문이다. 사람은 잘 변하지 않는다는 진리를 잊지 말기 바란다. 그리고 배우자를 선택하는 능력이 바로 해당 사람의 그릇 크기이며, 사람 보는 눈인 것이다.

내가 유튜브를
열심히 만드는 이유는?

내가 유튜브를 시작한 지 3년이 다 되어간다. 아직도 구독자는 3,000명도 달성하지 못했다. 유튜브 시청자들은 자극적인 동영상에 탐닉하는 듯 보인다. 아니면 정말 말만 잘하는 사람들의 립서비스에 심취한 듯도 보인다. 몸에 안 좋은 음식이 입맛을 현혹하기 마련인데, 몸에 좋은 음식은 그저 그런 맛일 경우가 많을 테니 그리 즐겁지만은 않을 것이다. 유튜브에서 일어나는 현상도 이와 똑같다.

나 같은 유통 전문가, 30년 내공이 있는 유통 전문가가 이야기하는 콘텐츠에는 관심이 별로 없어 보인다. 전 세계 94개 도시를 시장조사하느라 모은 돈을 모두 쏟아부은 전문가의 이야기에는 귀를 별로 기울이지 않는 듯 보인다. 대한민국 경영 분야의 내공 있는 저자 150여 명과 만나거나 접촉한 나만의 내공을 잘 이해하지 못하는 듯하다.

'왜 안 볼까?'를 고민하니 답이 보인다. 재미가 없으니까. 유익은 한 것 같은데, 안 중요하니까. 지금 내게 중요한 것은 일확천금을 벌 수 있는 부동산 이야기와 주식 이야기뿐. 그래서 부동산과 주식 분야를 주제로 삼은 유튜버가 상당히 많다. 그런데 그중에서 얼마나 정설에 가까운 정보를 주는지 궁금하다. 그런데 이렇게 이야기하는 나도 내 눈으로 본 세상이다. 세상은 항상 자신만의 눈으로 보게 되어 있다.

매일 초심으로 돌아가 유튜브를 기획하고 리뷰한다. 이 시대에 가장 귀중한 온리원 콘텐츠를 기획하고, 제작하고 싶다. 내가 이렇듯 열정을 담아 유튜브를 열심히 하는 이유는 단 하나다. 30여 년간 갈고 닦은 나만의 내공을 후배들, 후손들과 공유하고 싶어서다. 설령 내가 죽는다고 해도, 내 콘텐츠는 유튜브에 남아서 후손들에게 유익한 정보로 남기고 싶다.

내가 처음 회사라는 조직에 입사했을 때, 나를 위해 만들어진 매뉴얼이 하나도 없었다. 창업한 지 50여 년이 지난 회사에 신입사원을 위한 교육 매뉴얼이 없다니 이해하기 쉽지 않았다. 그런데 이런 현상은 내가 다녔던 그 어떤 회사에도 없었다. 즉, 후배를 위한 기본 매뉴얼이 대한민국에 없다는 이야기다. 공적 조직이든, 사적 조직이든 후배를 위한 매뉴얼이 없다. 왜냐하면, 그동안 수많은 실수와 실패를 통해 어렵게 배운 나만의 업무 스킬을 왜 후배에게 알려주어야 하냐는 생각이 지배적이었기 때문이다. 후배에게 가르쳐주면 본인의 밥그릇이 위태로워지는데, 후배에게 가르쳐줘야 할 이유가 없었던 것이다.

이런 현상은 대한민국 대부분의 공적, 사적 조직에서 진행되고 있는 현재진행형 팩트다. 그러니 발전이 없다. 모든 조직에서 발전해야 하는데, 계속 있던 자리에 머물게 된다. 왜? 처음부터 다시 배워야 하니까 그렇다. 만약 학교 후배나 고향 후배가 내 자리에 입사한다면 문제가 달라진다. 바로 내가 배운 스킬을 알려준다. 단, 너만 알고 다른 사람에게 알려주지 말라는 전제조건하에 말이다.

어느 조직이든 발전하고, 앞으로 나아가야 한다. 그러려면 지금 까지의 상황과 현실을 제대로 알고 난 후에 발전된 기획안이 나와야 하는데, 기존 상황에 머무르다가 만다. 당연히 해당 조직은 그저 그 런 조직으로 남게 된다. 절대로 일류조직, 일류회사가 될 수 없다. 그 래서 나는 과감히 내가 배운 30여 년의 유통과 마케팅 관련 콘텐츠를 유튜브에 올려놓는다. 나와 같은 실수, 나와 같은 실패를 하지 말라고 말이다. 전 세계를 돌면서 알게 된 정말 귀중한 정보를 알려주려는 것이다. 그래야 나를 발판으로 더욱 발전된 기획안과 콘텐츠가 나올 수 있기 때문이다.

혹자는 묻는다. 그렇게 아는 정보를 다 주고 나면 뭐가 남을 것이 고, 어떻게 살려고 그렇게 마구 퍼주느냐고 말이다. 하지만 잘 생각 해보자. 양손에 떡을 쥐고 나면 새 떡을 가질 수가 없지 않은가! 나는 새 떡을 쥐고 싶고, 먹고 싶으므로 기존에 가졌던 떡을 계속 후손들 에게 전달할 수 있다. 하지만 새 떡을 쥐려면 노력을 상당히 기울여 야 한다.

혹자는 이렇게 말한다. 유튜브는 그냥 재미로 하는 것이 아니라 많은 수익을 창출하기 위해 콘텐츠를 만드는 것이라고. 맞는 말인 듯 하면서 틀린 말이다. 돈만 벌기 위해 유튜브를 기획하고 촬영하며 편 집한다면 정말 그 인생이 가엽다. 오로지 돈만을 위해 사는 인생이기 때문이다.

내가 주로 이야기하는 '유통트렌드'는 정말 살아 있는 활어와 같 다. 계속 변하는 전 세계 유통의 흐름을 계속 입수하고 분석하며 향 후 흐름의 방향까지 예측하려고 하면 정말 바쁘게 하루가 간다. 수시 로 변하는 국내외 유통 정보와 트렌드를 누구보다 먼저 발 빠르게 수

집하고 잘 해석해서 나만의 콘텐츠로 변화시키는 화학작용의 시간이 필요하다. 그러니 하루가 정말 바쁘다. 하지만 기쁘다. 후학이나 후배에게 정말 온리원 콘텐츠를 알려줄 수 있는 능력이 있으니 말이다.

사회생활,
인간관계에서 피해야 할 행동

*

    누구나 사회생활을 한다. 자의든, 타의든 많은 사람과 관계를 맺고, 또한 그들과 동고동락을 한다. 그렇다면 사회생활에서 무엇을 조심하고 무엇을 피해야 할까? 내가 아는 돈 많이 번 대한민국 상류층 어느 분은 "자신에게 가장 큰 경쟁력이 뭐냐?"라는 내 질문에 이렇게 답했다.

    "1위는 도전정신이고, 2위는 대인관계 능력입니다."

    즉, 사회에서의 인간관계, 대인관계가 정말 중요함을 잘 알려준다. 하지만 그동안 살면서 느낀 것 중 하나는 인간관계를 해칠까 봐 상대방의 도움 요청, 특히 돈 빌려달라는 요청을 거절하지 못한 실책이 많았다. 여러분도 살다 보면 주위 사람들로부터 돈을 빌려달라는 소리를 한 번 이상은 다 들어봤을 것이다. 마음이 약한 분은 아마 많은 실수를 저질렀을 것이다. 나도 예외는 아니다. 하지만 절대 해서는 안 될 일이 돈을 빌려주는 일이다.

    고등학교 동창들에게 이런 일을 많이 당했다. 그래서 고등학교 동창들을 멀리하는 편이다. 한번은 한 녀석이 자기가 다니는 콘도 회사의 콘도회원권을 싸게 등록시켜준다고 했는데 거짓이었다. 배고 프면 밥 사주고, 대학교도 몇 번 떨어져서 내가 좋은 조언도 해주고, 술도 사주면서 격려도 했던 친구였는데 말이다. 또 다른 동창은 어머니가 아파 병원에 입원해야 하는데, 입원비용을 빌려 달라고 했는데 거짓이었다. 그리고 사업을 하는데 이번만 막으면 된다고 급전을 빌려 달라고 하던 동창도 있었다. 갚겠다는 날을 차일피일 미루더니 급기야 전화도 안 됐다.

이런 비슷한 사례는 정말 많이 겪었다. 참 많은 동창과 지인들이 다가와서 돈을 빌려달라고 했다. 하지만 결론은 절대, 절대, 절대 빌려줘서는 안 된다. 만약 당신이 자선사업가처럼 넓은 아량이라면 빌려주지 말고 그냥 줘라. 안 받을 요량으로 말이다. 한편 상식을 뛰어넘는 도움을 요청하는 경우도 있다. 냉철하게 도움을 거절하기 바란다. 동문이라는 이유 하나로 후배들을 착취하는 선배들도 참 많다. 이런 착취형 선배들은 당신을 후배가 아닌 함부로 해도 되는 사람으로 대우할 테니 말이다.

나도 한 동문 선배의 이런저런 부탁을 다 들어주었다. 처음엔 음료수를 사 오라는 작은 심부름이 점점 커져서는 나중엔 자기 동생 결혼식에 나보고 도와달라고 했다. 후배들을 다 불러서 도와달라는 것이었다. 그때 후배들과 양복까지 입고 예식장에 가서 한 일이 무엇이었냐 하면 허드렛일이었다. 해당 예식장 지하에 있는 식당에서 손님 모시기, 음식 나르기, 음식 숫자 세기 등 완전히 식당 종업원들이 하는 역할을 했다. 정장을 입었던 나와 후배들은 땀을 뻘뻘 흘려가면서 지하 식당에서 하객들의 식사를 도왔다. 나와 후배 대여섯 명은 정말 그 선배의 일을 열심히 도와주었다.

그리고 그 문제의 선배는 나와 후배들에게 아무런 후속 조치가 없었다. 고맙다는 말은 물론이고, 쓰디쓴 커피 한잔도 없다. 당연한 일을 한 것처럼 그는 생각했다. 그러더니만 또 하루는 아주 늦은 밤에 우리 집으로 전화가 왔다. 자기 마누라가 애를 낳아서 도와달라고 전화가 온 것이다. 그것도 밤 11시 30분에 말이다. 교양이라고는 눈을 씻고 찾아볼 수 없다. 후배라는 이유로 마구 전화를 해댄다. 자기가 필요로 하는 시간에, 자신이 원하는 일을 마음대로 시킨다. 선배 동생도 있고, 처가 식구 중에 젊은 사람이 있을 텐데 어리바리한 내게 부탁을 한다. 그 선배에게는 내가 너무 멍청한 후배로 보인 모양이다. 바보같이 친절해서 어떤 부탁도 거절하지 못하는 루저(Loser)로 자리매김이 된 상태인 듯싶다.

전에 함께 근무했던 직장동료와의 우정도 딱 근무했던 시기까지다. 절대로 전 직장 인연을 새로운 직장에 끌어들이지 마라. 지금까지 이어 온 인간관계를 퇴직 후에 만나서 그 당시의 우정을 그대로 이어간다고 생각하면 그것은 정말 오산이다. 특히 영업을 잘하는 전 직장동료를 스카우트한 경우에는 더더욱 그렇다. 그냥 개인적인 우정으로만 가져가길 바란다. 사적인 인간관계를 공적인 관계까지 이어지지 않도록 하자. 회사 경영과 연결된 그 어떤 행위도 함께하지 마라. 전 직장에서의 힘차고 근면한 이미지를 지워라. 그동안 그 사람은 많이 변해 있을 것이다. 삶에 찌들었을 가능성도 크다.

내가 백화점 특판 팀장으로 있을 때였다. 전 직장에서 사장 표창장도 받는 등 열성 직원이었던 인연을 내가 책임자로 있는 특판 영업 조직에 끌어들인 이후 겪은 마음고생은 말로 표현하기 힘들었다. 기존 특판 영업맨들보다도 더 보살피고 신경 썼다. 그런데 결국 그가 벌인 사기 사건으로 인해 최후에는 서울 영등포에 있는 남부지검 검사 앞에 참고인으로 불려가는 일까지 당하게 됐다. 제발 인사청탁을 승낙하지 마라. 지난 사회생활을 뒤돌아보면, 정말 스스로 한심하다. 친절하게 살려고 노력했건만, 사회는 그저 루저로 취급한다. 내가 얼마나 바보처럼 보였으면 이럴까 자책을 많이 했다.

이제부터 여러분도 모든 부탁에 대해 다시 한번 생각하길 바란다. 상식에 어긋나면 당당히 거절하라! 살면서 들이받아야 할 때, 정확히 들이받지 못하면 당신은 어느새 그 상대방의 하인이 되어 있을 것이다. 잘못은 잘못이라고 그 자리에서 말해야 한다.

젊은이여, 직장관을 갖고 취업에 도전하는가?

*

나는 다른 어떤 사람들보다 여러 직장을 경험했다. 대기업, 중견기업, 그리고 아주 작은 개인사업체까지. 그러면서 국내 회사 중에 제대로 된 회사체계를 갖춘 회사가 생각보다 정말 많지 않음을 알게 됐다. 생애 첫 번째 직장이 삼성그룹이었고, 다녔던 첫 직장이 삼성그룹 계열사였기 때문에 내가 보는 여타 회사의 운영방식의 기준은 높을 수 있다. 하지만 여러분이 대한민국 기업을 운영하는 최고책임자의 진실을 알게 되면 정말 일할 맛이 안 날 것이다. 중견그룹 회장은 몇 개 또는 몇십 개 회사를 운영하다 보니 자연히 신문에 자주 오르내리게 된다. 하지만 당신이 그 유명한 그룹의 회장이라는 사람의 사업관, 기업관, 직장관 등을 제대로 알게 되면 정말 일하기 싫을 것이다.

앞에서 이야기했듯 나는 우리나라 100위 안에 드는 그룹의 최고경영자가 보는 면접을 많이 보기도 했거니와 신문 및 잡지 또는 주위 사람들을 통해 들은 각 그룹 회장의 진면목을 어느 정도 파악하고 있다. 하나를 보면 열을 알 수 있는 대목이 있어서 나중에 기회가 되면 자세히 이야기하도록 하겠다.

그래서 지금 취업을 앞둔 젊은이와 대학교에 입학한 젊은 친구들에게 취업 관련 진리를 알려준다면, 취업에 앞서 반드시 자신만의 직장관을 만든 후 입사하라고 조언해주고 싶다. 그렇지 않으면 나처럼 대한민국에서 가장 처우도 좋고, 제대로 체계를 갖춘 회사에서조차 벗어나고픈 충동을 억제 못 할 것이기 때문이다. 그 당시를 회상하면 정말 어리고 어렸다. 나이도 어렸지만, 생각은 더욱 어렸던 시절 같다.

해외 유명한 IT 기업에 다니다가 경영 분야 책을 쓴 젊은 저자들의 이력을 자세히 보면 공통점을 발견하게 된다. 그들의 커리어 경력 관리는 이렇다. 4년 내지 5년을 대기업, 주로 IT 기업에서 경력을 쌓는다. 물론 이 단계가 가장 힘들 것이다. 대기업 입사, 그중에서 월급도 많이 주고 복지시설도 최고인 회사에 입사하는 것이 얼마나 힘들겠는가. 하지만 이 단계를 통과해야만 한다. 그 후에 외국계 기업으로 스카우트되는 방법으로 이력 관리를 했다. 당연히 미국 구글이나 아마존에 입사한 후, 그곳에서 몇 년 다니다가 나와 창업하거나 다른 IT 기업으로 이적하는 경우를 보았다. 한편 외국계 기업으로 이적하지 않고 개인사업을 바로 시작하는 경우도 있다.

요즘은 국가에서 창업을 적극적으로 권장하기 때문에 나만의 기술이나 나만의 기획으로 얼마든지 새 사업을 시작할 수 있다. 물론 내 사업자금을 하나도 투입하지 않아도 된다. 창업진흥원의 예비창업패키지 프로그램이 정말 잘되어 있어서 사업기획서만 출중하다면 얼마든지 국가로부터 창업을 지원받을 수 있다. 사업자금뿐만 아니라 경영 컨설팅도 무료로 받게 된다. 물론 이런 시나리오는 정말 공부도 잘하고, 운도 어느 정도 있는 젊은이에게만 적용될 듯싶다. 만약 실력이 조금 부족하면, 대기업보다는 중견기업이나 유망한 중소기업에 들어가 전천후 모든 업무를 단시간 내 익히는 방법도 있다. 물론 내가 가장 좋아하고 가장 잘할 수 있는 분야의 기업을 잘 선택해야 한다.

항상 첫 직장이 정말 중요하다. 만약 첫 직장이 내 이상과 다르다면, 너무 더 기다리지 말고 바로 손절해야 한다. 그리고 다시 직종을 잘 선별하고, 직업관도 정립해서 다시 시작해야 한다. 투자한 시간이 아까워서 첫 직장에 그대로 눌러앉아 있는다면, 본인도 비전(Vision) 없는 그저 그런 사회생활을 지속할 것이고, 주위 가족들도 힘들어 할 것이다.

대부분 사람의 직장관과 사업관은 비슷하다. 그런데 직장관이 제대로 정립되지 않으면 험난한 상황이 왔을 때 자신을 추스르지 못하고, 극단적인 선택을 하게 된다. 1987년 4월, 그 당시 재계 27위인 B상선 회장이 극단적인 선택을 했다는 기사가 조간신문 1면에 나왔다. 그렇게 큰 기업을 운영하면서 회사 내분으로 유명을 달리한 것이다. 물론 우리가 알지 못하는 더 복잡한 사정이 있겠지만, 결국 회사의 운명까지 다른 사람에게 맡겨 버리는 결과를 가져왔다. 서울대 상대를 거쳐 미국 시러큐스 대학을 졸업한 뒤 B상선을 창업해 불과 수년 만에 50대 재벌회사로 키워놓은 경영 솜씨가 탁월한 인물이었다. 하지만 순간의 잘못된 선택으로 이런 끔찍한 결과를 가져왔다.

이처럼 국내 재계에 널리 알려진 기업 회장도 제대로 된 직장관을 가지지 못해 좋지 않은 결말을 맞았다. 직장관을 바로 세워야 취업을 하고, 사업을 하면서 험난한 상황이 오면 이상한 결론으로 가는 실수를 막을 수 있다. 당신이 벤처 회사 직원이 아니라면 대부분 회사는 정해진 시간 안에 다람쥐 쳇바퀴 돌 듯 사무를 할 것이다. 어제와 같이 내일도 그러할 것이다. 이런 직장에서 살 수 있을지 미리 마음을 단단히 먹고 직장생활을 즐겨야 할 것이다. 아이처럼 징징거리지 말아야 한다. 지금의 젊은이들이 어리석은 행동을 피하려면 반드시 입사 전에 자신만의 직장관을 수립한 후에 취업에 성공하길 정말 바란다.

군자(君子)는 무릇 기(器)를 몸에 감추고 시(時)를 기다려 움직인다

전술 1 : 첫 번째 직장의 조건

내가 여러 회사에 다닌 이력을 조용히 리뷰해보니, 첫 번째 직장이 참으로 중요하다는 팩트를 발견했다. 내가 신세계백화점을 다닌 이력은 불과 3년여, 그것도 군대 갔다 온 기간을 빼면 2년 정도임에도 불구하고, 내 이력의 꼬리표에는 신세계백화점이 늘 따라 다닌다. 그래서 신세계백화점의 후광(?)으로 좋은 이미지를 상대방에게 줄 수 있었다. 그래서 첫 번째 직장은 누구나 다 아는 기업에 입사하는 것이 본인의 이력 관리에 도움이 될 수 있다.

전술 2 : 새 술은 새 부대에 담는다

내가 김영호유통컨설팅(김앤커머스 전신)을 운영할 때 이야기다. 새로 선발한 직원이 업무를 너무 못해서 대안을 찾다가 전에 근무한 경험이 있던 퇴사한 직원에게 SOS를 보냈다. 결론만 말한다면, 절대 이런 재입사는 하지 않는 것이 정말 좋다. 지금까지의 좋은 인상도 나빠질 확률이 높다. 인연이란 것이 있다. 인연을 더 연장하면 좋은 인연으로 결말을 보지 않을 수도 있다. 마치 헤어진 연인을 보고 싶다고 연인 관계를 다시 유지하려고 하지만 절대 이어지지 않는 것과 마찬가지다. 하지만 직원 재채용은 이것보다 더 나쁜 결과를 볼 수도 있다. 만약 전에 다녔던 직장에서 당신을 원한다고 구원 요청이 오면 그냥 넘기시기 바란다. 지금까지의 좋은 인상을 구길 수 있을 확률이 상당히 높다. 그냥 좋았던 인연으로만 생각하라.

전술 3 : 나만의 실력을 키워야만 한다.

물론 쉬운 일은 절대 아니다. 누구도 갖추지 못한 나만의 온리원 실력을 키워야만 해당 회사에서 당신을 괄시하지 못한다. 얼마든지 동종업계 좋은 대우로 일할 기회가 열려 있기에 회사는 당신을 함부로 대할 수가 없다. 다른 경쟁사에 고급인력을 빼앗기지 않으려고 최고의 대우를 할 것이다. 그러므로 나만의 온리원 실력을 만들기 위해 내가 다니는 회사생활 틈틈이 빈틈을 적극적으로 활용해야 한다. 일정 기간 자신만의 내공을 쌓아야만 해당 업계에서 나를 불러주는 일이 자주 일어나게 될 것이다. 대한민국은 워낙 작은 땅덩어리에 작은 산업별 시장이기 때문에 조금만 발군의 실력을 발휘하면 이내 눈에 띄게 되어 있다. 처음 사람들 눈에 띈 이후의 내 존재감을 유지하기 위한 전략도 내공을 닦을 때 미리 만들어놓아야 할 것이다. 그때 가서 우왕좌왕하지 말아야 한다.

살면서 이런 일은
되도록 하지 말자

세상살이가 점점 쉽지만은 않을 것이다. 하도 세상이 각박하고 무서워지니 말이다. 예전 같으면 상상조차 안 하거나 못했던 일들이 우리 주변에서 계속 발생하고 있다. 인터넷 모바일 세상이 되면서 잔혹한 범죄가 더욱 활개를 치고 있다. 범죄는 국내외를 막론하고 아주 잔인하게 전개되고 있다. 최근 TV에서 본 필리핀 관광객 납치, 협박, 감금, 살인 사건 파일을 보니 더더욱 그렇다.

하지만 힘없는 개인으로서는 거대한 악의 무리와 싸우기가 너무 버겁다. 재수가 없으면 정말 내 의지와 상관없이 이 세상과 연을 끊을 수도 있다. 특히 필리핀, 태국, 미얀마 등 저개발국에 여행 갔다가 실종된 미제사건들이 늘어나는 것을 보면 알 수 있다. 남의 일이라고 생각하기에는 너무나 잔인하고 악랄하다. 돈을 지능적으로 뺏는 것에 그치지 않고, 인간의 마지막 자존심마저 뭉개버리는 인간 말종 짓거리가 공분을 불러일으킨다. 그리고 거의 모든 범죄가 밤에 많이 일어나기 때문에 늦은 밤에 돌아다니는 것은 되도록 삼가는 것이 좋겠다. 특히 비가 오는 심야 시간은 더더욱 외출을 삼가는 것이 좋다.

최근 들어 저작권 관련 소송에 밤잠 못 자는 분들이 많아졌다. 여기저기서 저작권 소송이 물밀 듯이 진행되고 있다. 이는 시장의 수요

보다 훨씬 많은 변호사를 양산한 결과라 추측된다. 실력이 고만고만한 변호사들에게 먹잇감으로 포착된 서민들. 이들에게 자비란 없다. 통과의례 같은 합의금 지급 완료만이 살아남는 방법이다. 돈만 아는 변호사들이 너무 많다.

당연히 남의 저작물을 아예 사용하지 말아야 하는데, 자신의 콘텐츠에 많은 사람이 와주기를 바라는 희망 때문에 본의 아니게 사용하는 경우도 발생한다. 그런데 이것이 함정이다. 물론 세상은 동영상이나 이미지 있는 콘텐츠를 원하지만, 내가 만들 능력이 안 되면 아예 갖다 쓰지 말아야 후탈이 없을 것이다.

비 오는 밤, 택시 합승은 절대 하지 마라

서울역이나 용산역 등 심야 시간 막차로 도착하는 승객을 태우기 위해 역 주변 택시 정류장에는 심야 택시들이 항상 대기 상태로 있다. 대부분 같은 방향의 손님을 한꺼번에 합승을 시킨 후 출발하는 총알택시다. 결론만 미리 말한다면, 역 앞에 있는 이런 택시를 절대 타지 말라는 이야기다. 대중교통이 끊긴 심야에 되도록 택시 합승을 아예 하지 말아야 한다. 목숨이 두 개 이상 있다면 모르겠지만 말이다.

2009년 9월 11일 새벽 0시 20분쯤이었다. 그날 하루는 그야말로 새벽부터 강행군을 한 날이었다. 새벽 6시에 기상해서 8시 20분 광주로 출발하는 비행기를 타고, 광주에 도착했다. 바로 광주 버스터미널로 가서 영암을 가는 시외버스를 타고 이동해 영암 시외버스터미널 앞에서 마중 나온 관계자를 만나, 영암군청과 무화과농장을 가고, 고구마·감 산지를 조사하고, 농협(쌀) 시장 조사 등을 마친 뒤 오후 4

시에 바로 광주로 다시 와 오후 6시 30분부터 9시 30분까지 창업특강을 했다.

모든 일을 마친 후 KTX를 타고 용산에 도착하니 자정을 조금 넘긴 시각이었다. 그런데 앞이 보이지 않을 정도의 비가 억수같이 내렸다. 이때 '일산행'을 외치는 어떤 택시기사의 소리에 아무 생각 없이 바로 그 택시에 올라탔다. 그런데 이 택시는 합승을 위해 정차 중인 택시였다. 앞 좌석에는 어떤 사람이 벌써 탄 상태였다. 그리고 내가 조수석 뒤편에 자리 잡았다. 그런데 조금 있으려니 건장한 남자 사내 두 명이 내 옆에 탄다. 좀 전에 광주부터 함께 타고 왔던 무시무시하게 생긴 남정네들이었다. 그들의 손에는 무거운 짐보따리 하나가 들려 있었다. 덩치가 산만 해서 성인 3명이 탄 뒷자리는 그야말로 옴짝달싹할 수 없었다. 그야말로 무시무시한 총알택시 합승이 시작된 것이다.

전혀 일면식도 없는 남자 3명에 기사 1명 그리고 나, 이 다섯 명을 가득 태운 택시는 아무 말도 없이 출발했다. 비가 억수같이 내린 탓에 앞이 보이지 않을 정도였다. 자유로에 진입한 택시는 달려가는 게 아니라 물 위를 날아가는 듯싶다. 그런데 이 택시 안에서 그 누구도 단 한마디도 안 한다. 정말 긴 침묵이 이어졌다. 너무나 긴 침묵은 밖에서 내리는 요란한 빗소리와 대조적으로 내 귀를 자극했다. 그리고 온갖 해괴한 상상력이 나를 괴롭혔다. 이들이 한 무리인데 나만 모르고 서로 아는 사이가 아닐까? 지갑, 스마트폰 등 돈 되는 것을 모두 뺏은 뒤, 어느 허술한 골목에 나를 던져 버릴지도 모른다는 엉뚱한 상상력이 마구 발동했다. 〈사운드 오브 사일런스(The Sound Of Silence)〉라고 더스틴 호프만(Dustin Hoffman) 주연의 영화 〈졸업〉에 나왔던 음악의 의미를 이해했을 정도랄까.

'화정역으로 가는 것 맞죠?'라고 묻고 싶은데, 차마 입이 떨어지지 않았다. 질문 대신에 나는 우산을 꽉 쥔다. 어찌 되면 이것을 무기로 사용하려고 만반의 준비를 다 했다. '이렇게 나오면 이렇게 해야지'라고 각종 상상 속 리허설을 계속한다. 그러면서 정말 머릿속이 하얬다. 이 차는 이 비를 헤치고 어디로 가는 걸까? 정말 화정역을 가기는 가는 것인가?

한참을 달리던 택시가 자유로를 벗어났다. 고양시 덕양구로 들어가는 인터체인지를 들어서는 순간, 잠시 긴 호흡을 했다. 이제 내 생활 터전이 있는 안정권에 들어가는 건가? 진정 이 택시는 화정역으로 가는 것일까? 그러고는 조금 있으려니 화정역 근처까지 가고 있다. 한숨을 돌리면서도 긴장은 계속됐다. 겨우겨우 집 근처에 도착해 "다 왔습니다!"라는 택시기사의 말을 듣자마자 쥐고 있었던 택시비를 건넸다. 잔돈을 받아야 하지만 잔돈 생각할 틈도 전혀 없었다. 그야말로 몇십 분 만에 처음 듣는 택시 안의 정적을 깨는 사람의 목소리였다. 동시에 내가 안전하다고 알려주는 신호음이었다.

"잔돈은 필요 없어요, 수고하셨습니다!"

바로 결제하고 재빠르게 택시에서 내렸다. 그러고는 떠나는 택시 뒤편을 향해 90도 큰절을 했다. 그것도 세 번씩이나. 택시가 보이지 않을 때까지.

"감사합니다. 안녕히 잘 가세요!!!"

저작권 침해 소송 전야(어느 법무 대리 회사에서 온 등기)

어느 날 사무실로 등기 하나가 도착했다. 그것도 추석 가까운 어느 날이다. 내가 5년여 연구 끝에 탄생한 부자 다이어리인 '타이거리치다이어리3' 관련해서 어느 법률대행 회사로부터 날아온 등기였다. 내용을 자세히 보니 '타이거리치다이어리'를 소개하는 웹페이지에 자신들이 법률을 대행해주는 어느 디자인 회사가 만든 이미지 5장을 도용했다는 내용이었다. 그래서 불법도용에 따른 이용료로 한 장당 20만 원씩 계산해서 총 100만 원을 내라는 것이었다. 살면서 법률 관련 소송 건을 처음 당해서 너무 당황스러웠다. 어떻게 처리해야 할지 몰라 법률을 공부한 친구에게 먼저 물어봤다. 그리고 지인들에게도 물었다. 하지만 별다른 방법이 없어 보였다. 해당 법률대행사와 합의하는 수밖에 없었다.

할 수 없이 그 회사와 77만 원을 주기로 협상해서 해당 이미지를 계속 사용할 수 있었다. 이 이미지는 내가 외주를 준 웹디자이너가 채택해서 사용한 것이기 때문에 법대로 한다면 나는 사실 아무런 책임이 없다. 왜냐하면, 웹디자인 비용을 주고 만든 결과물이고, 디자인 용역계약서에도 해당 문구가 있기 때문이다. 하지만 나보다 훨씬 나이도 어리고, 경제적으로 풍요롭지 못한 프리랜서 웹디자이너에게 이 결과물에 대한 책임을 물리기에는 정서적으로 맞지 않는 듯해서 내가 나섰다. 그래서 생각지도 못한 합의금, 77만 원을 주고 합의했다. 이런 것이 어른이 할 일이라 생각된다.

생돈 77만 원을 얼굴 한 번 본 적 없는 어느 법률대행사에 보냈지만, 이런 일은 대한민국 국민 누구에게나 벌어지는 일이다. 디자인 관련 저작권뿐만 아니라 TV 내용을 블로그에 올린 사람들도 TV 언론사를 대행하는 법률대행사로부터 한 컷당 ○만 원씩 쳐서 총 ○○○만 원을 내든지, 소송으로 가던지를 결정하라는 공문을 받게 될 수도 있다. 그리고 해당 공문의 제일 마지막 줄에는 바로 시인하고 결제하면 ○○○만 원으로 퉁 쳐준다는 친절한 도움말도 잊지 않고 넣은 공문을 받은 사람들도 많을 것이다.

세상은 법 중심으로 돌아가겠지만, 이 모든 법의 제약은 약자인 서민에게만 해당하는 듯한 느낌은 나만 겪는 현상은 아닐 듯싶다. 여러분도 마찬가지라 생각한다. 유전무죄, 무전유죄. 법을 전공한 국회의원이나 법률가들은 법을 너무 잘 알아서 그런지 법 위에 사는 사람들 같아 보인다. 아무리 법을 어겨도 그 결과는 솜방망이 하나뿐…. 법이 만인에게 평등하다는 말은 공허한 메아리로 들린다. 그래서 힘 있는 자들 옆에는 반드시 대단한 율사 또는 거대 로펌이 자리 잡은 것이 아닐까. 힘없고 배경 없는 서민이라면 조용히 살아야 하나 보다. 그리고 밤에도 나돌아다니지 말고 입 다물고 집에만 머물러야 할지도 모르겠다.

사람들과 정치와 종교는
절대로 논하지 마라

코로나19 때문에 일상이 너무나 힘들어졌다. 사람이 사람 만나는 것을 조심해야 하는 최악의 상황이다. 그런데 일부 종교 단체에서 믿음을 전파한다는 이유로 코로나 상황에도 아랑곳하지 않고 모임을 한다. 도대체 사람을 살리는 종교인지, 죽이는 종교인지 헷갈린다. 자신의 종교만 옳다고 생각하고 행동하는 아집에 꽉 잡힌 사람들도 많다. 그리고 일주일 중에서 6일간 나쁜 일을 행하고 나서는 일요일에 종교 시설에 가 2시간만 참회하면 만사가 오케이라고 믿는 마음 나쁜 사람들이 많은 것도 사실이다. 평상시 나쁜 짓을 저지르고 사는 것과 일요일에 종교행사에 참석하면서 같은 종교를 믿는 사람과 유대관계를 유지하는 것은 별개의 삶인 듯 보인다. 그러면서 사회봉사에 참여하는 독실한 종교인 행세까지 하는 위선자도 많다. 사회봉사로 자신을 긍정적인 사람으로 포장하기 위해 헌신적으로 활동하는 사람도 있다. 항상 이런 사람들을 조심하기 바란다.

전 세계 거의 모든 사람이 성장기를 거치면서 동일한 의문을 갖는다.

'인간은 어디서 오고 어디로 가는 것일까?'

이 질문의 해답을 찾기 위해 종교를 찾을 수도 있다. 하지만 현 대한민국 종교계처럼 자신의 종교만 옳다고 주장하는 어리석음과 타종교를 이단시하는 행동들은 모든 국민에게 실망감만 안겨주고 있다. 이런 실망감이 계속 이어진다면 과연 백 년 후에도 존재할 수 있을까 하는 의문이 든다. 종교인으로서 해서는 안 되는 행동과 말을 서슴지 않고 하는 경우가 문제가 되어 뉴스에도 나오곤 한다.

여러분도 알다시피 IT 기술로 인해 사람들은 지금까지 상상도 못했던 방식으로 상호 연결이 가능해졌고, 코로나로 인해 줌(Zoom)이나 기타 비디오 커뮤니케이션 방식을 통해 무접촉 연결이 가능해졌다. 예배나 사무실 업무조차도 집에서 또는 원하는 장소에서 각자 수행할 수 있는 세상이 됐다. 그렇다면 향후 종교의 형태도 상당히 달라질 수 있음을 예측해본다. 지금까지 해오던 종교의 역할도 대체할 다른 무엇이 차지할지도 모른다. 거꾸로 종교가 없었다면 이 지구상에 수많은 전쟁도 없었을 것이다. 가수 존 레논(John Lennon)이 부른 〈이매진(Imagine)〉에도 나오는 가사 아닌가! 자신이 믿는 종교만이 세상을 구원한다는 헛된 믿음으로 인해 수많은 인명을 앗아간 전쟁이 얼마나 잦았는지 세계인 누구나 잘 알고 있을 것이다.

그렇다면 정치는 또 어떤가. 국회의원과 지자체 의원들의 행태를 보면 무엇을 느끼는가? 누군가는 최선이 아닌 차악을 뽑으며 한 발짝씩 나아가는 게 민주주의 선거라고 한다. 그렇게 한 표 한 표 모이면 세상을 바꿀 수 있다고도 한다. 이 모두 새빨간 거짓말로 보인다. 왜냐하면, 투표는 그야말로 그 나라 그 지역의 민도(民度) 수준을 그대로 반영하기 때문이다. 누구에게나 딱 한 표만을 행사할 수 있다. 아무리 올바른 세상, 정의로운 세상을 원해도 그 반대급부를 원해서 의도적으로 불순한 마음으로 투표하는 사람들이 생각보다 더 많이 존재한다.

일도 하지 않는 국회의원들이 많아지고 있다. 국회의원의 역할은 국민을 위한 법을 만드는 일이거늘, 진정 국민에게 필요한 법안은 나타나지 않는다. 당연히 대한민국에 존재하는 300명의 국회의원이 왜 필요한지 의문스러운 대목이다. 진정 300명이나 필요할까? 그 무시무시한 성범죄를 저질러도 법이 없어서 정확한 죄에 대한 벌을 줄 수 없는 나라가 대한민국이다. 이런 무질서한 나라를 만드는 데 혁혁한 역할을 하는 집단이 바로 국회의원이라는 집단이라고 생각한다.

그래서 나는 제안한다. 국회의원이 된 이후, 민생을 위한 법안을 연간 몇 개 이상을 만들어 상정해야 한다는 국회의원 법안제출 의무 제도를 꼭 만들어야 한다고 본다. 국회의원의 본업은 법을 만드는 일이거늘, 법은 안 만들고 수백 가지의 국회의원 특권만 누리는 일 안 하는 국회의원들이 더는 발 못 붙이게 만들기 위한 시스템 구축을 제안한다. 여러분이 아는지 모르겠지만, 국회의원만 되면 받게 되는 특권과 급여, 그리고 특혜는 일반인들의 상상을 초월한다. 그러니 죽을 힘을 다해 국회의원을 하려는 것이다. 한 번만 하면 늙어 죽을 때까지 정말 여러 가지 혜택을 누리게 되니까 말이다. 하지만 내가 제안하는 국회의원 법안제출 의무제가 시행될 확률은 거의 제로다. 고양이 목에 누가 방울을 달겠는가!

《소유의 종말》이란 책이 나온 지 거의 20년이 지나간다. 20여 년이 지나가니 경제 분야는 공유경제가 자리를 잡아가고 있다. 물론 많은 사람이 지적하다시피 공유경제가 완벽한 것은 아니지만, 공유경제가 필요하다는 인식은 함께하고 있다. 마찬가지로 정치도 공유정치로 바꿀 때가 됐다.

즉, 우리나라 국회의원이나 기초 의원 선발 방식을 완전히 바꿔야 한다. 언제까지 땅 중심, 농업 중심의 의원 선발제도를 채택할 것인가! 언제까지 땅을 중심으로 지역구 대표를 선발하는 방식을 유지한단 말인가. 지금은 전 세계가 연결된 그야말로 글로벌 세상인데 말이다. IT 기술의 발전으로 우리는 실시간으로 전 세계에서 일어나는 일을 시청할 수 있고, 원하는 사람과 접촉할 수도 있는 세상이다. 그 누구도 정보를 독점해서는 안 되고, 미리 알아서도 안 된다. 소속 상임위원회에서 얻는 정보로 미리 부를 만들지 못하게 해야 한다. 특히 부동산 관련 상임위원회에서 말이다. 재선하기 위해 지역구만을 위한 보여주기식 건설 공화국이 되어선 더더욱 안 된다. 그래서 이런 폐단을 미리 막을 수 있는 대안으로 추천할 만한 나라의 제도는 독일을 들 수 있다.

독일은 전국을 하나의 선거구로 만든다. 각 당은 전문분야별, 산업별로 후보자를 추천한 리스트를 유권자가 선택하도록 한다. 독일 연방하원 선거는 정당투표로 정당별 의석 총원을 결정하고, 여기에서 다수대표제(소선거구제)로 선출된 지역구 당선자를 뺀 나머지를 비례대표로 채우는 비례대표와 소선거구 권역별 연동형 비례대표제를 채택하고 있다. 지역의 대표가 아니라 산업별 전문가 집단을 형성하게 만드는 제도다. 그래야 말만 잘하는 변호사 위주의 집단에서 벗어나게 해준다.

지금까지 말만 번지르르하게 잘하는 사람만을 선발했다면, 지금까지 법을 잘 아는 법률가 집단에서만 선발했다면, 선거방식을 바꾸면 정말 산업별로 진정한 전문가만이 국회에 입성하게 만들 수 있다.

해당 산업의 전문가라야 제대로 된 법안, 현실에 합당한 법안, 현장의 소리를 제대로 이해해서 만든 현실적 실행 가능한 법안을 입안할 능력이 될 것이다.

지금까지 나온 법안들이 현실과 맞지 않아 취지와 다르게 운용되는 사례들이 얼마나 많았던가! 대한민국 정치도 이제는 개방과 공유의 시대를 적극적으로 받아들여야 한다. 추측하건대 아마 20여 년의 세월이 필요할 것이다. 그래서 이제부터는 지역이라는 아주 작은 단위의 이기심, 지역주의에서 타파해야 한다. 그래야 글로벌 정치를 할 수 있고, 선진국형 정치를 할 수 있을 것이다.

우리나라 정치의 부정부패는 권력의 독점에서 오는 것 아닌가. 이를 타파해야만 우리의 삶도 선진국 수준으로 올라갈 수 있을 것이다. 경제력만 선진국으로 가면 뭐하겠는가? 정치가 5류 후진국 수준인데 말이다. 아마 이런 내 생각도 이 책에서만 이야기할 뿐이다. 왜? 아직 공유의 개념이 절대 부족한 대한민국이니까. 아니 공유의 개념이 거의 제로(0)인 대한민국이니까!

그래서 나는 사람들과 모이면 절대 종교와 정치 이야기를 아예 안 하는 것을 원칙으로 한다. 그렇게 해야 필요 없는 논쟁의 시간과 에너지를 절약할 수 있다. 내가 60여 년을 살아보니 그렇다. 정말 필요악인 종교와 정치가 왜 존재해야 하는지 아직도 잘 모르겠다. 마이클 샌델(Michael Sandel) 교수의 《정의(正義·justice)란 무엇인가》라는 책처럼 이제는 '종교란 무엇인가?'를 사람들에게 묻고 싶다. 그리고 '정치란 무엇인가?'라고 묻고 싶다.

마지막으로 위대한 고승이셨던 법정 스님의 말씀을 '종교란 무엇인가'의 해법이라 생각되어 적어본다.

"이 세상에서 가장 위대한 종교는 친절이라는 것을 마음에 거듭 새겨 두시기 바랍니다. 작은 친절과 따뜻한 몇 마디 말이 이 지구를 행복하게 한다는 사실 역시 기억하시기 바랍니다."

인생은 일체유심조
(一切唯心造)

인생은 마음먹기에 달렸다고 한다. 그렇다. 인생에서 만나는 모든 사물과 사건에 대한 해석은 오로지 마음이 지어내는 것이다. 우리는 '일체유심조'와 관련해 자주 인용되는 신라 고승 원효(元曉)대사와 관련된 일화를 아주 잘 알고 있다.

원효대사는 의상(義湘)대사와 함께 당나라 유학을 가던 차에 어느 허름한 곳에서 잠을 자게 됐는데, 잠결에 목이 말라 근처에 있던 물을 아주 시원하게 마셨다. 그런데 날이 새고 깨어 보니 잠결에 마신 물이 해골에 고인 물이었음을 알게 된다. 그 일을 겪은 후 원효대사는 사물 자체에는 깨끗함도, 깨끗하지 않은 것도 없다는 사실을 깨닫는다. 모든 것은 오로지 마음에 달렸음을 크게 깨닫게 되자 유학을 포기했다는 일화다.

우리는 이 원효대사의 일화를 잘 알면서도 일상생활에서 내 마음을 잘 컨트롤하지 못한다. 더 나아가 눈에 보이는 것만 믿는다. 눈에 보이는 것도 믿지 않으려는 사람들도 많다. 하지만, 세상은 정말로 내 마음먹기 따라 아주 다른 세상으로 다가올 것이다.

헬스를 아주 열심히 한 다음, 열이 오른다?

운동도 열심히 하고, 뜨거운 온탕에도 오래 있어서 그런지 전혀 춥지 않았던 겨울 어느 날. 열심히 운동한 후 겨울용 점퍼를 입고 외부로 나오니, 얼굴에서 갑자기 열이 오르기 시작한다. 깜짝 놀라 거울을 보니 얼굴이 벌겋고, 화끈화끈하다. 이거 혹시 코로나 아닐까? 왜 이렇게 내 얼굴이 벌겋게 달아오르지? 좀 전에 열탕 안에서 만난 수영회 지인과 너무 오랫동안 이야기를 해서 그런가? 수영회 지인이 어깨 회전근개 파열로 이를 어떻게 잘 대처하는 게 좋을지 문의해서 열심히 설명해주느라 열탕에 오래 있긴 했다. 내가 어깨 근육 파열을 어떻게 대처했는지 매우 자세히 그리고 친절히 설명해주었는데 이것 때문일까? 아니면 어디서 코로나 균이 왔을까? 나쁜 생각이 꼬리에 꼬리를 물었다. 집까지 걸어오는 15분이 그야말로 지옥이었다. 마음이 그야말로 지옥과 현실을 왔다 갔다 했다. 나중에 집에 와서 조금 있으니 이내 얼굴색이 정상으로 돌아왔다.

이것이 바로 인간의 간사한 마음이 만들어낸 허상이다. 내가 스스로 만들어낸 허상 때문에 염려하고 우울해진다.

색은 공이다(색즉시공, 色卽是空).
공은 색이다(공즉시색, 空卽是色).

에어비앤비 집에서 겪은 일체유심조

미국 로스앤젤레스 장모님 댁이 좁은 편이어서 이번 여행은 철저히 에어비앤비를 이용하기로 했다. 장모님 댁과 가장 가까운 에어비앤비 숙소를 골라 일주일을 예약했다. 그래서 아들과 나는 예약한 에어비앤비 숙소로 가족과 떨어졌다.

집주인은 필리핀 태생의 미국인이었다. 친절한 그의 방 이용 관련 설명을 듣고, 샤워한 뒤 잠자리에 들려고 하는 순간, 이 집의 문제가 드러났다. 화장실 변기에 갑자기 수십 마리의 개미가 득실거렸다. 갑자기 짜증이 밀려왔다. 온몸이 간지러우면서 오늘 밤에 이 집에서 어떻게 잠을 잘까 싶어 우려되었다.

개미를 발견하기 전까지는 그렇게 편안하게 느껴졌던 큰 거실과 화장실 등이 너무나 사용하기 싫어지는 이런 현상은 마치 원효대사의 해골물 사건과 같은 것일까! 다음 날 아침까지 거의 뜬눈으로 지새웠다. 혹시 개미들이 화장실을 넘어 거실까지 밀려올까 봐 화장실 입구를 계속 주목했다. 주인을 불러 직접 현상을 보여주고, 상황을 자세히 알려주자고 마음먹었다. 그래서 잠을 억지로 청했다. 겨우겨우 잠을 자고 일어나 바로 짐을 싸고, 집주인과 통화했다. 몇 분 후 도착한 그에게 현장을 보여주고, 해약을 청했다. 그러고는 바로 짐을 끌고 장모님 댁으로 향했다.

어쨌든 모든 사건과 사물은 '일체유심조'임을 몸으로 알게 된 사건이다. 그리고 내가 겪은 화장실 개미 떼 사건을 통해 내 마음이 만들어내는 허상과 실상에 대해 생각하는 계기가 됐다. 지금도 그때를 생각하면 머리가 근질근질하다.

평범한 일상생활의
위대함

*

당신은 오늘도 큰일 없이 조용히 일상을 마치고 집에 귀가한 상태다. 그렇다면 이런 일상이 지겹고 따분하다고 느끼는가? 어딘가를 떠나보고 싶기도 하고, 아무도 모르는 곳에 홀로 여행 가고 싶기도 하고, 상상 이상의 쇼킹한 이벤트를 하고 싶은가? 하지만 이런 사치스러운 마음도 일상의 귀중함을 알게 된다면 다시는 입 밖으로 꺼내지 않을 것이다.

최근 미국 영화 〈쓰리 데이즈(Three Days)〉를 보고 난 후 이런 생각이 들었다. 우선 영화 〈쓰리 데이즈〉의 주요 내용이다. 어느 날 남자의 행복한 가정에 위기가 불어 닥친다. 갑자기 아내가 살해혐의로 경찰에 잡혀간 것이다. 종신형에 처하게 된 아내의 무죄를 입증하기 위해 남편은 온갖 노력을 다해보지만, 모든 증거와 법적 정황은 아내에게 불리하기만 하다. 절망감에 빠진 아내는 자살을 시도하고, 남편은 결국 아내를 살리기 위해, 그녀를 탈옥시키겠다는 결심을 한다.

만약 내 가족 중에
누군가가 아프고, 치매에 걸리거나, 암에 걸린다면?
누군가가 범죄에 연루되어 감옥에 가거나, 누명을 쓰면?

누군가가 특정 종교에 빠져 모든 걸 종교 지도자에게 바친다면?

내가 하는 말을 아무도 믿지 않는다면?

이런 일이 발생한다면 정말 일상이 제대로 돌아가지 않을 것이다. 그리고 내가 하지도 않은 일을 했다고 누명을 쓴다면 어떻게 이 문제를 헤쳐 나갈 수 있을까?

우리는 대부분 일상이 주는 행복의 위대함을 잘 느끼지 못하고 살아간다. 그리고는 쳇바퀴 같은 삶에 대해 주위 사람들에게 불평, 불만을 한다. '어제와 같은 삶을 사는 나는 뭐지?'라고 말이다. 그러다가 병원에 가서 자신과 가족이 건강하게 일상을 살아가고 있음을 깨닫는 순간 행복해한다. 병원 어느 과를 가더라도 정말 환자가 많다. 환자와 환자 가족을 보면 동정심이 생기거나 동병상련을 느낀다. 이렇게 서서 누구의 도움 없이 걸으면서 하루를 지내는 것이 얼마나 행복한 일인지 심각한 병에 걸리면 알게 된다.

또는 초기에 '암'을 발견해서 정상으로 돌아온 환자와 그 가족들은 일상이 주는 행복감이 얼마나 크고 귀중한지 누구보다 잘 안다. 특히 암은 재발할 가능성이 높기 때문에 평상심을 갖고 평온한 삶을 유지하는 것이 정말 중요하다. 그래서 큰 욕심 안 부리고 아무 일 없는 삶을 지향하게 된다. 어떤 분은 아예 대도시를 떠나 한적한 소도시나 시골로 삶의 터전을 바꾸기도 한다.

최근에는 코로나19 바이러스 감염증에 확진되어 병원에서 투병 생활을 하다가 다시 일상으로 복귀한 사람들이 늘고 있다. 한결같이 평상시 '건강'의 귀중함, 가족의 귀중함을 새삼 알게 된 전환점이 되기도 한다.

주위에 아는 사람 중에 암이나 불치병으로 인해 일찍 세상을 등진 경우를 볼 때마다 사람들은 건강이 제일 귀중하다고 말한다. 하지만 이내 변화 없는 삶에 싫증을 내곤 한다.

무한경쟁을 하며 살다 보면 현대인들은 대부분 과도한 스트레스를 받게 된다. 최근 어느 조사에 따르면 직장인 75%가 출근만 하면 무기력해지고 우울증에 시달린다고 한다. 정신질환 환자가 생각보다 우리 주변에 많다. 우리가 TV에서 자주 보는 연예인 중에 공황장애 환자가 많은 이유가 인기를 잃어버리고 싶지 않은 과도한 스트레스 때문 아닌가!

우리는 정말 잘 모른다. 평범한 삶, 보통의 삶이 얼마나 유지하는 것이 힘들고, 어려운지 모른다. 탤런트나 유명인이 아니란 것이 얼마나 행복하고 편안한 삶인지 모른다. 보통 사람의 삶이 얼마나 귀중한지 모른다. 어떤 이는 아마 죽을 때까지도 모를 것이다. 특히 평범한 삶이 지겨워서 한 달 살기 해외여행을 떠나 살다가 이내 어디로 또 떠나고 싶다고 칭얼대는 파트너를 둔 당사자는 더더욱 평범한 삶을 이해하지 못할 것이다.

우리는 이번 코로나19로 인해 얼마나 일상생활이 귀중한지 알게 됐다. 코로나 시대를 사는 지구인의 대부분은 코로나 전, 일상의 행복이 얼마나 귀중했는지 깨닫게 됐다. 마스크를 안 써도 되는 세상, 여기저기 비행기를 타고 여행 갈 수 있는 세상이 얼마나 귀중했던지 이제야 알 것 같다.

평범한 일상을 유지, 관리하기 위해 신경을 써야 하고, 조심해야 한다. 그래서 가족 간에 가슴에 상처를 주는 말과 행동을 조심해야 하고, 가족 간의 정을 더하기 위해 노력을 많이 기울여야 한다. 평상시는 일상이 얼마나 귀하고 행복한지 절대 모른다. 이것이 바로 우리네 평범한 인간들의 생각과 행동이다.

2장

어른이 된다는 의미

*

사람은
생긴 대로 논다

전 세계여행을 한 지 30여 년이 지나간다. 우리나라뿐만 아니라 전 세계 여러 나라의 많은 사람과 만나고 헤어졌지만, 정말 사람은 생긴 대로 말하고 생긴 대로 행동한다. 맨 처음 만난 사람이 내가 받은 첫 이미지대로 행동한다는 사실에 스스로 놀란 적이 한두 번이 아니다. 아주 간단한 예를 들면, 정치 분야에서 일하는 분들이 TV에 나와 이야기하는 모습을 보라. 얼마나 말 돌림을 잘하는지, 불편한 진실을 비켜 말하는지 말이다. 특히 대통령 후보로 나온 사람들이 TV에 나와 전 국민을 상대로 현실감 떨어지는 공약을 정말 눈 하나 깜짝하지 않고 하곤 한다.

지금까지 우리는 수많은 대통령 후보들이 TV에 나와 질의 응답하는 과정을 보면서 허탈함을 계속 느끼는 중이다. 다른 사례로는 범죄를 저지르고 교도소에 가서 회개하고, 신앙으로 바뀐 삶을 살겠다고 언론에 크게 나온 사람들의 교도소 이후의 행적을 보자. 얼마나 변했는지 점검해보라.

사람이 얼마나 변하기 힘든 존재인지를 가장 단적으로 알 수 있는 경우가 있다. 바로 당신의 초등학교 동창회를 나가 보기 바란다. 친구들의 초등학교 때 언행과 이미지가 얼마나 바뀌었는지 비교해

보라. 물론 당신을 포함해서 말이다. 정말 거의 변하지 않은 모습에 깜짝 놀랄 것이다.

또 다른 흔한 사례로는 음주 사고나 불미스러운 행동으로 인해 TV에서 하차하게 된 연예인들의 그 이후의 행적을 보라. 얼마나 달라졌는지 말이다. 이외에도 사례를 들라 하면 정말 부지기수다. 차고 넘친다.

해외에 나가 물건을 살 때 해당 판매원이나 주인의 얼굴을 보는 순간, 해당 상점의 서비스 수준을 알 수 있다. 그리고 첫인상대로다. 정말 신기할 정도다. 그래서 나이가 들면 관상을 어느 정도 보게 되나 보다. 내가 볼 때, 누구나 50세 정도가 되면 어느 정도 인상을 보고, 몇 분 정도만 이야기를 나누게 되면 그 사람의 품성과 성향을 조금은 이해할 수 있다고 본다.

만약 개인사업이든 비즈니스 때문에 많은 사람을 대하는 직업을 가진 사람이라면 상대방의 심리와 성격을 일반 보통 사람보다 더 잘 파악할 수 있을 것이다. 왜냐하면, 개인사업을 하다 보면 어떻게 생긴 사람이 사기를 쳤고, 해당 부류의 사람들은 이런 말을 했고, 그런 행동을 했던 과거 경험과 기억이 있기 때문일 것이다.

나 또한 사업 초기에 수많은 사기에 연루될 뻔했던 경험이 몇 번 있었다. 물론 그 이후부터 '사람에 대해 너무 개방적이지 말자', 그리고 '처음 본 사람에게 너무 친절할 필요는 없다'라는 나만의 비즈니스 원칙을 만들었다. '불가근불가원(不可近不可遠)'이라 했다. 너무 가까이하지도 말고, 너무 멀리하지도 말라는 이야기다. 내가 삼성에 입사 한 이후에 스스로 깨달은 사회생활 철학이다.

나뿐만 아니라 대부분 사회생활을 많이 한 사람들은 나름대로 처음 만나는 사람에 대한 인상과 외모 그리고 말씨 등을 미루어 어떤 성향일 것이라는 선입견이 있다. 물론 말로 표현하지는 않겠지만 말이다. 처음 만나자마자 나이를 묻는다든지, 아니면 고향이 어디냐고 묻는 사람들이 있다. 심지어 말을 잘라먹고 편하게 말하는 사람도 있다. 참 많은 사람을 만나 함께 일하고, 사기도 당하기도 하면서 이런 결론을 내렸다.

'사람은 대부분 생긴 대로 논다. 정말 생긴 대로 논다.'

처음에는 점잔을 빼겠지만, 어느 정도 시간이 지나거나 자기에게 이익이 되지 않는다고 느끼면 바로 돌변한다. 더 조심해야 할 인물군이 있다. 바로 고급 사기꾼이다. 이들의 특징은 잘 알지도 못하는 대학교의 박사학위를 받은 뒤, 교수 자리를 못 차지한 룸펜형 지식인 집단에서 많이 발견된다. 이런 류의 사람들이 사회를 이상하게 만드는 경우가 참 많다고 느낀다. 나름의 이상한 논리를 가지고 사람들을 현혹한다.

불법 다단계를 선진 마케팅 기법이라고 옹호하면서 스스로 전문가라고 칭하는 사람들도 이런 군에 속하는 사람들이다. 불법 다단계 단체들은 박사학위를 받은 사람을 포섭해서 다단계 유통의 우수성을 SNS를 포함해서 여러 곳에서 홍보하도록 한다. 최근에는 코인 시장이 성행하니 불법 코인을 주제로 하는 불법 다단계 설명회에 으레 나타나는 박사라는 사람도 있다. '박사'라는 타이틀로 인해 사람들은 그 사람의 해괴한 설명에 쏙 빠진다. 한심한 상황의 얼굴마담 역할은 박사라는 타이틀을 가진 자의 몫이다. 진짜 박사를 땄는지, 아닌지는 별로 중요하지 않아 보인다.

여자든 남자든 생긴 대로 놀기 때문에 인상이 정말 중요하다. 이젠 나도 상대방 얼굴을 보면 이 사람의 됨됨이를 어느 정도 알 수 있다. 인상은 성형수술을 했다고 좋은 인상으로 바뀌진 않는다. 인상은 수십 년간 살아온 개인의 경험과 평상시 삶의 철학, 가치관 등이 녹아서 얼굴에 표현된 것이기 때문이다. 절대로 외과적 수술로 좋은 인상을 만들어낼 수가 없는 것이다.

사람에게는 행복할 때만 나타나는 표정과 인상이 있다. 긍정적인 사고와 온화한 성격을 가진 자만이 아주 좋은 인상을 지닐 수 있다. 학원에 가서 단기수업을 받아 좋은 인상을 만들 수 있다는 생각은 대단한 착각이다. 항상 웃어야 하는 서비스 산업에 근무하려는 사람들이 학원에 가서 연습한다고 좋은 인상이 되지는 않을 것이다. 또한, 인상은 조폭 수준인데 나중에 알고 보니 정말 선한 동네 아저씨라고 이야기하는 경우를 들었을 것이다. 그래서 첫인상을 보고 그 사람에 대해 너무 빠른 판단을 하지 말라고 말한다.

하지만 세월이 지나 보면 알게 될 것이다. 그 당시 첫인상이 거의 다 맞았다는 사실을 말이다. 아마 첫인상을 위장해도 세월이 지나면 다 드러나게 되어 있다. 절대 세월을 이길 수는 없을 것이다.

'첫인상이 끝 인상이다.'

50세가 넘으면 자기 얼굴에 책임을 지라는 말이 있다. 누구나 자신의 얼굴에 모든 사연과 지나온 흔적을 남기게 된다. 그래서 위인들의 얼굴과 사기꾼의 얼굴이 다른 것이다. 나이가 드니 자연히 얼굴에

잡티도 많이 생기고, 피부에 탄력도 없어지고, 없던 검버섯 비슷한 것이 생기기도 할 것이다. 어느새 이마에 주름이 나타나기 시작하고, 얼굴에는 활력도 없어지는 듯하고, 눈썹도 많이 희미해진다. 그래서 하얗게 변한 머리를 염색해서 젊어 보이게 만들고 싶기도 하고, 의학의 힘을 빌려 눈썹에 힘을 주기도 하고, 처진 볼살에 보톡스를 맞아 팽팽하게 만들고 싶기도 하고, 필요 없는 배 주위의 지방을 없애고도 싶을 것이다.

하지만 이런 행위를 정말 해야만 할까? 아무리 의학의 도움을 받는다고 해도 그런 인위적인 아름다움으로 좋은 인상의 소유자가 될까? 누누이 강조하지만, 친구를 보면 해당 본인의 됨됨이를 알 수도 있다. 친구 따라 강남 가기 때문이다. 초록은 동색이고, 항상 유유상종하는 법이다. 그래서 친구를 보면 당사자의 됨됨이까지 알게 되는 법이다. 물론 예외는 간혹, 아주 간혹 있기는 하다. 그리고 아내나 남편 등 배우자를 보면 그 사람의 진면목을 알 수 있다. 부부는 닮아간다는 말도 있듯 비슷하거나 끌림이 있으니까 결혼을 결정한 것 아니겠는가.

사람은 생긴 대로 논다고 주장하면 반론을 펴는 사람도 있을 것이다. 어떻게 외모만 보고 사람을 판단하는가, 그리고 무슨 근거로 그런 결론을 내느냐고 말이다. 60여 년 평생을 국내와 해외에서 수많은 사람을 만난 후 내린 결론이기에 당당히 밝히는 것이다.

내 후손을 위해서 말해주고 싶다. 항상 친구를 사귈 때 그리고 사업 파트너를 선정할 때, 인상을 잘 보라고. 곁에 있는 사람들의 얼굴을 비교하면 누가 사기꾼으로 성장할지, 거짓말을 잘하는 사람으로 성장할지를 지금부터 연구해서 나중에 사기당하지 말라고 말해주고 싶다. 이 세상에는 사기꾼이 정말 많다고 말이다. 특히 고등 사기꾼들이 점점 늘고 있다고 말이다.

SNS 세상이 되면서 더더욱 사기꾼들이 판을 치고 있다. 더군다나 '개인정보보호법'이라는 이상한 보호막이 생긴 이후부터는 사기꾼들의 인권을 우선 보호해주는 듯하다. 그래서 이상한 사람과는 되도록 인연을 맺지 않도록 피해야 하고, 좋은 사람과는 좋은 인연을 맺도록 노력을 하라고 신신당부하고 싶다. 그래서 인생 공부를 많이 하라고 당부하고 싶다.

열심히 공부한 후에는, 명상을 많이 하거나 내려놓기를 생활화한 사람의 얼굴을 보면 보통 사람들하고 다른 이유를 조금 이해할 수 있을 것이다. 무게감과 신뢰를 주는 사람이 되길 바란다면 인생을 참 많이 공부해야 할 것이다.

명함이나 겉모습에만 집중해서 사람을 보는 것은 아닐까

나는 대한민국 경영 분야 책을 저술한 저자들을 만나 저자 인터뷰 칼럼을 써서 경제 주간지에 실었던 경험이 있다. 전문 분야를 묻고 대답하는 인터뷰 기사를 장장 3년 6개월간 진행했다. 사실 요즘에는 너나 나나 책을 저술해서 저자라고 홍보하고 돌아다닌다. 더구나 일부 저자들은 기본적인 도덕 관념, 교양조차 없는 사람들이 저자라고 언론으로부터 우대를 받는다. 이 대목에서 오해할 수 있어 부연 설명하자면, 책의 저자가 도덕 선생님도 아니고, 성직자도 아니므로 도덕 관념, 에티켓, 기본적인 인간미 등을 반드시 갖춰야만 저자가 될 수 있다는 의미가 절대 아님을 밝혀둔다.

내가 직접 저자를 만나 보니 사실 우리가 알고 있는 유명한 경영 분야 저자의 위상은 출판사가 만들어낸 허상일 수도 있다는 것이었다. 일부 저자 중에 기본 에티켓도 안 배운 사람도 있었지만, 이런 팩트를 독자가 알 턱이 없다. 물론 해당 분야에서는 모든 독자로부터 전문가라고 우대를 받고 있다. 경영의 전문 분야만 잘 알면 되지, 꼭 우수한 도덕 관념까지 가져야 저자가 되는 것은 아니겠지만, 개인적인 바람은 독자로부터 존경을 받으려면 내면도 최고의 수준이 되어야 하지 않을까 생각해본다.

어떻게 보면 저자 사기꾼에게 독자들이 속아 넘어갈 수도 있다는 말이다. 하지만 일반 신문의 책 분야 기자들은 그 저자들에 대해 잘 알지 못하고 출판사가 보내준 보도자료에 의존해서 책 서평을 매 주 한 번씩 쓰기 때문에 해당 저자의 실력 유무는 잘 모르는 것이 어쩌면 당연한지도 모르겠다. 출판사는 책을 많이 팔아야 하니 저자를 멋지게 꾸민다. 정말 잘 꾸며준다. 그래서 허상의 저자들이 참 많은 것도 팩트다.

나는 이런 행위를 일종의 '독자 사기'라고 생각한다. 전 국민이 아주 잘 아는 여행전문가도 그렇고, 성직자면서 자기계발서를 써서 유명해졌던 분도 그렇고, 자기계발 분야에서 탁월한 실력을 발휘한 분들이 지금은 어디 갔는지 찾을 길이 없다. 왜 이런 일들이 계속 반복될까? 정말 세상은 자신이 보고 싶은 부분만 본다. 전체를 못 보는 것이다. 사람들은 신문에 나온 사람, 언론에 나온 사람을 무조건 믿는다. 그래서 고등 사기꾼들은 언론과 TV를 최대로 활용한다. 최근에는 유튜브, 인스타그램을 최대한 이용한다. 이런 부류의 사람들이 저술한 책들이 베스트셀러에 올라가는 경우도 있지만, 내공이 부족하기 때문에 시간이 흐른 후에 읽으면 허망함을 알게 될 것이다. 세상은 해당 분야 전문가만이 생존할 수 있는 세상이다. 어느 한 분야의 전문가 소리를 들으려면 적어도 15년 이상의 내공을 쌓아야 할 것이다. 그 이하의 경력으로 전문가라고 나오는 사람이 있다면 조심해야 할 것이다.

좋은 선생님 vs 나쁜 선생

*

생을 참 열심히 산 듯싶다. 생물학적 나이는 만 60인데, 실제 산 내용을 자세히 보면 100세는 족히 산 것 같다. 왜냐하면, 지금까지 살면서 정말 보통 사람이 산 것보다 적어도 2배 이상, 많다면 3배 정도 더 많은 도전하는 삶을 살았다고 자부한다. 나는 어렸을 적부터 참 호기심이 많은 아이였다. 어른들이 즐겨 하는 술, 담배, 여자, 도박을 아주 어렸을 때 접하고는 나와 맞지 않음을 알았다. 그래서 내 생각으로는 나쁜 것은 어렸을 때 접하고 이것이 자신에게 얼마나 마이너스 요소인지 스스로 느낄수록 어른이 된 후에 절대 탐닉하지 않을 것이라 주장하고 싶다.

여기서는 의무교육 기간에 자아가 발전하는 단계에 도움을 줘야 하는 학교 선생님의 역할에 관해 이야기하고자 한다. 그리고 아무나 선생님이 되어서는 안 된다는 생각도 가져본다.

내 경우에는 고등학교 3년간의 기간이 정말 무의미하고, 활기라고는 찾을 수 없는 그런 밋밋한 생활이었는데, 그 이유가 고등학교 1학년 담임 선생 때문이었다. 내가 다닌 고등학교는 기독교 학교였는데, 그것까지는 그런대로 참을 수 있었지만, 종교를 강요하는 담임 선생의 의무교육은 정말 견디기 힘든 1년이었다. 내 머릿속은 혼돈 그 자체였던 정말 기억하기 싫은 시절이었다. 그래서 내 고등학교 1학년 생활은 그야말로 종교 강요, 미션스쿨의 문제로 항상 꽉 막힌 배수구처럼 머릿속이 복잡했다. 유신 시절이어서 데모의 'ㄷ'자도 말 못 하던 무서운 시절, 정신적 성장을 방해한 종교 강요는 앞으로 절대로 교육기관에서 있어서는 안 된다고 다시 한번 강조하고 싶다.

성장기에 있는 학생에게 가장 중요한 시기는 단연코 사춘기다. 이 시기에 대부분 자신의 인생관과 생활관 등 모든 삶의 개념들이 형성된다. 이 시기를 보통 '질풍노도의 시기'라 부른다. 내가 볼 때, 이 시기에 가치관과 인생관이 제대로 성장한 사람과 그렇지 못한 사람의 인생은 하늘과 땅 차이로 벌어진다고 단언한다. 그래서 초등학교 4학년부터 중학교 2학년까지의 5년이 가장 중요한 기간이라 단정 짓고 싶다. 이 기간이 조그마한 소년·소녀의 인생을, 운명을 거의 결정 짓는다고 본다.

그러므로 이 시기에 의무교육 기관의 실제 주체인 선생님의 역할이 정말 중요하다. 그래서 이 시기에 아이들의 관리를 맡은 선생님은 아무나 역할을 주어서는 안 된다는 것이 내 지론이다. 내 경우에는 다행히 좋은 선생님들이 나를 잘 이끌어주셨기 때문에 나쁜 길로 빠지지 않았다. 잠시 나쁜 길로 들어갈 수도 있었지만, 다시 정상의 길을 걸을 수 있게 됐다고 자평한다.

나를 인정해주고 사랑해주신 선생님

중학교 2학년 즈음 되면 이성에 눈을 뜨는 시간이다. 내 중학교 2학년 시기는 정말 따뜻한 봄볕 같은 시간이었다. 나의 중학교 3년의 세월은 정말 황금기였다. 좋은 선생님들의 사랑을 듬뿍 받으면서 전교에서 어느 정도 등수에 들 만큼 성적도 잘 관리했고, 취미생활도 왕성하게 진행하던 시절이었다. 그 당시 내 일기장에 나온 내용을 그대로 옮긴다.

1974년 8월 24일

한문을 가르쳐주시는 조용옥 선생님은 나를 정말로 사랑해주신다. 여름방학이 오기 전에 교무실로 가서 선생님께 주소를 알려달라고 했다. 들어가 말하니 쾌히 승낙을 해주셔서 고마웠다. 집에 가서 바로 편지를 썼다. 내용은 같이 야구장에 가자는 것과 여름방학에 재미났던 일을 써서 보냈다.

다른 선생님들보다 어린 나를 더 귀여워 해주시는 한문 선생님의 따뜻한 말 한마디가 공부에 더욱 매진하게 했다.

1974년 9월 18일

요사이는 완연한 가을이다. 4시 50분쯤에 집에 도착했다. 책상 위에 웬 편지가 있다. 앞을 보니 나에게 온 편지다. 9월 8일에 조용옥 선생님께 편지를 보냈는데, 10일이 지났기에 답장을 안 해주시는 줄 알고 있었는데 뜻밖의 일이어서 기뻐 뜯어봤다.

충고한 사항이 여러 가지 있었다. 내 가명이 '훈'인지 어떻게 아셨고, 일기를 매일 쓰는 일은 어떻게 아셨는지 자못 궁금하다. 머지않아 토요일에는 또 뵙게 된다. 그날 만날 것을 기대하며, 지금 위인전집 간디를 읽으려 한다.

중학교 2학년이었던 나에게 조용옥 선생님은 사랑을 주는 존재였다. 그해 겨울에 조용옥 선생님은 결혼하시면서 교단을 떠나셨다. 아직도 그분의 자상한 모습과 온화한 미소가 기억난다.

변태에 가까운 체육 선생

내 중학교 시절에는 천사 같은 선생님만 계신 것이 아니라 정말 변태 같은 선생도 함께했다. 그 당시에 쓴 일기장 내용을 그대로 옮긴다.

1974년 9월 8일

그저께는 아버지께 중학교 입학도 하고 시험도 잘 봤으니 시계를 사달라고 하니 흔쾌히 승낙해주셨다. 신세계백화점 옆 골목에 있는 시계점에서 예쁜 오리엔트 시계를 샀다. 그다음 아버지 친구분네로 향했다. 그 집에 가서 뻐기고 6시쯤에 집에 왔다. 시계를 사주신 아버지께 감사+감사+감사+감사를 드린다. 시계를 자세히 설명하자면 시곗줄은 검은 가죽 줄이고, 시계 알은 노란색으로 덮여서 보석 관계를 이룬다. 나쁜 점은 없다.

그런데 이 시계를 차고 학교에 가서 문제가 발생한다. 체육 시간에 시계를 찬 채 수업에 들어간 것이 화근이었다. 체육 시간의 시작은 4열 종대로 서서 출석을 신고하는 것부터 시작된다. 교단 위에 선 체육 선생은 학생들의 출석 신고를 받고 난 후에 나를 콕 찍어 지목했다.

"너, 시계 오른손에 찬 놈! 왜 오른손에 시계를 차? 빨리 왼손에 차!!!"

그 당시 나는 다른 사람이 모두 왼손에 시계를 차지만 오른손에도 찰 수 있다는 생각으로, 오른손에 오리엔트 짜가(재규어)포커스 노란 딱지 시계를 차고 있었다. 하지만 그 체육 선생의 눈에 발각된 것이다. 할 수 없이 왼손에 바꿔 차는 척하고, 좀 있다가 바로 오른손에 다시 시계를 찼다. 그리고 나서 체육시간에 나눠준 공을 갖고 축구시합을 하느라 정신이 없었다. 그런데 문제는 이 시계의 위치를 다시 왼손에 차야 한다는 것을 까먹은 것이었다. 체육 시간이 끝나고 다시 4열 종대로 모여 인원 체크하는 시간이 되었다. 체육 선생은 귀신같이 오른손에 시계를 그대로 차고 있는 나를 발견했다.

"야, 너 나와!"
나가자마자 뺨을 때렸다.
"이 자식이 내 말이 말 같지 않아? 왼손에 차라고 했지?"

그 이후부터 나는 절대로 체육 시간에 시계를 차고 나가지 않았다. 그러고는 더더욱 시계를 오른손에 차고 학교에 갔다. 이런 습관이 오늘도 이어져서 난 시계를 오른손에 찬다. 내 경우를 보더라도 청소년기에 선생님의 영향력은 정말 상당하다는 것을 알 수 있다.

종교를 강요하는 고등학교 1학년 담임 선생

사춘기 때, 거의 누구나 종교 때문에 갈등을 많이 하게 된다. 하지만 어른들은 자신이 믿는 종교를 학생들에게 믿도록 강요해선 안 된다. 즉, 종교까지 좌지우지해선 안 된다. 종교는 스스로 믿는 것이거늘, 종교를 강요하는 고등학교 1학년 담임 선생이 있었다.

중학교 시절까지는 공부가 재미있었다. 초등학교 때는 방송부 선생님의 귀여움을 독차지해 6학년 선배들의 졸업식 때 재학생 대표로 송사를 낭독하는 행운도 얻기도 했고, 웅변부에 들어가 학교 대항 웅변 대표 선수로 선발되기도 하는 등 나름 열심히 학교생활을 했던 기억이 있다. 학교 가는 것도 재미있고, 공부도 재미나니 당연히 학교 성적도 꽤 좋았다. 하지만 이런 나를 공부가 정말 싫고, 학교 다니는 것이 정말 싫은 학생으로 탈바꿈해준 계기가 있었다.

중학교 시절과는 180도 다른 학교생활 부적응자로 만든 사람이 바로 내 고등학교 1학년 담임 선생이다. 이로 인해 기독교라는 특정 종교가 싫어졌으니 그 담임 선생의 지대한 공로를 인정해야 할까? 당연히 일찍 학교 가는 것도 싫어지고, 수업도 덩달아 싫어지게 됐다. 이어서 학교 성적도 날이 갈수록 떨어지게 됐다. 학생이 학습에 흥미를 잃게 되니 무슨 목표가 있었겠는가.

1976년 3월 6일

신일고등학교에 입학한 지 닷새째다. 기독교 학교다. 1학년 7반, 담임은 영어를 가르치는 성○○ 선생님이다.

그런데 한 달이 지나서부터 매일 아침 다른 반보다 1시간 일찍 학교에 오라고 한다. 담임 선생은 우리에게 한 시간 동안 성경을 읽고 찬송가를 부르게 했다. 그리고 1번부터 60번까지 모든 학우가 돌아가면서 교탁에 나와 매일 아침 기도를 주관하게 했다. 학생이 무슨 종교를 믿든 상관없었다. 기독교를 사랑하고 신앙을 갖게만 하고 싶은 듯했다.

그 당시 신일고등학교는 매주 1회, 의무적으로 들어야 하는 '성경' 과목도 있고, 일주일에 한 번의 교목 시간이 있음에도 불구하고, 유독 우리 반만 유일하게 기독교에 관해 매일 1시간씩 더 공부했다. 매일 아침 1시간 동안 찬송가를 부른다. 그것도 소프라노, 알토, 테너, 베이스로 4개의 화음을 내야 한다. 학급이 4개 분단으로 이뤄져 있으니 4개의 음으로 화음을 맞추기 위해 담임 선생은 지휘봉을 가지고 아침마다 지휘한다. 찬송가에 쏙 빠진 듯 아주 심취한 얼굴로 말이다. 4개의 화음이 제대로 안 되는 날에는 잘될 때까지 계속했다.

찬송가와 성경을 억지로 읽고 외우게 하는 담임 선생의 억압에 정말 심한 스트레스가 이어졌다. 중학교 때는 나름대로 전교에서 놀던 내가 학급 반 등수에서도 밀리기 시작했다. 점점 내려가더니 끝이 어딘지도 모르게 추락했다. 학교 가는 것이 너무 싫은데, 내 뜻을 표현하지 못하니 그 스트레스는 정말 말로 표현하기 힘들 정도였다.

그 당시에 억압받던 나를 위로하고 탈출하게 해준 두 가지가 있어서 다행이었다. 그 하나는 팝송이었다. 영어도 배우고 미국 문화도 배울 수 있어 좋았다. 그중에서 아직도 내 뇌리에 남아 있는 그룹이 있었으니 바로 '퀸(Queen)'이라는 그룹이 부른 〈보헤미안 랩소디〉였다. 가사부터가 충격적이었다. "엄마, 내가 아빠를 죽였어요"라는 첫 소절 가사는 정말 충격 그 자체였다. 당시 나는 팝송을 따라 부르면서 스트레스를 풀곤 했다. 그것만이 유일한 탈출구였는지도 모른다. 그때는 내 사정을 누구와도 쉽게 이야기할 친구조차 별로 없던 시절이었다. 왜냐하면, 그 당시에 내 주변에는 학교에 절대적으로 복종하고 순응하는 양 같은 학생들만 있었기 때문이다.

또 다른 하나의 탈출구는 '운동'이었다. 고등학교 1학년에 들어가자마자 '십팔기(十八技)'를 배우기 시작했다. 운동은 내 신체를 건강하게 만들어주었고, 땀 흘리며 훈련하고 나면 하루의 스트레스가 날아갔다. 나는 그 시절 십팔기의 여러 기술을 배우면서 심신을 단련했고, 그 덕분에 이상한 길로 가지 않을 수 있었다. 매일 도장에 가서 십팔기를 하며 흔들리는 정신상태를 바로잡고, 종교를 강요받는 스트레스를 풀어내곤 했다.

공교육 그중에서 중고등학교 담임 선생님의 역할과 비중은 정말 중차대하다. 특히 자라나는 청소년들의 사상과 인생관을 형성할 때 담임 선생님의 중요성은 몇 번을 강조해도 지나치지 않다. 또한 중학교나 고등학교 설립 인가 시, 특정 종교를 표방하는 학교에 설립인가를 해준다면 전제조건이 있어야 할 것이다. 해당 특정 종교를 믿는 학생들만 선발할 수 있는 전제조건을 갖추도록 말이다. 그래야 제2의 김영호가 탄생하지 않을 것이다. 청운의 꿈을 꾸며 입학한 고등학교의 첫 번째 단추가 잘못 채워지면서 청소년 김영호의 인생도 꼬이게 됐다.

"네가 종교를 등한시하면 되지 않냐?"라고 하는 사람이 있다면, 잘 모르고 하는 소리다. 아시다시피 이데올로기 교육은 정말 헤쳐 나올 수가 없는 늪이라고 답해주고 싶다. 정신을 옭아매는 종교 강압교육은 일종의 정서학대가 아닐까 싶다. 아직 정신적으로 성숙하지 못한 청소년기에 들어선 학생들에게 특정 종교를 매일 아침 한 시간씩 세뇌 교육을 하는 담임 선생을 보면서 가슴이 답답했던 시절이었다. 제발 이런 이상한 종교 교육은 없어졌으면 한다. 제발이다.

왜 대한민국은
SKY 출신이라면 기죽는가?

*

살면서 우리나라 사람들이 얼마나 최고 학교 출신에 기를 못 펴는지 많이 체감했다. 물론 해당 대학교 출신들의 실력이 별로라고 이야기하는 게 아니다. 일류대학교를 나오지 않은 부모들이 만들어놓은 허상 때문에 자녀들도 왜곡된 정보에 잘못된 결정을 할까 걱정이 되어서 하는 이야기다.

즉, 방송에 나온 S대 출신의 패널 말이라면 대부분 믿으려 한다. 더욱이 방송에 나온 전문가가 미국 H대학교 출신이라면, 더더욱 기를 못 편다. 거기에 주요 신문 기자 출신이라면 더더욱 껌벅 죽는다. 그냥 맹신한다. 왜 그럴까?

그래서 요즘 사기꾼들은 이런 최고 학교 출신으로 위장해서 사기를 친다. 일류대학교 출신으로, 신문 기자 출신으로 전 국민을 상대로 이상한 정보를 유포한 경우도 다반사다. 유명 유튜버로 활동하다가 이상한 사건이 나자 바로 문 닫는 유명 신문사 기자 출신 유튜버도 해당 대학 출신이다. 그런데도 대부분 해당 대학교 출신인 전문가가 말하면 모두 정답이라고 생각한다.

이런 모든 모순의 시초는 조선 시대부터 이어져 내려온 '사농공상'의 폐해라고 본다. 공부는 잘하지만, 사람이 안 된 전문가가 얼마나 많은지 잘 알지 않은가? 이런 모순된 현실은 법조계와 학계에서 주로 일어난다.

나는 사업 파트너가 꼭 어느 대학 출신이어야 한다는 고정관념을 가진 적이 단 한 번도 없었다. 하지만 세상은 달랐다. 세상은 SKY나 미국의 H대학교 출신을 선호했고, 그들이 말한 단어에 출렁였다. 어느 대학 출신이 중요한 게 아니라 내공이 정말 있는 사람의 말이냐가 더 중요하거늘, 세상은 겉옷만을 사랑한다. 정말 너무 사랑한다.

그래서 이를 이용한 사기도 정말 많다. 출신 대학교 졸업장을 마음만 먹으면 얼마든지 만들 수 있는 세상에서 출신 학교만을 믿고 투자를 결심한다니 정말 잘못되어도 할 말이 없을 듯싶다. 지금도 유사 투자 대행회사의 새로 나온 투자 상품에 대한 정보가 전혀 없는 가운데, 해당 회사의 대표가 어디 출신인지만을 보고 투자를 결정하는 사람들이 참 많은 것을 보면, 답답하다.

대한민국에서 태어나 공부 좀 한다는 사람들은 거의 모두 미국 유명 대학교나 대학원으로 유학을 떠난다. 그래서 현지에 말뚝을 박고 동화되어 살아가는 사람들도 간혹 있지만, 학위만 받고 한국에 돌아와 교수나 연구원으로 제2의 인생을 사는 분들이 대부분이다. 그런데 왜 하필 미국일까? 한번 생각해본 적 있는가? 그 많은 나라 중에서 말이다.

우리나라 각계각층에서 지도자급으로 활동하는 거의 모든 사람이 미국에서 유학한 것을 자랑한다. 그래서 으레 유학하면 미국이라고 생각하게끔 되어 있다. 미국이라는 나라를 여행하다 보면 느끼겠지만, 정말 소수의 엘리트 집단에 의해 운영되는 국가라는 생각이 든다. 물론 우리나라도 예외는 아니지만 말이다. 그러니 남보다 더 출세를 원하는 부모들은 자식들을 미국으로 유학을 보내기 위해 모든 힘을 쏟아붓는다. "S대를 나와 미국 H대를 나온 재원"이라고 소개하는 TV 프로그램 등을 보다 보면 정말 미국에서 박사학위를 받지 못하면 우리나라에서 명함도 못 내미는 세상인가 하는 생각을 많이 하게 된다.

나는 미국 유명 대학교도 나오지 않았고, 미국에서 박사학위도 받지 못했지만, 나름 미국 박사학위를 받은 것보다 더 자부심이 있다. 나는 그 누구보다 길 위에서 인생의 철학자를 많이 만났다. 세계 각국의 수많은 길을 수없이 걸으면서 세상의 흐름을 알려고 노력했던 30여 년의 시간 투자와 연구 투자를 통해 나는 길 위에서 사람이 만든 최고의 학위 이상의 철학과 콘텐츠를 가진 귀한 분들을 만나게 됐다고 자부한다.

나는 미국 이외에 수많은 나라와 도시 여기저기를 발로 걸어 다니면서 많은 것을 보고, 많은 사람과 만나 이야기를 한 경험이 있다. 미국 동부, 중부, 서부 할 것 없이 여러 지역의 다양한 사람과 만나 이야기를 나누고, 지역마다 다른 지역색을 느끼곤 했다. 체험과 경험을 비교한다면 이 세상 둘째라 하면 서러울 정도다. 그렇지만 대한민국에서는 내 실력과 길 위에서 받은 학위를 제대로 가치 있게 쳐주질 않는다. 왜 그런지 모르는 내가 이상하다는 눈치다.

하지만 앞으로도 내 길을 갈 것이다. 나만의 길을 가기 위해 묵묵히 흐트러짐 없이 정도(正道)만을 걸을 것이다. 언젠가 내 주장이 수용되는 날이 오겠지. 만약 내가 죽기 전까지도 그런 날이 안 온다면, 그것도 운명일 것이다. 나는 어느 나라를 가도 넘치는 자신감으로 누구와도 자신감 있게 내 의견을 개진할 수 있다. 아무리 내가 나 혼자 자신감이 충만하고, 누구와 만나도 문제를 잘 해결할 수 있다고 하더라도 우리나라에서는 사대주의가 너무 팽배해 있기 때문인지는 몰라도 제대로 기회가 안 오는 느낌이다.

그래서 그런지 미국이나 영국 등에서 박사학위를 받고 와서 바로 TV 교양 프로그램 사회를 맡기도 하고, 패널로 등극해 유명인이 되어 바로 정치에 입문하는 사례가 비일비재한 것 아닌가 싶다. 또는 외국 유명 대학교 MBA 출신으로 홍콩에 가서 금융회사에서 일하다가 한국에 돌아와 바로 경제 관련 TV 프로그램의 사회를 보다가 아주 큰 금융사고를 치고 홍콩으로 도망간 유명한 일화가 아직도 방송가에서 회자된다.

더구나 요즘 대기업에 입사하려면 미국에서 MBA 받는 것은 당연한 것으로 되는 학력 거품 현상이 심각하다. 그러니 국내 경영학 석사학위는 그 가치가 점점 떨어지는 듯한 느낌도 있다. 내가 선호하는 인재는 많은 실전경험을 지닌 야전형 인재인데, 사회에서는 포장이 그럴듯한 해외 패키지 상품만을 선호하는 것을 보면 갸우뚱하다. 실전 경험이라고는 거의 없는, 책상 위의 이론가들에게 어찌 회사의 운명을 맡기려 하는지, 나아가 나라의 운명을 맡기려고 하는지 묻고 싶다.

만약 공항에서 범법행위가 적발되지 않았다면, 현장 경험이 거의 없는 책상 위 이론가에게 국가의 운명을 맡기려는 여론이 바로 만들어졌을지도 모른다. 검증의 기회를 준 후에 생각해도 늦지 않으리라 생각한다. 유명 대학교나 대학원 출신이라는 이유 하나로, 그리고 논리정연하게 말을 잘한다는 이유 하나로 나라나 지자체의 운명을 맡기는 것은 아무리 선거권이 한 표라고 하지만, 너무 쉽게 결정하는 것은 아닌지 다시 한번 묻고 싶다.

다시 정리해보자. 21세기는 출신 학교가 중요한 것이 아니라, 온리원 내공을 갖췄느냐의 유무 여부가 중요하다. 미국 실리콘밸리에서 성공한 CEO가 모두 유명 대학교 출신은 아니다. 제발 출신 대학교를 알려고 하지 말고, 묻지도 말기 바란다. 오직 실력이 우선인 사회를 만들어야만 한다. 내가 이렇게 아무리 이야기해도 기차는 가겠지. 그래도 올바른 방향으로 가기만 하면 좋겠다.

현재를 잡아라, 카르페디엠

*

카르페디엠은 'Carpe diem'에서 비롯된 말로, 영어로는 'Seize the day(현재를 잡아라)'와 같은 의미다. 오늘, 현재, 지금을 최대한 귀중하게 여기라는 뜻이다. 지금, 이 순간을 가장 충실하게 살라는 뜻의 라틴어다. 영화 〈죽은 시인의 사회〉에서 키팅 선생이 학생들에게 자주 이 말을 외치면서 더욱 유명해진 말이다.

나는 이 말을 이렇게 해석하고 싶다. 일어나지도 않을 미래를 걱정하지 말고, 현재를 최대한 음미하고 싶다고 말이다. 사실 대부분의 사람은 오지 않은 불안한 미래를 걱정하면서 하루를 보낸다. 그것도 너무 많은 시간을 말이다. 사실 미래는 불안하다. 특히 요즘 같은 코로나 시절에는 더욱더 불안하다. 그래서 사람들이 종교를 믿나 보다. 약하디약한 자신의 마음을 다잡기 위해서 말이다.

하지만 오지 않을 미래를 걱정할 필요는 없다. 그건 정말 필요 없는 시간 낭비이고, 에너지 낭비다. 하지만 대부분 사람은 오지 않는 미래의 상황, 올지 안 올지 모르는 사건을 걱정하면서 현재를 낭비하고 있다. 잘 생각해보라. 청소년 시절에 시험 보기 하루 전, 시험공부를 너무 안 해서 내일이 제발 오지 말기를 간절히 기도했던 추억이 누구에게나 있지 않을까? 내일 있을 시험이나 발표 전날, 떨리는 감정을 주체 못 하고 전전긍긍했던 적이 있지 않았던가?

사실 이 문장을 잘못 해석하는 사람들도 있다. '카르페디엠'을 '현재를 즐겨라'라는 식으로 쾌락주의의 변으로 말하는 사람들도 있다. 일부 맞지만 엄격히 말하자면 틀렸다. 잘 생각해보라. 이 글을 읽고 있는 현재에도 미래를 고민하고, 미래를 염려하는 사람들이 얼마나 많은지 아는가? 자신이 과거에 의도했든 아니든 불미스러운 행동을 했거나 말을 한 것을 후회하면서 다가오지도 않을 미래를 걱정하는 기우 아닌 기우를 하는 사람들이 얼마나 많은지 말이다. 누구나 자신의 미래를 준비하는 것은 당연한데, 현재에 사는데 불안한 미래를 미리 걱정할 필요는 전혀 없다는 것이다. 그러니 '카르페디엠'을 외치고 싶다.

나는 이 단어를 보다 보면 이 영화가 불현듯 생각이 난다. 고등학교 시절에 본 영화 〈지붕 위의 바이올린〉이다. 이 영화를 본 적 없는 사람은 나중에 넷플릭스 등으로 한번 보았으면 좋겠다. 이 영화의 줄거리를 간단히 말하자면 다음과 같다. 1905년 러시아 우크라이나 지방의 작은 유대인 마을에서 일어난 일을 배경으로 한다. 전통을 중시하는 아버지에 반해 딸들은 자유연애를 하며 가족 간 충돌이 발생하지만, 러시아 혁명의 불씨가 이 외딴 지방까지 붙게 된다. 할 수 없이 지금까지 뿌리를 내린 고향을 등지고 온 가족이 미국에 이민해야 했던 역사적 배경이 깔린 영화다.

이 영화에 삽입된 음악 〈Sun Rise Sun Set〉이라는 노래가 정말 심금을 울린다. 내가 고등학생 때 봤을 때는 그런가 보다 했는데, 나이를 먹고 보니 정말 실감하게 됐다. 특히 영화에 나오는 이 노래는 정말 많은 것을 함축한다. 영화에서 나오는 바이올린 소리가 정말 심금을 울린다.

　해는 뜨고, 해는 진다. 내일도 어김없이 해는 뜨고 해는 진다. 어김없이 한 세대가 가고, 다음 세대가 이어진다. 내가 지금 여기에 살고 있지만, 조금 있으면 내 자손에게 물려주고 이 세상을 떠나겠지.

　돌아가신 우리 아버지가 내게 쏟은 정성과 애정 때문에 오늘날의 내가 이렇게 살아가고 있고, 나는 내 자식에게 똑같은 정성과 사랑을 전달하고 있다. 세월은 정말 빨리 흘러가고, 지금 내 자식은 나와 같은 공간에 있지만, 곧 자신만의 공간과 미래를 향해 달려나갈 것이다. 그게 바로 인생이다. 오늘도 해는 뜨고, 해는 진다. 오늘, 현재에 충실하라. 오늘 후손들을 위해 무엇을 준비해야 할지 고민하라.

　최근 지구는 폭염으로 몸살을 앓고 있다. 이탈리아 시칠리아섬에서는 48.8도까지 측정되고, 북미에서는 폭염 사망자가 속출하기도 했다. 크게는 파괴되고 있는 자연, 하나밖에 없는 지구환경을 지키기 위한 노력을 비롯해 작게는 우리 마을 우범지대를 없애기 위한 가로등과 방범용 CCTV 하나 더 설치하기 등을 몸소 실천해야 할 것이다. 아마 찾아보면 할 일이 상당히 많을 것이다. 이 모든 행위는 우리네 자손들의 미래를 위해 필요한 현재의 활동인 것이다.

　부처님께서 이런 말씀을 하셨다(《중아함경》 중에서).
　"과거는 지났고 미래는 아직 오지 않은 것이다."

　우리에게 가능한 삶은 현재, 지금 이 순간뿐이다. 많은 사람이 행복이 미래에 있다고 착각하고, 미래를 위해 현재를 희생하는 경향이 너무 크다. 미래의 풍족한 삶을 위해 오늘 너무 많은 에너지를 쏟는다. 마치 내일이 없는 사람처럼 말이다.

하지만 오늘 내 곁에 있는 가족과 지인에게 좀 더 관심을 가지고 정성을 다해 대하기 바란다. 그리고 시간이 날 때마다 마음 챙김을 하라. 잠깐의 쉼표를 가지면서 현재를 만끽하라. 휴식 없는 현재를 내려놓는 연습도 필요하다. 일주일이나 열흘에 한 번은 스스로에게 충분히 쉴 수 있는 게으른 날을 정해 놓아라. 아주 충분히 게으른 사람이 되어보라. 충분한 쉼과 휴식은 당신에게 현재의 행복감을 선물해줄 것이다. 언제까지 무언가에 쫓기는 현대인으로 살 것인가!

젊었을 때 배낭여행을 하고, 늙었을 때는 한 달 살기를 하자

세계적인 해변 휴양지 스페인의 코스타 델 솔(Costa del Sol) 중심에 자리 잡은 휴양지인 '미하스(Mijas)'에서 행복한 기분을 느낀다. 가족과 여름 휴가로 큰마음 먹고 간 여행에서 이런 곳을 방문할 줄이야. 이곳 분위기는 서울의 평창동 같은 느낌이었다. 고지대에 하얀 주택들이 가지런히 즐비한 것이 속세와 동떨어져 살려는 사람들의 정착지 같은 느낌도 들었다. 정말 고즈넉한 마을 분위기를 보고, 속세에서 잠시 벗어나 이곳에서 한 달 살기를 하고 싶다는 마음도 들었다.

이곳, 미하스는 스페인 남부 안달루시아 자치지역 지중해변에 있는 도시인데, 주로 영국, 스코틀랜드, 아이슬란드, 러시아 등 추운 곳에 사는 돈 많은 여피족의 휴양지라고 한다. 이곳에는 스페인에서 가장 큰 골프 리조트인 라 칼라(La Cala) 골프장을 포함해 모두 7개의 대형 골프 코스가 있어서 골프 마니아도 상당히 많이 거주하고 있다. 그래서 그런지 동네 전체 분위기가 럭셔리한 분위기다. 동시에 아주 조용하다. 차분하다는 표현이 더 맞으리라.

원래 이 동네는 1953년까지 전화도 개통되지 않는 시골이었고, 집은 대부분 판잣집이었다고 한다. 그러던 것이 1960년대 최초의 호텔이 도시에 들어서면서 발전했다고 한다. 가장 높은 지대는 해발 600m에 달해 공기가 정말 좋다. 이곳에서 바라보는 지중해 바다는 눈이 부시다 못해 시리다. 그리스 산토리니가 아주 멋진 풍광괴 하얀 담벼락 그리고 푸른 지붕으로 유명한 것에 비해 이곳은 흰색 벽에 붉은색 기와지붕이 특징이다. 이 붉은 컬러는 스페인 안달루시아 전통 양식이라고 하는데, 이곳 분위기와 정말 비슷한 도시가 생각난다. 바로 미국 캘리포니아나 네바다와 너무 흡사하다.

미국 캘리포니아에 처음 갔을 때 붉은색 기와지붕이 눈에 띄어 특별히 기억하고 있었다. 그리고 네바다에 있는 여러 도시에 도착하니 또 비슷한 분위기여서 기억하고 있었는데, 이곳 스페인 남부에 오니 그때 기억했던 비슷한 이미지가 연상되어 어디가 원조일까 궁금했다. 하지만 어디가 원조인지 무슨 소용이 있겠는가. 그것은 그렇게 중요하지 않다. 다만 내가 지금 여기 미하스에 있지 않은가!

동네 어귀에 있는 주차장에 차를 주차하고, 엘리베이터를 타고 올라가면 그곳이 바로 미하스의 마을 입구다. 이곳부터 마을 투어가 시작인데, 자동차가 없으므로 정말 편안하게 관광을 할 수 있는 동네다. 다리가 아픈 분을 위해 노새가 끄는 마차를 이용할 수도 있다. 자동차의 매연과 소음으로부터 탈출할 수 있다는 점이 정말 좋다. 물론 거주자들의 소형차가 운행되기는 하지만, 일부 소 도로에서만 운행되기 때문에 편안한 관광을 하기에 전혀 부담되지 않는다.

어쨌든 빛을 담은 하얀 마을, 미하스. 하얀 벽에는 푸른색 화분들이 걸려 있다. 하나가 아니라 수 개 또는 수십 개가 걸려 있어서 마치 박물관의 그림 액자를 보는 듯도 하다. 북유럽 및 영국 은퇴자들의 천국! 하얀 색깔의 집들이 산꼭대기 위에 즐비한 모습이 너무 예쁘다. 로마 시대부터 있어 온 휴양도시라 그런지 역사도 대단하다.

　젊었을 때, 배낭 하나를 메고 유럽 전역을 정말 바삐 여행했던 경험이 있다. 그야말로 패스트 투어(Fast tour)의 원조다. 하지만 나이를 먹으면서는 슬로 투어(Slow tour), 천천히 걸으면서 사색을 할 수 있는 여행이 좋다. 나뿐만 아니라 누구나 나이가 들면 슬로 투어를 선호한다. 그래도 난 트렌드 투어를 제일 즐겨 한다. 자연만 보는 여행도 싫고, 유명 명승지만 보는 것도 싫다. 나는 선진국 도시에 가서 그곳 주민처럼 한 달 정도 사는 그런 여행이 좋다. 원주민과 같이 생각하고, 동네 주민과 같이 행동하는 것이다. 그들 생활문화 속으로 깊숙이 들어가는 여행 아닌 여행이 앞으로 진행할 나만의 여행이 될 것이다.

　여행도 나이 따라 달라지는 것이다. 삶도 나이 따라 변한다. 그래서 이런 평안한 마을에 오면 한 달 정도 푹 쉬고 싶은 욕구가 마구 생긴다. 재택근무도 발달했으니 거의 모든 업무를 재택으로 처리할 수만 있다면, 그리고 이렇게 일해도 매월 필요한 수입이 발생할 수만 있다면 얼마나 좋을까 하고 혼자 상상하면서 픽 웃는다. 물론 몇 년 전부터 열심히 제2의 인생을 사는 중이다. 매월 500만 원의 수입이 또박또박 내 통장에 꽂히는 그날을 상상하면서 오늘도 그 파이프라인을 개설하고자 노력 중이다.

　요즘 파이어족이 희망하는 월 500만 원을 나도 꿈꾼다. 덕분에 유튜브도 열심히 하고, 유료 칼럼 및 뉴스레터도 열심히 만든다. 내가 지금까지 배운 유통(오프라인 그리고 온라인 유통 지식)과 창업 관련 컨설팅도 날카롭게 진행하고 있다. 더불어 글로벌 신사업을 추진 중이다. 새 테마로 접근해서 새로운 시각으로 신사업을 전개하고자 혜안을 가진 협력자를 찾고 있다. 모두 나만의 콘텐츠로 승부하는 것이다. 여기서 중요한 것은 '나만의', '온리원'이라는 키워드다. 이 세상에 나만 가진 특징점을 콘텐츠에 녹여내는 중이다. 내 주위에 이런 말을 해주며 나를 자극하는 분도 계신다.

"황금알을 낳는 거위를 잘 키워야 합니다. 적어도 6마리는 키워야 해요. 방법은 말이죠…."

그분은 친절하게도 황금알을 낳는 거위 6마리를 키우는 자신의 노하우까지 알려주신다. 참, 친절한 분이다.

여행은 참 인생과 닮았다. 젊었을 때는 빨리빨리 이곳저곳을 보기 위해 정말 빠른 여행, 패스트 투어를 했는데, 나이를 먹으니 한 곳을 보더라도 깊이 있게 보고 싶어 슬로 투어를 지향하게 된다. 많은 사람을 만나기보다 나와 대화가 통하는 사람, 나와 인생 철학이 비슷한 사람을 만나 삶을 이야기하는 것이 좋다. 절대적으로 '양'보다는 '질'이 우선이다. 이런 과정도 패스트 투어의 단점을 잘 알기 때문이다. 이런 변화도 인생의 굴곡을 어느 정도 거친 후에 잘 알게 됐기 때문이다. 인생이든 여행이든 단계별로 성숙하나 보다.

왜 삼성 출신은
대한민국 사회에서 환영을 받을까?

*

삼성그룹이 대한민국에 미치는 영향력은 상당하다. 전체 대기업 군에서도 가장 강력하다. 그렇다면 왜 삼성이 가장 큰 영향력을 행사할까? 나는 그 이유로 삼성그룹의 신입사원 교육에 있다고 생각한다. 국내에서 가장 긴 시간을 할애해 신입사원을 교육하는 기업이기 때문이다. 즉, 제대로 된 인재로 키워내기 때문에 삼성에는 인재가 참 많다는 결론에 이른다. 당연히 대한민국 여러 분야에 끼치는 영향력도 상당하다.

내가 삼성에 입사해서 처음 단체생활을 시작한 곳, 경기도 용인 연수원에서 받은 교육이 나중에 관계사로 발령받은 후 시작한 사회생활에 정말 많은 도움이 됐다고 단언한다. 신입사원 단체연수 기간이 무려 24일간이니 말이다. 여기에 매년 이런저런 교육을 계속 받게 되어 있는 사원 교육 시스템은 국내 기업 중에 넘버원일 것이다. 내가 이렇듯 단언할 수 있는 이유는 내가 여러 기업을 다녀본 결과에서 나온 체험을 통한 비교형 학습 결과이기 때문이다.

삼성그룹은 정말 직원들을 제대로 성장시키기 위해 노력을 많이 한다. 반면 다른 기업들은 잘 자란 삼성맨들을 스카우트해서 자신들의 사업에 투입한다. 그런 후에 해당 인재를 이용만 한 후 팽하는 전략을 취하는 회사들도 많다. 상당히 질 나쁜 기업들이 많다는 소리다. 나는 지금까지 삼성 이외의 수많은 다른 회사 출신의 유통맨들과 만났다. 그분들과 협업을 통해 유통 교육 및 컨설팅 등 여러 비즈니스를 협업했다. 그리고 개인 창업 후 20여 년간 여러 회사에 다니는 분들과 만나 자문업무, 교육업무, 신규업무 등을 함께했다. 그런데 참 많은 문제점을 발견하게 됐다. 그 결과 이런 결론을 내렸다.

대학교를 졸업하고 입사하는 회사가 어떤 회사냐에 따라 인재로 성장할지, 아니면 자기 자신만을 위하는 이기적인 인간으로 성장할지가 결정된다고 말이다. 만약 쌍둥이가 똑같이 대학을 졸업한 후 하나는 삼성그룹에, 또 하나는 다른 기업에 들어갔다면, 20년 후에 어떤 모습으로 변해 있을까? 추측하건대, 아마 상당히 다른 인간으로 성장했으리라 본다. 결과에 대한 자세한 내용은 개인적으로 알려 드리고자 한다.

개인적인 경험에 의하면, 지금까지 협업을 통한 결과물을 산출해 내는 과정에서 내 뒤통수를 친 사례가 종종 있었는데, 그중에서 삼성 출신은 단 한 건도 없었다는 것이다. 물론 이는 내 개인적인 사례. 삼성 출신이 모두 양심적인 것은 아니다. 삼성 출신이라도 도덕적이지 못한 사람들도 있지만, 대부분 양심적이고 정도를 가려고 노력한다고 나는 생각한다. 그리고 한 걸음 더 나아가 본다.

당신 회사가 일류회사가 되기를 원한다면 삼성 스타일에서 벗어나야 한다. 아니 삼성을 뛰어넘어야 산다. 기존 '삼성맨'들이 쓴 책을 보면 거의 다 '삼성 예찬론'이다. '삼성'에서 10년 이상 녹을 먹어서인지 너무 삼성 예찬 일색이다. 그리고 삼성 스타일로 굳어진 듯하다. 물론 삼성이 우리나라 산업에 끼친 엄청난 영향력을 모르는 바는 아니다. 하지만 이제는 21세기, 글로벌 시대 아닌가. 지난 삼성 스타일에 묶인 채, 어찌 최일류 글로벌 기업이 될 수 있겠는가. 아직도 국내 시장에 매달려 아웅다웅한다면 어찌 일류 기업이 될 수 있겠는가. 내가 길지 않은 기간에 경험한 삼성 스타일은 목표관리에서부터 시작된다. 숫자로 된 모든 보고서 작성이 그 시작이다. 연간목표, 월간목표, 주간목표, 일일목표, 심지어 시간대별 목표까지 세분화해서 관리한다. 삼성에 근무하는 사람치고 숫자와 친하지 않은 사람이 없다.

그런데 내가 주장하는 바는 이젠 이런 "숫자를 뛰어넘어야 한다"라는 것이다. 삼성 스타일은 관리 스타일이라는 말도 많다. 삼성맨은 디테일에 강한 편이다. 매사에 꼼꼼하고 대충대충 하는 것을 가장 싫어한다. 물 샐 틈 없이 허술한 부위를 미리미리 막아 놓는다. 그렇지만 조직이 커지고 사업영역이 넓어지면서 삼성이 한계에 부딪히는 느낌이 강하게 온다. 그 대표적인 사례가 삼성 특검 사건이다. 회사 창업 이래 가장 큰 시련이 아닌가 싶다. 그렇지만 이런 시련 뒤에 삼성은 더 큰 그릇 같은 회사로 재탄생할 것이다 단, 인사가 만사이므로 인사관리에 더 많은 시간과 노력을 기울일 것이라고 본다. 한 명이 백만 명을 먹여 살릴 수도 있지만, 한 명이 백만 명을 죽일 수도 있기 때문이다.

삼성 이외의 여러 기업(중견기업, 중소기업, 개인기업 등)에서 근무를 해보고, 개인사업을 하면서 수많은 기업을 방문하고 각각의 회사 시스템을 연구해본 결과, '삼성'만 한 관리 시스템을 운영하는 회사는 대한민국에서 찾아보기 힘들다는 결론에 이르렀다. 그만큼 대부분의 회사 운영이 단기적인 숫자에 급급하거나, 회장 또는 사장 1인에 의해 운영되는 정도라 여겨진다. 그래서 1인 체제가 경기 호황기에는 상당히 탄력을 받을 수 있지만, 상대적으로 1인의 잘못된 판단으로 인해 회사 전체가 몰락의 길로 가는 경우도 많다. 해방 이후 10대 기업과 지금의 10대 기업 순서를 봐도 알 수 있다.

그래서 내가 강력히 주장하는 점은 '세상 저편의 변화'를 미리 보고, 그곳으로 인도하는 CEO를 둔 기업만이 시장에서 생존하고 강력한 장악력을 발휘할 것이다. 그리고 사회복지를 위해 다시 부(富)를 나눠주고 환원하는 '공생경제'의 일원이 될 것이라는 점이다. 그저 단기적인 숫자에 급급한 회사의 경영주가 있다면 지금부터라도 멀리 보는 훈련을 해야 한다.

우리나라의 경우, 비용 절감 차원에서 시작된 비정규직 문제는 상당히 오랜 기간 진통을 겪을 문제겠지만, 이를 처방하는 길은 멀리 보는 경영주와 노조의 현명한 지혜가 요구되는 시점이라고 본다. 그래서 바로 지금, 최종적으로 주장하는 방법은 '구글'을 닮아가야 한다고 주장하고 싶다. 구글의 목표는 이런 자잘한 숫자가 아니다. 숫자의 이면을 향해 달려가라. 숫자가 표시하지 못하는 목표를 향해서.

우리는 고졸이나 중졸이라는 학력의 벽을 뛰어넘은 많은 기업 총수들을 만나게 된다. 그들은 학력의 벽을 뛰어넘기 위해 남들보다 몇 배의 노력을 기울여 그 노력이 쌓이고 쌓여 어느덧 내공을 갖춰 우리에게 나타났다. '삼성'을 뛰어넘어야 한다는 발상은 우리나라 최고를 뛰어넘는 것을 의미한다. 우리나라 최고를 뛰어넘어 세계 1위의 기업으로 만드는 것을 최종 목표로 해서 매진해야 당신은 진정한 일류 마케터인 것이다.

당신이 만일 당신의 기업을 세계적인 기업으로 만들고 싶다면 모든 것을 바꿔야 한다. 성실함만으로는 글로벌한 기업으로 탈바꿈될 수가 없기 때문이다. 그러므로 우선 세계적인 글로벌 마인드를 지닌 직원을 선발해야 하고, 글로벌 직원처럼 키워야 한다. 생각과 행동 모두를 바꿔야 한다. 물론 직원에 대한 대우도 글로벌 기준에 맞춰야 한다. 글로벌하게 생각하고, 지역적으로 행동하자(Think Global, Act Local)는 개념인 셈이다.

그리고 매일 아침 출근 전, 점심을 먹고 화장실에서, 저녁 시간 거래처와의 미팅시간에도 잠시 나와 거울을 보면서 이렇게 되새긴다.

'나는 과연 멋진 글로벌 CEO의 모습을 갖췄는가. 그리고 나를 포함한 직원들은 과연 글로벌 기업의 일원처럼 생각하고, 말하며, 행동하고 있는가?'

물론 글로벌 기업이 되면 돈을 많이 번다. 그렇지만 글로벌 직원들이 돈을 더 많이 받는다고 일을 열심히 하는 것은 아니다. 그들은 철저하게 성과로 책임을 질 것이다. 그리고 당신의 회사에서 도전적이고 재미있는 일이 없다면 아무도 남아 있지 않을 것이다. 숫자의 이면을 향해 도전하는 기업을 만들라!

내가 삼성에서 배운 돈 주고도
못 배울 인생의 3가지 교훈

내가 삼성그룹에서 근무한 기간은 길지 않았지만, 그만큼 강렬하게 근무했고, 최선을 다해 최고의 삼성인이 되기 위해 노력한 때가 있었다. 그래서 그곳에서 열심히 일하면서 배운 돈 주고도 못 배울 인생의 3가지 교훈을 여러분과 공유하고 싶다.

숫자로 보고하라

회사생활을 하다 보면 일주일에도 몇 번의 기획서 및 보고서를 작성하게 된다. 이때, 모든 보고서는 반드시 숫자로 간략하게 표현해야 한다. 내가 배운 첫 번째 사회생활은 '숫자와 친해지기'였다. 사람과 친해지는 것보다 우선 '숫자'와 친해져야 하는 업무를 맡은 까닭이다. 백화점 잡화부의 총괄업무부터 사회생활을 시작한 나로서는 매일같이 수많은 보고서와 기획서를 만들고 수정해야 했다.

사실 대학에 다닐 때는 노느라 바빠서 숫자와 상당히 먼 삶을 살았는데, 사회에 나오자마자 전혀 다른 삶을 살아야 했기 때문에 처음에는 상당히 힘들었다. 그런데 숫자와 친해질수록 왜 숫자가 중요한지, 그리고 그 숫자가 의미하는 것이 무엇인지를 이해하는 수준까지 발전하게 됐다. 즉, 숫자에 숨겨진 행간의 의미를 읽어내는 수준으로 발전한 나를 발견하고는 얼마나 행복했는지 모른다. 그만큼 내 실력이 늘어났음을 스스로 칭찬했다.

우리가 만나는 모든 보고서와 기획서는 숫자와 그래프로 이뤄진 경우가 많다. 당연히 시간이 자본인 현대 자본주의 사회에서 보고하려는 내용을 한눈에 이해하도록 숫자와 이미지(그래프를 주로 이용)를 통한 가독성 높은 보고서를 만드는 것은 어쩌면 당연한지도 모른다. 그래서 만약 당신이 현대 자본주의에서 나름의 포지셔닝을 한 기업의 핵심 인재가 되고 싶다면, 숫자와 매우 친해야 할 것이다. 동시에 해당 숫자가 갖는 진정한 의미까지 파악해야 전체 보고서를 쉽게 이해하고, 짧은 시간 내 상사에게 이해시킬 수 있게 만들 것이다.

그리고 여기에 한 가지 더 팁을 드린다면, 항상 보고서는 1페이지로 만들어야 한다. 물론 부연 설명하는 페이지도 만들겠지만, 이 부분들은 상사가 나중에 한가하면 볼 수 있도록 첨부하는 수준이다. 시간이 별로 없는 최고 의사 결정자에게 보여주는 리포트는 당연히 1페이지 보고서여야만 한다. 그러므로 모든 정보(숫자 포함)를 1페이지에 보이게끔 '1페이지' 리포트 만들기를 계속 연습해야 할 것이다. 1페이지를 만들되, 보고하려는 핵심을 가장 먼저 이해하도록 자료 경중에 따른 순서에 의한 편집능력도 요구하게 될 것이다.

약속 시간을 꼭 지켜라

사회생활을 하다 보면 상대방과 하루에도 몇 번의 약속을 하게 된다. 보고서를 언제까지 보고해야 하는지부터 함께할 식사 약속까지 정말 많은 약속을 수시로 하게 된다. 그런데 내가 만난 수많은 사람 중에 약속 시간을 칼같이 잘 지키는 사람이 있는가 하면, 그 정반대의 사람들도 있었다. 약속 시간을 어기는 것이 다반사인 사람들의 경우, 무슨 이유가 그렇게도 많은지 매번 다른 핑계를 댄다. 이런 사람들과 동업을 하거나 비즈니스를 함께하면 항상 위태로울 것이다.

내가 만난 사기꾼 기질이 있는 사람들은 약속을 정말 헌신짝처럼 생각하는 사람들이 대부분이었다. '안 되면 말고'라는 생각으로 불편한 그때만 모면하기 위해 약속을 한다. 이런 사람들이 당신 주위에 많다면 인생을 다시 생각해봐야 할 것이다. 사회생활을 하면서 함께하는 비즈니스가 가능한 사람의 첫 번째 유형이 바로 약속 시간을 잘 지키는 사람인가의 여부다. 이 항목은 상대방을 이해하는 가장 쉬운 방법이다. 약속 시간에 항상 늦는 사람에게 무슨 희망이 있겠는가.

나는 약속 시간에 늦지 않기 위해 내 시계의 시간을 5분 일찍 맞춰 차고 다닌다. 스마트폰에는 약속 시간 2시간 전, 그리고 30분 전에 알람이 울리도록 사전조치를 취하고 다닌다. 그랬더니 한번은 어느 결혼식장에 한 시간 정도 미리 도착해서 식장 입구에 서 있으려니 내가 신랑 아버지인 줄 오해하는 경우도 있었다. 웃지 못할 촌극이지만, 그만큼 남들보다 일찍 도착하게 되면 시간이 여유로우니까 많은 정보를 탐색하기도 하고, 얻기도 하는 등 상당히 유익하다. 당연히 혼주로부터 칭찬받는 인물도 되니 더더욱 기분이 좋다.

내가 처음 보는 사람의 됨됨이를 체크하는 첫 번째 항목은 바로 약속 시간 지키기다. 만약 당신의 사업 파트너가 수시로 약속 시간을 어긴다면 재고해봐야 할 것이다. 현대인들에게 가장 중요한 '시간'이라는 서로의 약속조차 지키지 못하는 사람과 어찌 큰 사업을 도모하겠는가!

불가근불가원(不可近不可遠)

이 말을 풀이하자면, '너무 가까이하지도 말고, 너무 멀리하지도 마라'는 뜻이다. 기업을 크게 하다 보면 여러 곳에서 도움을 청하게 된다. 특히, 정치 쪽에서 상당히 거절하기 힘든 제안이 들어오게 될 것이다. 그리고 사회생활을 하다 보면 수많은 사람과 어울리게 되는데, 어느 정도 친하게 지내야 할까? 이런 경우, 어느 정도 수락하고 어느 정도 거절해야 할까?

아마 사람을 좋아하는 사람의 경우, 거절을 잘 못 해서 대부분 수락하고 수용하는 분위기일 것이다. 반대로 사람 간의 왕래를 그렇게 좋아하지 않는 사람이라면 자기만의 세계에 빠져 살지도 모르겠다. 사회생활을 함에 있어 '불가근불가원'을 제대로 유지 못 해서 곤욕을 치르는 경우가 비일비재하다. 특히 큰 사업을 하는 사람은 반드시 지켜야 할 계율이다. 즉, 정치인들과 너무 친해져서는 안 된다.

큰 사업을 하지 않는 일반 사회인이라도 사회에서 만난 인연들과 막역한 사이가 될 수도 있겠지만, 어느 정도 상대방에 대한 예의를 지키려면 서로에게 보이지 않는 선을 넘어서는 안 될 것이다. 좋은 인간관계를 유지하는 변하지 않는 법칙이라고 할 수 있다. 만약 당신이 산의 위대함과 웅장함을 알고 싶다면, 어느 정도 떨어진 상태에서 봐야 알 수 있을 것이다. 사람 간의 관계도 어느 정도 거리를 둬야 아름다운 인간관계를 유지하면서 오랜 시간을 함께할 수 있는 사이가 될 것이라 확신한다. 조금만 친해졌다고 바로 말을 놓는다거나, 기본적인 예의를 빼먹기 시작한다면, 둘 사이는 오래갈 확률이 점점 희박해진다고 본다.

내가 지금 이야기하는 '불가근불가원'은 여러분도 잘 아는 내용일 것이다. 이웃과 너무 가까워진 나머지 안 좋은 결말을 맞이했던 경험이 한 번쯤은 다 있으리라 본다. 항상 사회생활을 꾸준히 잘 유지하려면, '불가근불가원'을 잊어서는 안 된다. 이는 동양철학인 '중용(中庸)'과 흡사해 보인다. 이를 잘 지키기 위해선 본인의 평상심(平常心)이 정말 중요하다.

이상의 3가지 행동강령은 내가 짧은 기간 일했던 삼성에서 배운 3가지 철칙이다. 40여 년, 사회생활을 하면서 이 행동강령을 잊지 않고 실천하다 보니 내 주위에는 적이 거의 없다. 적을 만들지 않으려는 내 인생의 목표를 위해 내 것을 포기하거나 양보한 경우가 상당히 많았다. 그러다 보니 돈을 제대로 모으지 못한 결과를 낳았고, 지금 약간 후회하는 측면도 없지 않지만, 그래도 내 주위에 적이 없음을 감사하게 생각한다. 큰 사건 사고 없이 지금껏 무리하지 않고 개인사업도 20여 년을 꾸준히 하고 있으니 말이다.

위협적인 SNS 세상에서
살아남기

2010년부터 우리네 삶은 완전히 달라졌다. 바로 스마트폰이 탄생하면서부터다. 물론 미국은 2007년부터 스마트폰과 함께 사는 삶을 시작했다. 우리 삶에서 스마트폰은 어떤 역할을 하는지 말 안 해도 잘 알 것이다. 아침에 눈을 떠서부터 밤에 잠자리에 들어갈 때까지 한시도 우리네 손에서 떨어지지 않는 유일한 아이템이다. 과연 우리는 스마트폰의 주인인가? 아니면 노예가 된 것일까?

아이, 어른 할 것 없이 집에서, 학교에서, 전철에서 심지어 친구와 만나 이야기할 때도 스마트폰을 열심히 본다. 60대 이상 고령층도 늦게 배운 도둑질처럼 게임이나 톡 사용 등 정말 많은 시간을 스마트폰에 들인다. 이런 스마트폰을 잃어버리거나 소매치기라도 당한다면 사람들은 어떤 증상을 보일까? 과연 우리는 스마트폰이나 SNS로부터 자유로운 삶을 살 수 있을까? 이 스마트폰으로부터 해방될 수 있는 날이 올까?

애플의 스티브 잡스(Steve Jobs)로부터 시작된 스마트폰과의 공생(共生)은 누가 주인인지 모를 정도로 우리네 삶을 지배하고 있다. 특히 소셜미디어 부문은 정말 위험한 존재로 발전하는 듯 보인다. 알고리즘의 세계는 내가 한 번 클릭한 주제와 비슷한 콘텐츠를 무한 반복해서 추천해준다. AI의 도움으로 진행되는 SNS 세상에서 무언가 찾으려고 한다면 벌써 결과물을 대령해 놓을지도 모르는 세상이다.

아는지 모르겠지만, 전 세계 사람들의 삶을 통제하는 스마트폰은 소수의 기술 프로그래머들에 의해 믿거나 말거나 통제되고 있다. 과연 5000년 우리네 역사상 얼굴도 모르는 외국 소수의 인원에 의해 우리네 생각과 행동 등 삶을 송두리째 감시당하고 통제당한 역사가 있었던가? 이 부분을 다시 한번 깊이 생각하는 시간을 가졌으면 좋겠다. 지금 스마트폰에 있는 거의 모든 앱은 알고리즘에 의해 계속 진화하고 있는데, 이 앱들의 목표는 자사 사이트나 앱을 더 많이 오랫동안 이용하게 만들려고 설계됐기 때문이다. 왜? 그래야 광고주는 더욱 해당 사이트나 앱에 광고주로 남아 있을 테니까 말이다.

글로벌 기업 GAAF(구글, 아마존, 애플, 페이스북)는 자사 플랫폼에 대한 중독을 독려하기 위해 사용자를 조종할 수 있는 알고리즘을 지속해서 개발하고 있다. 결국, 힘없는 개인은 거대 글로벌 기업이 만든 알고리즘에 이길 수 없는 구조다. 마치 라스베이거스 카지노에 가면 돈을 잃는 시스템에 들어선 초심자처럼 말이다. 마치 스마트폰이라는 마약에 빠진 상태라고나 할까. 단 1시간도 스마트폰 없이 살 수 없을 정도로 현대인들은 불안증세를 앓고 있다.

특히 SNS의 알고리즘은 더욱 강력해서 도저히 빠져나올 수가 없다. 그들이 만든 기술에 의해 우리는 알지도 못한 상태로 SNS를 하는 것이다. 스마트폰을 열고 뭔가를 보지 않으면 안 되는 지경까지 이르게 된 것이다. 이 새로운 기술은 인간의 뇌를 조종해서 완전한 습관이 들도록 만들었는지도 모른다. 인간에게 새로운 행동을 지속해서 행하게 만드는 방법은 습관이 형성되도록 만들면 된다. 습관은 그만큼 무서운 삶의 방향타다.

누가 언제 누구를 만나서 무엇을 먹었고 언제 헤어졌는지 해당 알고리즘은 다 알고 있다. 10대 청소년들에게 있어서 새로운 친구를 사귀는 가장 빠른 방법은 그의 인스타그램 계정을 팔로우하는 방법일 것이다. 아무리 스마트폰을 멀리하고 싶어도 친한 친구가 오랜만에 게시물을 올렸다는 알림이 뜨면 바로 스마트폰을 접속하게 된다.

그런데 더 큰 문제는 이런 알고리즘에 의해 만들어진 가짜뉴스나 허위정보가 필터링 없이 사람들 사이에서 확산하는 것이다. 이런 가짜뉴스가 보편화하게 된 것이 바로 미국의 트럼프(Trump)가 대통령이 된 시점과 함께한다고 보는 이들이 많다. 거대한 정치조직이 만들어내는 가짜뉴스가 얼마나 정교하고 지속해서 시민들에게 다가가는지 실상을 알게 되면 아마 소름이 쫙 끼칠 것이다. 이런 무시무시한 시스템을 정치인들이나 자신들의 주장을 믿게 하고 싶은 무리가 철저히 이용한다.

이처럼 SNS 세상이 되면서 정말 무서운 세상이 됐다. 이용자가 똑똑하지 못하면 당하기 십상인 세상이다. 말 잘하는 사람들이 넘쳐나는 세상, 얼굴 하나로 수십만 명의 구독자를 거느린 유튜버들이 눈하나 깜짝하지 않고 거짓말을 해대는 세상이다. 조금 있으면 가상의 인간(아바타)이 실제 사람처럼 모든 정보를 왜곡해서 전달하고자 등장하리라 예측된다. 최근 TV 광고에 실제 사람이 아닌 가상의 인물, 컴퓨터로 만든 가상의 인간이 광고모델로 등장한 것을 보면, 우리는 쉽게 무서운 미래를 예측할 수 있다.

다시 강조하자면 SNS 세상은 소셜미디어 기업들이 더 많은 수익창출을 위해 이용자들의 데이터를 수집, 분석, 예측하고, 이를 토대로 광고주가 원하는 이상으로 소셜미디어 세계에 체류하는 시간을 늘릴 수 있다. 소비자는 그저 소셜미디어 기업의 수익을 위한 도구로 전락하고 있지만, 이를 제지하는 시스템은 아직 작동하지 않는 세상에 살고 있다. 그래서 SNS의 위기를 걱정하는 전문가들은 "추천 영상은 클릭하지 말고 알림은 꺼라"라고 조언한다.

지금도 이 글을 보는 순간에도, 우리가 알지 못하는 이 순간에도, SNS 세상에서 글을 읽거나, 영상을 클릭하는 행위 자체가 관심 영역으로 데이터화되어 그들에게 제공 처리되고 있을 것이다. SNS 대기업들은 해당 시청을 근거로 또 다른 콘텐츠를 추천할 것이다. 이제부터라도 추천 영상은 클릭하지 말고, 알림은 꺼두는 것이 여러분의 인생에 도움이 될 것이다. 되도록 스마트폰을 당신의 곁에 두지 말고, 일정 시간에만 잠깐 보는 습관을 만들도록 노력하기 바란다. 스마트폰이라는 기계가 우리의 삶을 지배하지 못하도록 원한다면 말이다.

그리고 한 가지 더! 뉴스에 나오는 정보의 이면을 보려고 노력하라. 단순한 결과에만 초점을 맞추지 말고, 해당 뉴스의 진위 여부와 정보의 이면을 다시 한번 생각하는 시간을 꼭 갖도록 하라.

트럼프가
내게 알려준 교훈

트럼프는 내가 20대 때 처음 알게 된 부동산 재벌이었다. 1990년, 그러니까 지금으로부터 30여 년 전, 처음으로 미국 배낭여행을 갔을 때, 뉴욕에서 자동차로 애틀랜틱시티(Atlantic City)에 가서 처음 알게 된 인물이다. 미국에서 카지노가 합법인 도시는 서부에서는 '라스베이거스', 동부에서는 '애틀랜틱시티'가 유일하다. 이 애틀랜틱시티의 트럼프가 운영 중인 타지마할 호텔 카지노에서 그의 비즈니스 감각을 처음 알게 됐다.

내가 트럼프를 이야기하는 이유는 그의 30여 년간 비즈니스 행적을 통해 나는 무엇을 배웠는지 말하고 싶어서다. 결론은 21세기 사기는 아주 간단한 사기 수준이 아니라는 팩트, 그리고 이런 사기는 전 국민을 상대로 광범위하게 진행될 수도 있음을 알게 해준 인물이라는 것이다.

미국 애틀랜틱시티에 있는 타지마할 호텔 카지노에서 게임을 하면서 이 호텔 카지노의 주인이 트럼프였다는 것을 처음 안 이후에 그에 대해 무척이나 관심을 가지게 됐다. 그래서 미국 여행을 끝내고 국내에 온 이후 그에 대한 행적을 추적하기 시작했다. 어떻게 해서 이런 큰 호텔의 주인이 됐는지, 그리고 어떤 인물인지에 관해서 조사했다. '트럼프'라는 인물은 젊고 멋진 경영인이었다. 그가 어떤 순서로 부동산 재벌이 됐는지는 상당히 흥미로운 주제였기에 국내외 자료를 찾아보기 시작했다.

트럼프는 2005년, TV 리얼리티쇼 〈견습생(The Apprentice)〉에 나와서, "당신은 너무 성급한 결정을 내렸어! 이렇게 일하다간 회사가 망해! 당신은 해고야(You're fired)!"라는 유명한 말을 남기면서 미국 등 여러 나라 사람들의 인기를 독차지했다. 그러더니 돈 버는 법이나 부동산 관련 책을 쓰기도 하는 등 전 세계적으로 자신의 이름을 많이 알리기 시작했다. 이 책들을 본인이 직접 쓴 것인지, 아닌지는 아무도 모른다. 하지만 그는 당연히 정치권으로부터 러브콜을 받았다. 권력욕이 출중한 그가 이를 그냥 지나칠 리 없었다. 결국, 대통령 경선에 출마하게 되고, 공화당 내에서도 전혀 신경을 쓰지 않던 변방의 한 인물이 공화당 대표주자가 됐다. 민주당 대표주자인 힐러리(Hillary)와의 접전 끝에 미국의 선거 시스템 덕분으로 미합중국 45대 대통령으로 당선된다. 그야말로 미국을 포함해서 전 세계 역사에 먹구름이 몰아친 셈이다.

여기서는 나도 알고, 여러분도 알고 있는 트럼프가 대통령 된 이야기를 장황하게 하려는 게 아니다. 내가 주장하고 싶은 말은 정치인이나 경영인으로서 TV에 얼굴을 자주 내밀려고 하는 자가 있다면 그가 바로 나라, 세계에 문제를 일으킬 확률이 높다는 이야기를 하고 싶다.

TV 프로그램, 그중에서 예능 프로그램이나 교양, 경제 프로그램에 고정 출연해서 아주 좋은 이미지를 계속 만들려는 자를 조심해야 한다는 것이다. 이런 예능 프로그램은 허상의 이미지를 만들기에 가장 좋은 매개체 역할을 하고, 전 국민을 상대로 아주 커다란 사기를 칠 수 있는 통로이기에 이런 사람들이 절대 놓치지 않는 관문이라는 팩트를 절대 간과해선 안 된다.

우리는 지금까지 TV에 나오는 사람이면 당연히 방송국에서 얼마나 잘 알고 선정했겠는가 하는 안이한 생각으로 해당 인물의 말을 믿었을 것이다. 특히 증권 방송이나 부동산 방송의 경우, 여기에 나오는 패널들의 이야기를 곧이곧대로 믿고 투자한 경험을 누구나 갖고 있을 것이다. 그렇지만 TV에 나온 여러 패널 중 어떤 사람들은 지금 교도소에 있다는 팩트도 우리는 간과해선 안 된다. 앞으로 어떤 TV 방송이라도 주기적으로 어느 기간 동안 계속 나왔던 사람 중에 향후 뭔가를 도모한다고 할 때는 주의하기 바란다.

나는 트럼프가 미합중국 대통령이 된 과정을 보면서, 그리고 2번이나 하원에서 탄핵을 맞은 최초의 미국 대통령이 된 팩트를 보면서 여러분에게 분명히 말해 드리고 싶다. 향후 대권에 욕심을 가진 사람이나 서울 시장에 나오려는 사람 중에 TV 프로그램에 기웃거리는 사람이 있다면, 그는 분명 문제를 일으킬 확률이 높다고 단언하고 싶다. 향후 대권에 욕심을 가진 사람이나 서울 시장에 나오려는 사람 중에 부자, 부동산, 금융 관련 책을 쓴 사람이 있다면 그는 우리네 삶을 피폐하게 만들 확률이 높다고 단언하고 싶다.

방송과 책을 통해 허상과 헛된 희망을 전달하려는 고등 사기꾼들이 우리네 삶을 공격할 것이다. 21세기는 외국 유명 대학교 출신의 말 잘하는 고등 사기꾼들이 설쳐대는 사기 천국이 될 확률이 정말 높다. 세상은 점점 IT와 AI 덕분에 신분도 세탁할 수 있고, 없던 경력도 만들 수 있으며, 기존에 있던 화려한 전과도 없앨 수 있다.

왜 이렇게 간단할까? 즉, 구청에 가서 이름만 바꾸면 된다. AI를 이용하면 내 프로필을 새롭게 만들 수도 있다. 대학교, 직장 등을 내 마음대로 만들 수 있는 세상이다. 내가 당신을 사기의 대상으로 마음만 먹으면 말이다. 그런데 이런 사기를 더욱 부채질해주는 제도가 있으니 그것이 바로, 개인정보보호법이다. 아무리 사기를 쳐도 얼굴을 가려주고, 이름도 가려주기 때문에 출소 후에 이름만 바꾸면 다시 새롭게 새로운 인생을 살 수 있다. 그 범죄자는 이제부터 사기꾼이 아닌 새 사람, 이웃에 친절한 이미지를 가진 사람으로 변신하게 된다.

21세기 사기는 아주 간단한 사기 수준이 아니다. 전 국민을 상대로 사기를 칠 수준으로 범위가 넓어질 것이다. 아니 전 세계인을 상대로 사기를 칠 정도로 고도화될 것으로 예상한다. 그것도 합법적으로 말이다.

중소기업이
망하는 이유

　중소벤처기업부가 2019년에 발표한 '기업 단위 중소기업 기본통계'에 따르면 우리나라 중소기업은 630만 개로 전체 기업의 99.9%를 차지하는 것으로 확인됐다. 중소기업 종사자 수는 1,599만 명으로 전체 기업 종사자의 82.9%나 된다. 즉, 중소기업이 한국 경제에서 차지하는 비중이 상당히 크다는 것을 알 수 있다. 조금 오래된 자료이지만, 2010년 대한상공회의소가 발표한 '한국 중소기업의 진로와 과제' 보고서에 따르면, 국내 중소제조업의 평균수명은 2009년 기준 12.3년이었다. 이에 반해 대기업은 29.1년으로 중소제조업체의 2배 이상이다. 이처럼 중소기업은 국가의 모든 산업발전에 지대한 공헌을 하지만 평균수명은 10년 안팎이다.

　내가 '김앤커머스(前 타이거마케팅)'를 24년간 운영하면서 중소기업 제품을 무보수로 참 많이 홍보해준 경험이 있다. 중소기업 아이디어 신상품 중에서 톡톡 튀는 아이디어를 가진 신상품을 주로 판매하는 '타이거몰'을 운영하면서 TV나 신문, 잡지에 중소기업 제품 홍보를 참 열심히 무료로 해준 경험이 있다. 내가 직접 나서서 열심히 홍보해준 결과, 많은 중소 업체들이 돈 한 푼 안 들이고 전국의 소비자에게 자신들의 제품을 알리는 것을 경험하게 했다. 그 당시 3,000여

개의 중소기업들과 연락을 하면서 그들의 신제품 위주로 신상품 DB 를 구축하기도 했다. 그런데 지금 와서 내가 알고 있는 이메일이나 전화로 연락하면 연결이 되는 기업이 거의 없다. 즉, 거의 다 망했다 는 소리다. 왜 망했을까?

내가 접촉한 대부분의 중소기업은 수익률, 생산성, 기술 수준이 여전히 취약했다. 중소기업 대표는 한두 가지 새로운 기능을 넣은 신상품을 만들어 시장에 내놓는다. 하지만 첫 번째 작품은 늘 허점 이 많다. 시장의 반응이 시원찮은 상태에서 두 번째 버전의 신상품 을 만들고 싶어도 자금의 여력이 없다. 이런 중소기업 경영상의 캐즘 (Chasm, 계곡)이 늘 존재한다. 이 '캐즘'이란 새롭게 개발된 제품이 시 장에 보급되어 대중화되기 전까지 시장 진입 초기에 일시적으로 수 요가 정체되는 현상을 말하는데, 어느 중소기업 신제품이나 이 단계 를 거치게 된다. 문제는 이 캐즘의 구간을 슬기롭게 통과하느냐, 아 니냐에 따라 기업이 생존하느냐 문을 닫느냐의 갈림길에 이른다는 것이다. 그런데 대한민국에서 대부분의 중소기업은 이 캐즘에서 나 락으로 떨어지는 경우가 대부분이라는 팩트와 당면하게 된다.

내 고교 동창 아버지가 운영하셨던 운수회사(버스회사) 사례를 보 더라도 그렇다. 이번 사례는 중소기업을 30여 년 운영했더라도 사내 부패를 제대로 처단하지 못하면 언제라도 남의 손에 넘어간다는 팩 트를 알 수 있는 사례다. 30여 년이라는 긴 시간 동안 경영하다가 다 른 경쟁기업에 급하게 팔린 사례인데, 이 사례를 보면서 참으로 안타 까운 생각뿐이다. 해당 버스회사 200여 명의 직원 중 기사분을 제외 하면 관리직원이 6명밖에 안 됐지만, 직원들 모두가 제 살길만을 찾 아 헤맨 나머지 회사는 보이지 않게 야금야금 망해가고 있었다.

내가 연구한 국내 중소기업의 망한 사례를 종합해보면, 왜 중소기업이 망해야만 했는지 그 이유를 아주 간단히 알게 된다. 대부분 사례를 정리하면 단순하다. 망한 중소기업의 직원들은 회사를 이용해서 자신의 부를 축적하거나 승진해서 다른 회사로 이직한다. 또 회사를 위해 공헌하고, 회사와 운명을 같이하려는 사람이 정말 드물었다는 공통점이 있다. 즉, 중소기업에 진정 필요한 인재는 거의 없고, 회사를 망하게 만드는 데 일조하는 망국 공신들만 우글우글했다는 공통점을 지녔다는 것이 참으로 슬픈 현실이다. 다음은 앞서 이야기한 버스회사 직원들의 면면이다.

경리부 김 부장 : 경리, 회계업무를 20여 년 했던 그녀는 사장님의 총애를 업고 경리, 자금업무를 총괄하면서 회사가 망해가는 시점에 바로 퇴사해서 동종업종을 개업한다. 어떻게 그렇게 큰돈을 마련해서 동종업체를 매입할 수 있었을까? 회계, 자금 부정이 없이는 불가능했을 거라는 것이 예상되는 대목이다.

김 상무 : 회사 사장님과 30여 년 알고 지내던 지인분인데, 말년에 기울어져 가는 친구 회사에 입사해서 회사를 구하겠다고 했는데, 30년 우정을 버리고 새로 기업을 인수한 새 사장과 손잡은 사람이다. 30여 년 우정보다는 눈앞의 돈이 더 중했던 모양이다.

박 전무 : 버스회사 사장 아내의 배다른 이복동생이다. 능력이 모자란 것은 이해되지만, 회사의 중책을 맡기기엔 턱없이 자기계발을 하지 않는 타입이다. 퇴근 시간만 기다리는 사람이다.

2명의 김 부장 : 한 명은 운전기사였다가 관리직으로 승진한 사람이고, 또 한 명은 버스회사에서 사고처리를 위해 입사한 사람이었다.

그런데 이 관리부장이라는 사람이 시간만 남으면 운전기사들과 종일 고스톱을 치는 바람에 관리부장의 체신이 땅에 박혀버리게 만든다.

사고처리 이 상무 : 여우+늑대 같은 인간이다. 회사 노동조합 설립 시, 노조 설립을 뒤에서 부추긴 무서운 인물이다. 회사 사장과 연봉협상에서 우위를 갖기 위해 노조를 뒤에서 움직이려고 한 인물이다.

수금 파트 최 부장 : 회사 사장의 먼 일가친척이라고 하는데, 사고 뭉치다. 결국에는 공금횡령을 하고 사라진다.

도대체 제대로 된 인물이 한 명도 없는 형국이다. 이런 인물들을 중심으로 회사를 운영하니 이 버스회사의 관리 시스템은 제대로 움직이지 않게 된다. 그야말로 회사가 빨리 망하지 않은 것이 이상할 정도다. 이 직원들은 회사를 계속 파멸로 몰아갔고, 급기야 회사를 헐값에 다른 경쟁회사에 팔아야 하는 운명까지 가게 만든다. 물론 이 모든 최종적 책임은 사장에게 있다. 사람을 믿는 것은 중요하다. 사장이 부하 직원을 믿는 것은 중요하다. 그래야 업무가 돌아갈 테니까 말이다.

하지만 직원에게 업무를 맡긴다고 해도, 사장의 역할은 그들에게 당근과 채찍을 줄 수 있는 능력을 함께 지녀야 하는 것 아닌가. 가족적인 경영만이 능사가 아니다. 무서운 카리스마가 없는 인심 좋은 이웃집 아저씨 이미지로는 절대 중소기업을 운영할 수 없고, 해서도 안 된다.

그런데 대부분의 대한민국 중소기업은 아직도 가족 중심으로 움직이는 경향이 크다. 그래서 대한민국 중견기업이라 해도 회사 운영 시스템은 작은 동네 가게 수준에 머무는 경우가 다반사다. 관리 시스템이 제대로 작동되지 않은 채 지내다가 내부나 외부의 돌발변수가 나타나기라도 하면 정신을 못 차리는 경우가 다반사다. 아무래도 대한민국 중소기업의 앞이 잘 보이지 않는 이유다. 내가 만난 3,000여 개의 중소기업 사장과 기업들이 10년을 버티지 못하고 망하는 이유이기도 하다.

인사가 만사다. 그리고 중소기업 사장은 이웃집 아저씨 같은 경영으로는 절대 중견기업이나 대기업으로 변신하지 못한다. 절대로!

3장

세상에는 두 가지
인연(因緣)이 있다

세상에
천사가 있다면

혼자 여행을 하다 보면 참으로 많은 사람과 만나고 헤어진다. 평생 이렇게 많은 사람과 만나서 짧은 시간 내 친해지는 경우는 혼자 여행을 떠난 경우 말고는 참 드문 듯싶다. 상대방과 사심 없이, 격의 없이 이웃이 됐다가 하루나 이틀 후에 헤어지게 되면 정말 아쉽고, 보고 싶은 경험을 참 많이 하게 된다.

나는 해외여행을 혼자 하는 경우가 많아서 그런지 해외 배낭여행의 진미는 혼자 가는 해외여행이라고 강력하게 추천하고 싶다. 물론 친구와 둘 또는 셋이서 많이들 떠난다. 해외 풍물도 보고 우정도 쌓고, 1석 2조를 위해 둘 이상 모여 떠나는 경우가 많다. 부모 입장에서도 홀로 여행을 떠나는 것보다는 둘 이상이 떠나면 조금은 안심이 된다.

하지만 내가 여러 해, 여러 번 여행해본 결과, 여행은 홀로 떠나는 것이 맞는 듯싶다. 물론 여기에는 전제조건이 있다. 인생을 정리하고 새로운 인생을 설계한다면 절대 혼자 떠나는 것이 맞다. 단, 결혼하기 전, 싱글일 때만 선택해야 한다. 결혼 후에는 반드시 가족과 함께 움직이는 것을 원칙으로 해야 한다.

그런데 혼자 하는 해외여행 중에 잠깐의 귀한 인연을 그냥 스쳐 지나가지 말았으면 한다. 잠시 나타난 천사 같은 인연을 정신없이 그냥 보내서는 안 된다는 말이다. 이런 인연이야말로 당신의 진정한 인연이기 때문이다. 불가에서 옷깃만 스쳐도 인연이라 하거늘 70억분의 1 확률로 만난 세계의 친구들이다. 함부로 그냥 보내기에는 너무나 좋은 당신과의 연줄이 생긴 셈이다. 참으로 당신과 함께한 인연을 귀중히 생각하고 연락처 등을 여러 가지로 자세히 남겨 놓기 바란다. 이메일, 명함, 인스타그램 주소, 페이스북 주소, 전화번호 등을 말이다.

하지만 내가 총각 시절, 혼자 열심히 해외여행을 하던 시절에는 SNS가 발전하기 한참 전이기 때문에 그저 사는 주소와 집 전화번호만 알려주는 것이 고작이었다. 하지만 지금은 SNS가 발달하니 페이스북 주소, 이메일 주소, 트위터 주소, 인스타그램 주소, 메신저 주소, 휴대폰 전화번호 등 참 많은 연락처를 알려줄 수 있으니, 이 중 하나가 변경되어도 당신과 좋은 인연은 이어질 수 있다. 참 좋은 세상이니만큼 한번 이어진 귀중한 인연을 자신의 사업이나 공부에 활용하면 서로에게 도움을 주고받을 수 있을 것이다.

여행하다 보면 참으로 낯선 곳에서 아주 귀한 분을 만나기도 한다. 특히 길을 잃고 헤매거나, 숙박을 정하지 못해 길에서 우왕좌왕하고 있을 때, 아니면 정말 뭔가를 지금 알아야 할 때 홀연히 어디선가 나타나 목적지나 해결방안을 제시해주는 천사 같은 인연을 만나게 될 수도 있다.

한번은 내가 스위스 인터라켄 오스트(Ost)에 도착해 역에서부터 30분간 걸어서 유스호스텔에 오전 11시에 도착했지만, 방이 없다고 했다. 미리 전화로 예약하지 않은 게 화근이었다. 머리가 갑자기 지끈 아프면서 어떻게 해야 할지 몰라 유스호스텔 근처 호숫가에 있는 벤치에 앉아 심호흡을 했다. 실망감과 함께 오늘 운세를 비관하면서 꾸부정한 자세로 이제 어떻게 해야 할까 홀로 걱정하면서 이런저런 생각을 하는 그 순간, 자전거 한 대가 내 앞을 지나가다가 잠시 멈췄다.

혼자 자전거를 타고 지나가던 젊은 일본인 친구였다. 동그란 안경을 쓴 이 친구는 그냥 지나갈 수 있었음에도, 내 앞에 섰다. 아마 멀리서 봐도 내가 정말 불쌍하고 처량해 보였나 보다. 무슨 문제가 있냐고 묻기에 자초지종을 이야기했더니 바로 솔루션을 알려준다. 내게 인근 다른 숙소를 알려준 것이다. 그 숙소의 이름과 찾아가는 방법도 아주 친절하게 알려줬다. 그러더니 홀연히 사라졌다.

정말 영화 같은 한 장면을 직접 체험하게 되니 어안이 벙벙한 나머지 제대로 고맙다는 인사도 잘 전달하지 못했다. 참으로 필요한 때 어디선가 홀연히 번개같이 나타나서 길을 가르쳐준 좋은 인연. 그러나 나는 그의 이름도 모르고, 나이도 모른다. 단지 아주 친절하고 착한 젊은 일본인이라는 것만 안다. 천사가 만약 있다면 사람의 모습으로 변신해 내 앞에 잠시 왔다가 사라진 것은 아닐까?

스위스 인터라켄에서 또 다른 선연은 그 당시 내가 감기 기운이 온몸에 퍼져 있을 때 만났다. 인터라켄은 좀 추운 도시란 생각이 들어 빨리 베른으로 잠자리를 옮기려고 생각했다. 한시바삐 쉬고 싶은 생각에 베른에 있는 유스호스텔로 이동하려고 했다. 하지만 남은 열차 시간이 너무 조급했다. 내가 묵은 발머스 호스텔(Balmer's hostel)에서 뛰어가도 40분은 걸리는 거리인 인터라켄 중앙역까지 열차 시간에 맞춰 도착할 방법이 없었다. 해결방안이 없어 발만 동동거리고 있었는데, 모토하루(Motoharu)라는 일본인 친구가 색다른 아이디어를 제안했다.

그 당시 모토하루는 유럽 자전거 투어를 하던 중이었다. 그는 나를 지전거 뒤에 태우고 역까지 10분이면 갈 수 있다고 했다. 얼마나 반가운 소리인가. 그의 자전거 뒤 안장에 앉아 내달리면서 덜컹거릴 때마다 엉덩이가 아팠지만, 그의 끈끈한 우정에 감동했다. 그의 진솔한 도움 덕분에 기차 시간에 맞춰 무사히 역에 도착했다.

1년 뒤 내가 일본 도쿄에 방문해 그와 다시 만나 그 당시 못했던 여행의 회포를 풀었던 경험도 있다. 거기에다가 그가 사는 요코하마 집까지 찾아가서 1박을 할 정도로 우정을 나눴다. 그는 지금 아프리카 탄자니아의 유엔 산하 기구에서 아프리카 주민을 위한 봉사활동을 하고 있다. 예전에도 선했던 모토하루는 몇십 년이 지난 지금까지 선한 행동을 지구에 퍼뜨리는 중이다. 정말 선연은 언제 어디서 만날지 아무도 모른다.

언젠가는 뉴욕에 도착해서 보스턴으로 바로 이동해야 하는 경우가 발생했다. 그러니까 비행기가 제시간에 뉴욕 존에프 케네디 공항(JFK)에 도착해야 했고, 바로 익스프레스 버스에 탑승해서 뉴욕 '펜스테이션(Penn Station)'까지 도착을 해야 했다. 뉴욕 펜스테이션에서 예약 시간에 열차를 제대로 타야 종착지인 보스턴에 무사히 도착할 수 있는 일정이었다. 그런데 문제는 뉴욕 펜스테이션 안에서 발생한다.

뉴욕 펜스테이션을 가본 사람은 알겠지만, 이곳은 정말 사람이 많다. 왜 많냐 하면 이곳은 뉴욕 맨해튼 한복판에 있고, 뉴욕의 장거리 철도역이면서 동시에 여러 지하철 노선이 통과하는 곳이다. 뉴욕 근교에 살면서 맨해튼의 직장에 다니는 교외 상주인구가 이용하는

역이다. 물론 인근 도시인 보스턴, 필라델피아, 워싱턴 D.C.로 가는 열차가 정말 자주 다닌다.

미국에서 가장 이용객이 많은 역으로, 이용객 수가 2위인 워싱턴 유니언역의 2배라고 한다. 일반 암트랙이라 불리는 기차(장거리 기차와 근거리 기차 등)와 수 개의 지하철 노선이 있어서 엄청난 인파로 정신이 하나도 없는 곳이다. 사전에 이런 정보도 없이 공항에서 바로 도착한 서울 촌놈인 나는 처음으로 엄청난 인파와 너무나 많은 길을 발견하곤 그야말로 정말 정신이 하나도 없었다. 사실 펜스테이션을 정확히 잘 이용하려면 10분 정도의 사전교육이 필요할 정도로 각종 이정표와 길들이 많아서 어디로 가야 할지 누구나 모를 수밖에 없는 구조다.

그런데 이때, 친절한 뉴욕 아주머니가 홀연히 나타났다. 그녀는 내가 가야 할 방법을 친절하게 알려줬다. 그 넓은 역에서 가야 할 방향과 걸어서 걸리는 시간까지 아주 상세히 알려줬다. 어디서 나타나셨는지 모르는 그 아주머니는 또 홀연히 사라졌다. 그분 덕분에 나는 무사히 원하는 시각에 보스턴행 기차를 탔던 경험이 있다.

정말이지 이름도 물어볼 시간이나 여유도 없었던 내가 무심해 보이기도 하지만, 그런 선한 인연들 덕분에 여행이 정말 인간다운 것이 아닌가도 생각해본다. 앞으로 살면서 당신 앞에도 이런 천사가 나타난다면 반드시 연락처를 물어보고, 나중에 그 은덕을 갚으시길 바란다. 만약 그럴 시간이 없어서 제대로 인사도 못 하고 헤어졌다면, 살면서 도움을 바라는 다른 사람에게 그 받은 친절을 2배, 3배로 갚으면서 살길 바란다.

세상은 남의 도움을 받은 2배 이상으로 다른 사람에게 베풀어야 살 만한 세상이 된다. 우리는 언제 사람으로 변신한 천사를 만날지 모른다. 천사를 만나는 행운을 그냥 놓치지 말기 바란다.

*

만남과 헤어짐은
당연한 일

나는 20대 후반부터 배낭여행을 하면서 정말 많은 사람과 만나고 헤어지는 경험을 했다. 아마 일생 중에서 가장 많은 만남과 헤어짐을 했으리라. 아직도 여행은 홀로 떠나는 배낭여행을 해야 한다는 지론을 갖게 된 것도 이런 경험을 한 이후다. 혼자 여행을 하면 누군가의 도움이나 대화 상대를 필요로 하게 된다. 이 세상은 절대 혼자 살아가는 것이 힘들다는 진리도 알게 된다.

내 또래 사람들이 많이 모이는 유스호스텔이나 게스트하우스를 내가 강력하게 추천하는 이유는 단 하나, 너무 재미있고 유익하다. 유스호스텔에서 잠을 자고 아침에 로비에 나가면 새로운 인연을 만난다. 그(그녀)와 하루 여정을 함께 떠난다. 새로 만난 인연의 그 또는 그녀와 함께 상의하면서 떠나는 여정의 결과는 해가 뉘엿뉘엿 지고 다시 홈(유스호스텔)에 오게 되면 알게 된다. 대부분 정말 재미도 있었고, 많은 것을 보기도 했으며, 새로운 체험도 하게 된다.

샤워 후, 다시 로비에 모여 오늘 하루를 어떻게 하면서 함께했는지 복기하면서 간단한 맥주와 함께 하루를 마감한다. 그러면서 오늘 여정의 별점은 5개 중에 몇 개를 줄지 스스로 점검하기도 한다. 그런 후 내일 여정을 오늘 만난 새로운 인연과 이을지를 의사 결정하게 된다. 아니면 새로운 인연을 고대하며 잠자리에 들게 된다. 당연히 하루에도 수 명의 새로운 인연과 만나고 그다음 날은 헤어질지도 모른다. 새로운 도시, 새로운 인연, 새로운 만남 등으로 하루하루가 새롭고 또 새롭다.

새로운 인연을 만나려면
유스호스텔(YH)에 묵어야 한다

유럽은 그야말로 유스호스텔의 천국이다. 어느 도시에 가나 청년들의 숙박을 위한 곳이다. 젊은 친구들이 많이 이용하지만, 젊었을 적 유스호스텔을 이용해본 경험이 있는 가장은 가족들을 모두 데리고 와 가족 룸에 묵는 경우도 상당히 많다. 가장 경제적이면서 가장 실익 있는 정보를 얻을 수 있는 곳이기 때문에 유스호스텔은 여행 정보의 수·발신지라 적극적으로 추천한다. 물론 요즘에는 '에어비앤비'가 워낙 발달해서 유스호스텔의 역할을 대체한다. 하지만, 사람 간의 정을 원하거나 여행다운 여행을 원한다면, 나는 적극 유스호스텔을 권장하고 싶다.

일본에도 많은 유스호스텔이 있지만, 유럽의 유스호스텔과 성격이 조금은 다르다. 일본의 유스호스텔 이용자 중에 여자들이 있다면, 아마 친구들과 만나 대화를 나누고 함께 잠을 자는 장소로 이용할 확률이 높다. 결혼하지 않은 여자친구들이 유스호스텔에서 1박을 하면서 저녁 시간부터 자신들만의 시간을 가지면서 야외 활동도 함께하고 맛있는 음식점도 함께 간다. 친구들과 야식과 잠자리를 경제적으로 함께하는 장소로 유스호스텔을 이용한다는 점이 특이하다.

일본 도쿄 신주쿠 근처에 있는 유스호스텔 중에 '요요기' 유스호스텔이 유명하다. 이곳은 1967년, 도쿄올림픽을 위해 설립해서 선수용 숙소로 이용했던 건물과 시설을 올림픽 이후에 유스호스텔로 용도변경 했다. 식사는 청소년센터 안에 있는 레스토랑에서 아주 저렴한 가격으로 제공된다. 하지만 최근에 다시 알아보니 제반 사정으로 2012년 3월 15일, 숙박업무를 종료했다고 한다. 근처에 널찍한 공원도 있고 맛있는 맛집도 많아 강력하게 추천하고 싶었던 숙박시설인데, 숙박업무가 종료됐다니 아쉬운 대목이다. 하지만 그 당시 내가 갔을 때는 아주 오래전이니까 시설도 아주 쾌적하고, 입구에 있는 건물 1층에서는 저녁 시간에 동네 어르신을 위한 문화센터가 진행되는 등 상당히 많은 사람이 이용했던 건물이다.

나는 이곳 로비에서 젊은 일본 여성 3명을 만났다. 아케미(Akemi), 아키코(Akiko), 세츠코(Setsko). 요요기 유스호스텔에 도착해서 자리 잡고 내일 일정을 정하느라 로비에서 있다가 3명의 일본 여성들을 만났다. 말이 통하니 바로 같이 폭죽을 터뜨리러 근처 요요기 공원에 가자는 제안이 불쑥 나왔다. 난생처음 폭죽을 갖고 노는 이벤트에 참여했다. 함께 폭죽놀이를 하면서 사진도 찍어 주면서 재미난 시간을 가졌다.

폭죽놀이 후에는 역전 근처 비어하우스에 가서 맥주를 마시며 이런저런 이야기를 계속했다. 모두 22세 아가씨들이다. 가볍게 술을 마신 뒤 아케미는 집에 가고, 아키코와 세츠코는 오랜만에 만나므로 유스호스텔에서 1박을 한다고 한다. 유스호스텔로 돌아와 또 2차 대화의 시간.

그들에게서 5엔, 50엔 동전의 구멍이 무엇을 의미하는지, 그리고

절에서 동전을 넣는 소원 비는 함에는 5엔을 주로 넣는다는 것, 그래서 복이 내게로 다시 돌아온다는 것, 그리고 조그만 개구리는 좋은 의미를 나타낸다는 것 등 많은 귀중한 정보를 알게 됐다. 나는 대신 그들에게 한글의 원리를 가르쳐주고 새벽 1시에 헤어졌다.

이들과의 인연은 며칠 후에 다시 이어져, 신주쿠역 근처 게이요 플라자 호텔 로비에서 아키코와 세츠코를 만났다. 도착하자마자 그들을 만나 깜짝 놀라게 하는 이벤트로 하루 일정을 시작했다. 나리타 공항행 리무진 버스 차표를 미리 예매하고, 그들과 어울려 가부키초(kabuki-cho) 유락가로 이동했다. 식사하면서 간단한 맥주를 마시며 깔깔대고 웃으며 재미있게 보냈다. 그들을 통해 일본 오피스 여성들의 실생활을 조금은 이해할 수가 있었다.

식사 후의 식대를 굳이 둘이서 내는 바람에 공짜로 얻어먹을 수밖에 없었다. 만난 지 이틀밖에 되지 않았고, 나를 잘 알지도 못하면서 저녁밥을 사는 일본 여성들에게 깊은 감사를 느꼈다. 그들과 가부기초 거리에서 사진을 찍고 신주쿠역에서 헤어졌다. 만나면 헤어지는 법.

최근에 페이스북을 통해 세츠코와 온라인상에서 만나 친구들의 현황을 보게 됐다. 그녀는 결혼해서 남편과 아이를 둔 중년여성으로 변해 있었지만, 온화한 미소는 여전했다. 아키코는 캐나다에 이민 가서 종종 연락한다고 전했다.

세상에 만날 사람은 정해진 듯한 느낌도 든다. 그렇지만 예상치 못한 사람들과 만나는 경우도 발생하는 곳이 유스호스텔이기도 하다. 어느 날 아침 식사를 하러 요요기 유스호스텔 내 카페테리아를 갔다가 북한 체육 임원진과 상봉하는 깜짝 이벤트를 가졌다. 그렇지만 내가 먼저 말을 못 붙였다. 이곳 요요기 유스호스텔은 체육시설이 많이 있어서 북한의 운동선수들을 만나게 될 확률이 높다. 나는 태어나서 처음으로 북한 사람을 직접 봤다. 김일성 배지를 가슴에 단 북한 체육관계자들과 체육선수들이 아침 식사를 하고 나가는 모습을 보면서 왜 말이 안 나왔는지 나도 모른다. 무슨 말부터 시작해야 할지를 몰랐다. 1분 사이에 모든 북한 사람들이 버스를 타고 떠났다. 아침 식사를 하면서 처음 경험한 북한인과 잠깐 만남은 이렇게 허무하게 끝났다.

이처럼 유스호스텔 로비는 새로운 인연을 만나는 귀중한 장소다. 지금까지 나와 맺었던 수많은 여행 인연은 대부분 유스호스텔 로비에서 만들어졌다. 만약 결혼하지 않은 미혼이라면 아주 좋은 인연을 이곳에서 만날지 누가 아는가.

그리고 일본인 미혼 여성들은 친구를 만나 장시간의 수다를 떨기 위해 유스호스텔을 이용한다는 점도 배웠다. 저렴한 가격에 안전한 시설, 그리고 도심에 위치하기 때문에 쇼핑 등 볼일을 보고 유스호스텔에 모여 맥주 한잔하면서 이런저런 이야기 삼매경에 빠질 수 있는 곳으로 이용한다는 점은 우리에게 낯설지만, 유용한 정보인 것은 틀림없어 보인다.

유스호스텔이 좋은 이유

유럽을 여행하던 어느 날, 그날도 여지없이 아침 6시 30분쯤 일찍 일어나 근처를 산책하면서 지역 정보를 눈에 익혔다. 간밤에 어떤 일이 있었는지 또는 아침에 출근하는 사람들의 빠른 발걸음을 보면서 나는 천천히 산책했다. 그런데 아침 산책을 마치고 유스호스텔에 들어가려고 하니 문이 닫혀서 들어가지 못하게 됐다. 정말 황당한 경우다. '어떻게 들어가야 하지?' 하면서 전전긍긍하던 차에 친절한 어느 유럽인이 나타나 문을 열어줘서 겨우 유스호스텔에 들어가게 됐다. 친절한 그 유럽인과 함께 아침 식사를 같이하면서 좋은 이야기를 많이 나눴다. 맨 나중에 좋은 여행이 되길 바란다며 악수를 청했다. 그와 굳은 악수를 하면서 헤어졌다.

배낭여행을 통해 정말 많은 사람을 만나고 헤어지면서 나름 사람을 판단하는 첫 번째 기준을 생각한다. 여러 나라 다양한 인종을 만나지만 결국은 민족성보다는 각 개인의 성품에 따라 사람이 구분된다는 점이다. 특히, 첫인상이나 골상이 중요한 판단이 된다는 생각을 해본다.

어느 날은 유스호스텔 로비에서 쉬던 중, 대만에서 단체 여행객들이 들어왔다. 그중 한 여자와 대화를 잠깐 하게 됐다. 저녁에 다시 로비에서 만나 이야기를 이어 가기로 하고 헤어졌다. 그리고 바로 홀로 여행 중인 캐나다인 짐(Jim)과 광장에 나가 맥주를 마시고 돌아와 오후에 잠시 만났던 대만 여성(피부과 레지던트 의사)과 유럽여행에 대해 이어서 대화했다. 저녁에는 스웨덴 친구들 네 명과 맥주를 마시며 서로의 관심사에 관해 대화했다. 이 젊은 친구들은 나보다 나이는 어리지만, 어른 같이 행동하고 어른처럼 사고하는 듯했다. 유럽의 북부 지역인 스칸디나비안 출신 배낭족들은 프랑스나 스페인 등 남유럽 친구보다 말수가 적고, 굉장히 신사적인 느낌이 들었다.

내 옆 침대에서는 프랑스에서 온 젊은 남녀가 하나의 침대에서 붙어 자고 있었다. 다른 사람 눈치 안 보고 아무렇지도 않은 듯이. 그야말로 전 세계인들과 시간 단위로 만나고 헤어지는 일과를 맞이한다.

그래서 그런지 유스호스텔에 그냥 느긋하게 종일 있어도 하나도 외롭거나 한가할 틈이 없다. 여러 나라의 새로운 사람들과 계속해서 만날 수 있다. 하지만 홀로 있기를 원한다면, 그냥 자신의 숙소에서 일절 나오지 않고 책을 읽거나 사색해도 괜찮다. 이곳은 그야말로 자유롭고 작은 나만의 공화국이니까.

특히 스위스같이 물가가 비싼 나라에서는 유스호스텔이 위력을 발휘한다. 조금 저렴한 호텔보다 시설 면이나 운용 면에서 훨씬 앞선 시스템이기 때문이다. 특히 인터라켄 오스트역 근처에 있는 유스호스텔은 그야말로 스위스의 자연을 바로 눈앞에 두고 잠자리에 들게 해주는 곳이다. 배낭족들이 극찬하는 곳이기 때문에 예약은 필수다. 이곳을 찾는 대부분의 여행객은 융프라우요흐에 가려고 한다. 그렇다면 당연히 역에서 나오자마자 역을 등지고 오른편에 있는 큰 건물인 유스호스텔이다. 로비에서는 와이파이가 가능하고, 주변에 쿱(우리나라로 치면 생협)이 많아서 저렴하게 생필품을 구매할 수도 있다.

만약에 당신이 생각한 수준보다 더 좋은 유스호스텔을 발견한다면 일정을 연장해서 며칠을 더 묵기 바란다. 그야말로 슬로 트래블 (Slow travel)을 만끽해보기 바란다. 아무 생각 없이 책을 보거나, 스위스의 멋진 산들을 감상하면서 마음을 정화하는 시간을 갖는 것도 인생에서 해보기 힘든 경험일 것이다. 그곳에서 그 도시와 자연과 새로운 사람들을 더 만나는 시간을 갖도록 하라. 나중에 너무 일찍 해당 유스호스텔을 나온 것을 후회하지 말자.

홀로 여행을 다니니 많은 이방인과 만난다. 특히 머리 색이 검은 동양인들과 쉽게 친숙할 수가 있다. 아마 동양인들은 같은 문화권에서 살기 때문이리라 생각해본다. 여행은 혼자 가야 많은 사람을 만날 수 있고, 새로운 난관도 만나고, 그런 난관을 스스로 해결할 수 있는 능력도 키울 수 있게 된다. 그래서 나는 혼자 가는 여행을 주장한다. 물론 싱글일 경우에 한한다. 그리고 유스호스텔에 묵기를 권한다. 에어비앤비보다 훨씬 더 많은 추억과 경험을 선물해줄 것이다.

귀중한 인연은
내가 먼저 손을 내밀어야 한다

　홀로 여행을 하면서 느낀 여러 단상을 모아 본다. 여행은 정말 인생과 닮은꼴이다. 살아가면서 사회생활을 하다 보면 정말 많은 사람과 명함을 교환한다. 그중에 지금까지 연락하는 사람이 얼마나 되는지 묻고 싶다. 특히 은퇴를 앞둔 베이비 부머들에게 남겨진 명함이 몇 개나 되는지 묻고 싶다. 내 경우 또는 주위 아는 분들에게 같은 질문을 해봐도 비슷한 답을 한다. 사회생활에서 만난 인연은 그저 비즈니스를 하기 위해 스쳐 가는 인연들이 많다.

　내 경우도 마찬가지다. 직책이 사람을 만든다고 했던가. 아무래도 회사생활을 할 때는 직책이 깡패이기 때문에 알아서 기는 사람(협력업체)들이 참 많았던 적이 누구나 있을 것이다. 하지만 이런 인연은 오래가지 못한다. 잠시 스쳐 지나가는 인연일 뿐. 이런 인연을 퇴직 후에도 계속 이어 가는 사람은 아마 없으리라 본다.

　대부분의 만남이 스쳐 가는 인연이지만, 귀한 인연을 판별해서 미리 잘 관리하면 풍성하고 질 높은 인생을 만들 수 있다. 그래서 평소 여행을 하면서 많은 인연과 만나고 헤어지지만, 귀한 인연은 내가 먼저 손을 내미는 습관을 들이도록 해야 한다. 적극적으로 귀한 인연을 판별해서 절친한 친구로 만들면 향후 멋진 인생으로 자리매김할 가능성이 커지는 셈이다. 즉, 삶의 주체세력이 되라는 이야기다.

잠깐이지만 아직도 생각나는 인연

유럽을 홀로 여행하던 때 이야기다. 독일 프랑크푸르트역 근처라 차 소리 때문에 시끄러워 더 잘 수가 없었다. 9시쯤 나와서 12시에 출발하는 기차를 예약하고, 이제 뭐 하고 기다릴까 하면서 거리에서 아이 쇼핑을 하고 있는데 저 멀리서 오는 한 남자가 있었다. 독일 퓌센(Füssen)에서 인사도 제대로 못하고 헤어진 일본인 타이수케(Taisuke)를 길거리에서 우연히 만난 것이다. 퓌센에서 잠잘 곳을 못 찾아 헤매던 그를 일주일 전쯤 만났던 기억이 난다. 그 당시 홀로 길을 헤매는 그를 발견한 나와 동료 일행이 반가이 우리 방에 초대해서 함께 잠자리를 같이했다. 어찌나 반가운지.

그는 독일 슈투트가르트에 사는 친구와 전화 연결이 안 되어서 할 수 없이 오스트리아 잘츠부르크로 가려는 참이었다고 한다. 기차역 구내 버거킹 스토어에서 그가 커피와 햄버거를 사줘서 맛있게 먹고, 마시며 여러 이야기를 한다. 그의 나이는 31세였다. 돈을 많이 벌기 위해 머나먼 독일까지 온 그의 처지에 약간은 측은하기까지 하다. 3년 계약으로 베를린 어느 일식 식당에서 일한다고 했다.

그런데 경제적으로 궁핍한 그가 나를 위해 기차 안에서 먹으라고 햄버거까지 사준다. 참으로 눈물겹다. 자기도 배고플 텐데, 겨우 두 번째 만나는 나를 위해 자선을 베푼다. 슬픈 또 다른 이별을 기차 플랫폼에서 하고 기차 안으로 오른다. 그래서 그런지 나는 기차역 플랫폼에만 가면 슬픈 기억들이 마구 생각난다. 모두 잠시 만난 인연들과 헤어진 곳이기 때문이다.

　기차역에서 사람들은 잠시 또는 영원히 누군가와 헤어진다. 영화의 한 장면처럼 기차가 떠나려고 안내방송이 나오면서 두 주인공은 아쉬운 이별을 하는 그런 아련한 장면이 연상되는 곳이다. 우리는 세상을 살면서 많은 사람에게 절대로 적지 않은 신세를 지고 살아간다. 그렇지만 대부분의 사람은 자기가 잘나서 모든 일이 잘된 것이라는 착각 속에 살아간다. 나중에 가면 알겠지만, 모든 일이 잘되는 이유는 거의 모두 옆에서 좋은 인연들의 도움이 있어서였음을 알게 될 것이다.

　60세를 넘어서니 인생을 바라보는 눈이 많이 달라진다. 이젠 놓는 연습, 뭔가 내려놓고 나누는 연습을 많이 해야 할 때가 아닌가 싶다. 행복의 의미를 다시 정의하고, 부부가 함께 행복한 제2의 삶을 살아야 할 것이다. 다른 사람으로부터 받은 은혜를 또 다른 사람에게 빚 갚는 마음으로 전달하는 삶. 말은 쉽지만 그렇게 쉽지는 않은 행동이다. 말이 아닌 행동하는 지성인으로 여생을 살고 싶다.

중학교 때 사귄 펜팔 미국 여자친구

　난 어렸을 적부터 외국 친구하고 사귀는 것에 적극적이었다. 1974년 중학교 2학년 때, 외국 펜팔 친구를 사귀기 시작했다. 그 당시 일기장을 다시 뒤적여 본다.

1974년 12월 11일
즐거운 겨울방학이 찾아왔다. 서울 회현동에 있는 신세계백화점 근처에 있는 '우정펜팔협회'에서 펜 벗을 얻으러 다녀왔다.

그 낭시 외국 친구를 사귀는 방법은 편지를 통한 서신교환 방법 밖에 없던 시절이다. 집에 오자마자 미국에 사는 펜팔 친구에게 편지를 바로 써서 보냈다. 그녀 이름은 메건 메이어(Megan Mayer), 위스콘신(Wisconsin)주에 사는 14세 여자로 미국 여자치곤 필체가 너무 좋아서 펜팔 친구로 선택한 친구다. 내가 선택한 이 펜팔 친구의 아버지는 경찰관이고, 엄마와 남동생을 둔 미국 중산층 중학생이었다.

펜팔 기간에 내 생일선물로 미국에서 가장 컨트리 음악으로 유명한 존 덴버(John Denver)의 엘피판 레코드를 보내주어 그 당시 존 덴버 음악을 정말 많이 들었던 기억이 선하다. 미국에서 특급우편으로 온 엘피판을 받고 얼마나 기쁘고 행복했던지 동네 친구들에게 엄청 자랑했다.

물론 중학교 시절의 이 펜팔 친구는 내가 이사 가면서 연락이 끊겼지만, 그녀의 사진은 아직도 내 앨범 안에 있다. 그리고 고등학교에 들어가면서 더더욱 공부 이외의 여유가 허락되지 않았기에 더는 펜팔이라는 행위 자체를 하지 못했던 기억이 있다.

만약 당신의 자녀가 있다면, 어렸을 적부터 외국인 친구를 사귀도록 허락하기 바란다. 외국인 친구를 사귀면 자연스럽게 영어도 늘고, 외국인 동년배들의 생각과 행동도 배우게 되는 등 참으로 좋다. 요즘은 워낙 SNS가 발달했기 때문에 마음만 먹으면 좋은 친구를 선별해서 사귈 수 있으리라 본다. 나중에 기회가 닿아 유학 갈 때 또 다른 인연으로 이어질지 누가 알겠는가! 꼭 국내 학연에만 급급할 필요는 전혀 없다고 본다.

난 어렸을 적부터 외국 동년배들의 행동거지를 알고 싶어 했다. 내 주변 동년배들과는 조금은 다른 생각과 앞선 행동을 많이 했던 기억이 있다. 외국인 친구를 중학교 2학년 때부터 사귀면서 동네 동년배들과는 다른 성숙미가 풍기는 외국 여자친구가 있는 것에 대한 자부심도 적지 않았던 시절이었다.

로만티크 로드인가, 슬리핑 로드인가

독일 퓌센으로 가려면 참으로 눈부시도록 아름다운 로만티크 로드(Romantic Road)를 이용하게 된다. 프랑크푸르트에서 시작된 로만티크 로드 버스를 타고 퓌센으로 향한다. 맨 처음부터 퓌센을 가려고 했던 것은 아니었다. 사실 퓌센이라는 도시가 있는 것조차 몰랐기 때문이다. 애초의 내 유럽여행 계획에는 들어가 있지 않은 도시였으니까.

아침 6시에 일어나 프랑크푸르트에서 만나 많은 신세를 졌던 한국 어느 무역회사에 근무하시는 이종호 님을 역까지 바래다 드리고 고국에서 만나기로 하고 헤어졌다. 그분 덕분에 지난 밤 편안한 호텔에서 잠도 잘 수 있었고, 쇼핑도 함께하기도 하고, 식스포켓 당구도 치고, 독일 성인 영화관에도 함께 들어가 보는 경험도 해보고, 독일 맥주도 함께하는 등 아주 짧은 시간에 너무나 많은 경험을 하게 해준 분이다. 귀중한 시간을 함께했던 인연이라 잠시 가슴이 찡했다. 참으로 많은 만남과 헤어짐이 며칠 사이에 이뤄진다. 그러나 서로의 갈 길이 다르므로 할 수 없이 헤어진다. 인생도 마찬가지다. 내가 살아가는 길에 많은 사람을 만나지만, 결국은 자신만의 길을 가게 된다. 그것도 홀로 말이다. 여운이 남지만, 내 길을 가야만 한다.

난 다시 호텔로 와서 아침 식사를 하고 아침 준비를 끝내고, 바로 유로파 버스 사무실(Europa Bus Office)로 향했다. 그곳에서 유로파 버스를 타는 방법을 묻다가 어느 일본인을 만나서 동행했다. '아키히사 마야오(Akihisa Miyao)'라는 일본인은 유럽 베이커리에 무척 관심이 많은 주방장 출신의 젊은이다. 그는 이번 여행을 한 후에 독일 어느 도시에 가서 빵 만드는 일을 정식으로 배울 계획이라고 했다.

그와 함께 오른 유로파 버스 안에서 또 다른 새로운 친구를 만났다. 홍콩에서 온 위만첵(Au man cheuk)이라는 친구인데, 홍콩에서 대학원을 다니는 학생이었다. 졸지에 홀로 여행할 줄 알았던 여행이 바로 3명이 함께하는 여행으로 변신한다. 각자 홀로 유럽을 여행하던 사람 3명이 그룹이 되어 바로 멋진 삼총사가 된다. 일명 '아시안 그룹'이 되어 로만틱 투어를 시작하게 됐다.

참으로 여행이란 무슨 일이 벌어질지 예측하기 어려워 더욱 재미있지 않은가! 참으로 인생과 너무나 닮았다. 앞으로 일어날 일을 미리 안다면 정말 재미가 없지 않을까 싶다. 아침에만 해도 외로이 여행을 준비하고, 홀로 가겠거니 생각했는데 뜻 맞는 동지를 생각지도 않게 만나 그룹을 이룰 줄은 정말 예측하지 못한 것이다. 인생도 마찬가지로 지금은 외롭고 고단한 삶을 살고 있지만, 나도 모르게 누군가의 도움으로 새 삶을 살지 그 누가 알겠는가? 이처럼 인생도 예측하기 힘들지만, 마음을 열어 놓고 새로운 인연에 개방적이라면 충분히 좋은 사람이나 좋은 일들만 만나게 될 것이라는 법칙을 새삼 느끼게 되는 계기가 됐다.

내가 탄 유로파 버스는 로젠부르크라는 중세도시에서 잠시 쉬었다. 이곳에서 점심 식사도 하고 함께 사진도 찍는다. 처음 내 계획에는 뮌헨으로 다시 가려고 했으나 새로 만난 친구들이 퓌센까지 간다고 하기에 계획을 바꿨다. 두 명 모두 친절하고 마음이 맞았기 때문이다. 그래서 셋은 같이 유로파 버스를 타고 퓌센까지 동행하게 됐다. 오늘도 운이 좋아서 그런지 좋은 친구들과 동행도 하고, 좋은 추억도 만들게 되니 마음이 정말 편안해졌다. 하지만 어젯밤 잠이 부족해서 그런지 버스에서는 잠만 잤다. 외부 풍광이 아무리 아름답고 예뻐도 10분 이상 관심이 갈 수가 없는 것이 인지상정이거늘…. 이때 홍콩에서 온 친구가 우리를 깨우면서 한마디 한다.

"이 길은 로만티크 로드(Romantic road)가 아니라 슬리핑 로드(Sleeping road)구나."

그의 말에 모두가 배를 잡고 웃었다. 퓌센으로 가는 길은 우리나라의 시골 풍경과 무척 흡사했다. 풍요로운 독일의 시골을 본다. 거의 다 오니 알프스산맥이 보인다. 정말 장관이다. 유로파 버스 안은 거의 모두 동양인 일색이다. 특히 일본인이 80%를 차지한다. 나라가 부유해지면 관광을 많이 가게 된다. 남진의 노래 '저 푸른 초원 위에 그림 같은 집을 짓고'를 저절로 흥얼거리게 된다. 길을 걸으면서 심심하니까 서로 자국의 무술을 선보인다. 나는 태권도를, 일본인 친구는 가라테를, 홍콩인 친구는 쿵후를 멋지게 폼을 잡는다. 셋은 함께 배꼽을 잡고 웃었다.

독일 남부의 라인강, 다뉴브강 등을 따라 옛 독일의 분위기를 고스란히 간직하며 꿈과 낭만이 스며 있는 동화 속의 도시, 퓌센. 로만티크 로드는 여행자들의 발걸음을 묶어 두기에 충분해 보인다. 이곳은 고풍스러운 고성인 '노이슈반슈타인 성'이 유명하다. 월트디즈니 메인화면에 불꽃 튀어 오르는 성이 바로 이 성을 모티브로 해서 만든 것이다.

이 성에 가게 되면 정말 중세로 온 것 같은 색다른 느낌이 든다. 마치 동화 속에서나 한 번쯤 상상해본 듯한 이미지들이 로만티크 로드의 종점인 퓌센에 응축되어 있어서 그런지 1년 내내 관광객으로 북적인다. 퓌센은 관광지이며 휴양지여서 많은 관광객으로 호텔 및 숙박 시설이 만원이다. 여기저기 알아보고 있는데 빈방이 없다.

그런데 지나가던 일본인 여학생이 좋은 정보를 준다. 역 근처 어느 호텔에 3인용 방이 비어 있다는 것이다. 이런 귀중한 정보를 쉽게 알려주는 친절한 배낭족 친구들. 그들은 4명이기 때문에 갈 수 없으니 빨리 가보라는 충고도 해주는 친절을 보여준다. 우리는 온 힘을 다해 재빨리 갔더니 딱 방 하나만 남아 있다. 이 방이 없었다면 길거리에서 자야만 했는데, 정말 우리는 운이 좋은 편이다. 그날 저녁은 근처 스낵바에서 닭고기와 맥주를 먹었다.

근처를 산책하고 돌아오던 중 일본인 한 명이 길에서 헤매고 있다. 방을 아직도 못 잡았기 때문이다. 이 친구가 바로 앞에 소개했던 타이수케다. 31세로 서베를린 일본 레스토랑에서 일하는 친구인데, 잠자리를 못 구해 안쓰러웠다. 그래서 우리는 선뜻 도움의 손을 내밀었다.

"우리와 함께 오늘 밤은 지내시죠!"

매우 고마워하는 표정과 말로 모두가 흐뭇했다. 넷이서 조촐한

파티를 하고 잠을 청했다. 알프스 밑이라 그런지 정말 공기가 다르고 시원하다. 그리고 또 다른 외로운 인연에 손 내밀어 잡은 귀한 인연이 있어 더 정겨운 밤이다.

세상에는 좋은 인연과
나쁜 인연이 있을까?

*

60년간 수많은 사람을 만나고 헤어져 보니 내 인생에 좋은 인연으로 만나는 사람이 있는가 하면, 어떤 사람은 악연으로 만나는 경우가 있다는 것을 알게 됐다. 물론 그저 그런 보통 사이로 쭉 이어지는 경우가 대부분이다. 하지만 당신과 금전적인 관계가 밀접하거나, 인생의 갈림길에서 어려운 선택을 할 때 만난 인연들은 좋고 나쁨이 아주 뚜렷하다. 그렇다면 선연과 악연은 어떻게 판별할 수 있을까? 결론만 말한다면, 시간이 말해준다. 그런데 다시 복기를 해보면 선연과 악연 여부를 처음에도 알 수 있다.

맨 처음에 선연으로 생각되어 내 모든 정성을 다해서 접대를 해주었지만 악연으로 끝나는 경우도 있고, 또 어떤 경우에는 그냥저냥 대해주었는데도 불구하고 내게 좋은 일을 해주는 선연인 경우도 있었다. 처음부터 악연을 예견하거나 선별해낼 수도 있다. 당하는 당사자만 모를 뿐이다.

악연을 만나지 않으려면 어떻게 하는 것이 좋을까? 상대방에 대한 기대치를 확 낮추면 된다. 상대방에게 뭔가를 받으려 하지 마라. 너무 큰 인연으로 생각하지 말고, 그냥 스쳐 가는 인연으로 생각하면 된다.

즉, 일상에서 만나는 인연에 너무 가치를 두지 않으면, 나중에 결과에 대해서 실망도 하지 않을 것이다. 실제로 중요한 인연 만들기 액션플랜은 따로 있다. 처음부터 마음에 든다고 내 속내를 다 보여줄 필요는 없다. 마치 포커판에서 좋은 패를 가졌다고 처음부터 표정을 달리하지 않듯 평상시대로 움직여라. 그리고 어느 정도 시간이 지나서 그 사람의 진의에 대해 판단이 서면 그때 한 걸음 더 다가가서 잘해준다는 원칙이다.

지금까지 내가 개인회사를 개업해서 나와 함께 근무했던 수많은 직원과 아르바이트생 그리고 연구원들을 모두 합하면 100여 명도 넘을 것이다. 그런데 내 기억에 남는 사람은 손에 꼽힐 정도다. 왜 이런 결과가 나왔을까? 개인사업을 하면서 크게는 3번의 사기를 당하거나 당할 뻔한 경험이 있다. 나를 악의 구렁텅이로 끌고 간 그 악연들을 지금도 똑똑하게 기억하고 있다. 그들 덕분에 사업이 아무나 하는 것이 아니라는 것도 알게 됐으니 말이다.

악연을 통해 제대로 세상 사는 법을 알게 된다. 악연으로 인해 그동안 내가 인맥 관리를 허술하게 했고, 사람 보는 눈이 없었음을 알게 된다. 항상 어떤 큰 울림 있는 교훈을 얻으려면 학습비용이 필요하지만, 너무 큰 학습비용 때문에 사업을 접기도 한다. 많은 사람이 학교를 졸업하고 사회생활을 하다 보면 다양한 사람을 만나게 된다. 처음에는 친절하고 겸손한 척을 하는 사람들이 대부분이다. 하지만 속내를 드러내는 것은 어느 정도 시간이 흐른 뒤다.

나는 내 딸과 아들에게 이런 조언을 해준다. 항상 겸손하되 자신만의 생각을 조리 있게 전달하는 연습을 해서 상대방에게 호감이 가도록 노력해야 한다. 세상에는 정말 참으로 많은 종류의 사람들이 존재한다. 그래서 첫인상은 상당히 중요하다.

그리고 또 하나 중요한 팩트를 기억하길 바란다. 지나간 인연은 다시 불러오는 게 아니다. 지나간 인연은 그냥 지나가게 하는 게 순리다. 지나간 인연을 다시 불러서 뭔가 인연을 다시 만들려 한다면 그것 또한 더 나쁜 인연으로 변하는 경우가 참 많다. 그러니 지나간 인연은 지나간 대로 그냥 내버려 두길 바란다.

그런데 나이를 한 살, 한 살 더 먹으면서 인연에 대한 결론이 점점 더 어려워지고 있다. 진정 인연에는 좋은 인연, 나쁜 인연이라는 게 있을까? 서두에도 이야기했지만, 여러 번의 사기를 당하면서 그들을 나쁜 인연이라고 단정 지었던 게 맞는 것인지 의문이 가기 때문이다. 왜냐하면 그들은 내게 무엇을 조심해야 하는지, 그리고 큰 욕심을 내면 어떤 결과를 가져오는지를 알려준 고마운(?) 사람들이기 때문이다. 사실 내가 사기를 당했던 때를 복기해보면 알게 된다. 그들과 비즈니스를 같이하면 금방 큰돈을 벌 수 있으리라 예상하지 않았던가!

그렇다. 이 또한 내가 만든 어리석은 허상에 빠졌던 것이다. 그들이 악연이 아니라 내 마음이 스스로 만든 허황된 미래 때문이었다. 이것이야말로 바로 인연과보(因緣果報)라 할 수 있다. 오지도 않을 장밋빛 미래를 꿈꾸게 되는 순간, 우리는 사기라는 이상한 악연 속으로 빠지게 된다.

내가 지금까지 모아온 전 세계 사기 관련 자료들을 보고, 그 원인을 분석해보면 다 비슷하다. 사기꾼들은 옆에서 사기당하는 사람들에게 스스로 허망한 상상력을 만들도록 부추기는 펌프질만을 한 것이다. 그들은 모든 인간이 갖고 있는 어리석은 공짜심리와 무지개 같은 환상을 최대한 악용한다.

부처님이 이런 말씀을 하셨다(《법구경》 중에서).

"행복도 내가 만든 것이네. 불행도 내가 만든 것이네. 진실로 그 행복과 불행은 다른 사람이 만드는 것이 아니네."

내가 스스로 만든 신기루 같은 욕망으로 인해 발생한 '사기'라는 결과물에 따라 악연으로 치부했던 지금까지의 인연분류법은 우매한 자신에게서 시작되었다는 팩트를 이제야 알겠다. 나이를 먹으니 이제야 진실을 알기 시작한다.

유럽여행에서
3번이나 만난 여인

세상 살면서 인연이 참으로 희한하다. 나뿐만 아니라 여러분도 많이 느끼겠지만, 과학적으로 설명이 되지 않는 일들이 참 많다. 우리는 이런 일을 그냥 '인연'이라고 표현한다. 이는 내가 아내와 만나 결혼에 이르는 경우도 인연이라는 말로밖에 설명할 길이 없는 경우처럼 말이다. 몇 번의 헤어짐이 있었는데도 우리는 결혼에 성공했다. 정말 깊은 인연 때문이라고밖에 설명할 길이 없다.

내 생애 첫 번째 해외여행이었던 유럽여행 중에 세 번을 우연히 만난 여인이 있었다. 싱가포르 출신으로 영국 런던 모 대학교에 다니던 대학생이었는데, 여름방학을 맞아 유럽 대륙을 여행하던 중 나와 우연히 만난 외국인이다. 첫 번째 만남은 벨기에 수도 브뤼셀의 중앙역에서다. 그녀는 내가 이곳에 오기까지 좀 민망한 수모(?)를 당한 터라 외국인에 대해 약간의 두려움이 있었는데, 그 두려움을 말끔히 없애준 장본인이기도 하다.

콩글리시의 폐해

내 생애 홀로 떠난 첫 번째 배낭여행이기에 많이 흥분된 상태였다. 여행 준비를 위해 유럽 관련 책도 구매하고 열심히 정보를 탐색하고 암기하고 간 유럽여행이었다. 유럽 첫 도시인 영국 런던 여행을 무사히 마치고 비행기를 타고 벨기에로 넘어갔다. 그 당시에는 영국과 프랑스가 해저터널로 이어지기 전이기 때문에 비행기를 타야 유럽 대륙으로 넘어갈 수 있었다. 벨기에 브뤼셀 공항에 도착해 안내데스크에서 수도인 브뤼셀 도심으로 가는 열차 편을 알아보려 하는데, 여기서 작은 해프닝이 발생했다.

"어디를 가려 합니까?"

"브뤼셀이요."

"네? 어디라고요?"

"브뤼셀."

"잘 모르겠네요. 다시 한번."

"브뤼셀."

하도 내 영어를 못 알아들어 책에 나온 지명을 손가락으로 가리키면서 알려주자, 이 안내원이 이렇게 말한다.

"브러쓸."

엥? 지금까지 학교에서 항상 '브뤼셀'로 배웠는데.

"브러쓸, 센트랄 스테이션, 맞나요?"

"네에…."

유럽 첫 대륙에서부터 난감한 상황이 연출된 것이다. '브러쓸'이라, 이것이 바로 우리네 학교에서 배운 영어교육과 현장의 괴리다. 우리가 중학교, 고등학교 때 영어 시간에 배웠던 발음은 그야말로 콩글리시, 그 자체 아니던가! 중학교, 고등학교 영어 선생님들이 해외에 나가서 영어를 배운 적이 없어서 그런지 발음 면에서 보면 형편없는 영어를 배운 셈이다. 지금이야 유튜브 등 무료로 언어를 배울 기회가 널려 있지만, 예전만 해도 선생님만이 유일한 영어를 배우는 통로였으니 말이다.

이런 콩글리시의 여파를 겨우 진정하고 난 후, 브뤼셀 중앙역을 나오자마자 만난 싱가포르 여인, 숙웨이(Sookwei). 그녀와 기차를 타고 '브뤼셀' 인근 유명한 도시인 '브뤼헤(Brugge)'로 향한다. 브뤼헤는 어디를 가나 중세시대로 돌아간 착각을 불러일으키는 아주 예쁜 도시다. 지대가 낮아서 시 전역에 걸쳐 운하가 건설되어 있어 정말 아름다운 풍광을 볼 수 있다. 또한, 대학교가 많아 유럽 전역에서 학생들이 모이는 국제적인 교육도시여서 그런지 젊은이들이 참 많다. 브뤼헤까지 가는 기차 안에서 그녀가 싸 온 샌드위치를 나눠 먹고 나니 열차가 도착했다. 샌드위치에 대한 고마움으로 도심에 있는 레스토랑에서 제대로 된 점심을 한턱냈다. 그렇게 원데이 투어를 한 후 브뤼셀로 돌아와 각자의 숙소로 헤어졌다.

두 번째 만남은 이탈리아 바티칸 궁전 안에서

이탈리아 로마 안에 있는 소국 바티칸으로 갔다. 바티칸은 정확한 명칭이 '바티칸 시국(Status Civitatis Vaticanæ, Vatican City State)'이다. 다시 말해 엄연한 작은 국가다. 이탈리아 로마시에 둘러싸인 내륙국이라고 표현한다. 로마 주교이자 전 세계 가톨릭 주교단의 단장인 교황을 지도자로 하는 자치국임을 잘 모르는 경우가 있어 부연 설명했다. 그래서 이곳을 들어가려면 여권도 있어야 하고, 긴바지와 긴윗도리를 입어야 하는 등 입국이 조금은 엄격한 편이다. 아무리 더운 여름에 방문한다 해도 맨살이 보이는 짧은 바지나 슬리퍼를 신으면 입장을 불허한다. 반드시 긴바지와 긴 소매가 있는 상의를 착용해야만 입장이 가능하다.

나는 개인적으로 이런 규율과 규제가 있는 곳이 좋다. 요즘 너무 개인화가 진행되다 보니 공동 의식, 공동체 의식이 너무 없어서 문제라 생각하는 사람 중 하나다. 여러 사람이 함께 사는 공간에는 규율과 규칙이 있는 것이 당연한데, 이런 기본적인 상식이 통용되지 않아 보이는 대한민국이 위태로워 보인다. 개인정보보호법이라는 법까지 만들어서 범죄자 인권만 보호해주고, 정작 피해를 본 당사자 인권은 상당히 불리해서 하소연할 곳도 없다.

다시 본론으로 돌아가자. 나는 로마에서 만난 여러 명의 인연과 바티칸을 구경하던 중, 싱가포르에 사는 사촌 동생과 함께 나타난 숙웨이를 예고도 없이 만나게 됐다. 놀라움과 반가움이 교차했지만, 각자에게 동행인들이 있어서 그냥 잠시 안부만 묻고 헤어졌다. 좀 더 많은 이야기를 하고 싶었지만, 동행인들에게 불편을 끼치고 싶지 않아 잠시 해후를 갖고 이내 헤어졌다.

마지막 세 번째 만남은 프랑스 니스

이탈리아를 벗어나 유럽여행의 마지막 나라로 선택한 곳은 프랑스였다. 그중에서도 내가 '니스'를 프랑스 첫 번째 도시로 선택한 이유는 여러 가지다.

첫째, 서유럽 남부 지중해에서 가장 크고, 연중 관광객들로 북적이는 국제적인 해양 휴양지다.

둘째, 프랑스에서 가장 바쁘게 사는 사람들이 모여 있고, 거대한 공항이 있는 도시다.

셋째, 세계 최초로 향수가 만들어진 마을이 있는 도시다.

넷째, 과거 로마제국의 원형극장과 고대 유물이 살아 숨 쉬는 도시다.

다섯째, 세계 미술사의 세계적인 거장인 피카소(Picasso), 샤갈(Chagall), 마티스(Matisse)의 숨결을 생생히 느낄 수 있는 도시다.

여섯째, 18세기 유럽 대부분을 통일한 나폴레옹(Napoléon)과 그와 함께 수많은 전쟁을 승리로 이끌었던 마세나(Masséna) 장군, 그리고 이탈리아 영웅인 가리발디(Garibaldi)를 배출한 영웅들의 도시다.

너무 많은 이유가 있지만, 더 나를 끌어들인 매력은 다른 곳에 있었다. 즉, 두 가지 특징이 더 있다. 그중 하나는 '니스 국제영화제'다. 전 세계의 유명 영화인들이 참석해 며칠 동안 축제를 연다. 또 다른 하나는 '니스 해변'이다. 일반 모래로 된 해변이 아니라 자갈, 즉 페블비치다. 그리고 '토플리스(Topless) 해변', 다시 말해 상반신 나체 해변으로 유명하다.

니스는 참으로 매력적인 곳이다. 조그만 자갈들로 이뤄진 해변은 예쁘다는 말로는 부족하다. 사랑스럽다는 생각이 절로 들 정도다. 참고로 니스의 해변에서는 음식을 먹을 수 없다. 니스 해변뿐만 아니라 내가 가본 선진국 해변에서는 단 한 모금의 알코올도 허용하지 않는다. 전 세계의 내가 찾은 수많은 해변 중 짜장면을 시켜 먹고, 술을 마시며, 밤새 모닥불 피우고 놀도록 허용하는 곳은 우리나라를 제외하고는 찾아보기 힘들다. 언제부터 우리나라는 해변에서 아니면 강변에서 술을 마시고 고성방가를 하도록 내버려 두었을까?

다시 본론으로 돌아가자. 늘 수많은 관광객으로 북적이면서도 평화로움을 잊지 않는 자태 또한 니스가 가진 매력적인 요소 중 하나다. 니스 시내도 다른 어떤 도시와 비교해도 뒤떨어지지 않을 만큼 청결함을 자랑한다. 게다가 대중교통 시스템도 잘 갖춰져 있어 이곳에 터를 잡고 사는 사람들의 만족감을 높여준다.

나는 니스 유스호스텔에 가서 짐을 풀고, 잠시 야외 로비로 나갔다. 여기도 유스호스텔 로비에 나오니 각국의 외국 친구들이 많았다. 그중 스페인에서 온 젊은 친구들과 이내 어울리게 됐다. 이들은 프랑스 파리에 있는 유람선 '바토무슈'를 타고 여행 중인데, 옆에 앉은 사람이 칼을 옆구리에 들이대서 카메라 등 귀중품을 한마디도 못 하고 빼앗겨서 너무 무서웠다고 했다. 그래서 더욱더 파리가 싫어졌다고 한숨을 내쉬었다.

그렇다. 해외여행 중에는 전혀 예측하지 못한 무방비 상태에서 범죄에 노출된다. 그것도 대낮에 말이다. 옆에 사람들이 있어도 범죄자들이 활개를 친다. 이것을 우리는 복불복이라 한다. 재수가 없어서 당한 것이라고. 하지만 정말 재수가 없어서 당한 것일까?

이런 종류의 일들이 발생한다면 당연히 시스템적으로 막아 놔야 하지 않을까? 이런 여행 중에 발생하는 범죄 말고 일상생활 중에 발생하는 범죄는 왜 이리 잦고 흉포할까? 우리나라에서 발생하는 각종 사건, 사고의 당사자는 단지 운이 나빠서 당한단 말인가? 할 말은 많지만 잠시 내려놓는다.

스페인 친구들과 이런저런 잡담과 너스레를 풀고 있던 중 저 멀리서 어디서 본 듯한 여인이 서서히 내 앞으로 다가온다. 바로 유럽 여행에서 세 번째 만남을 갖게 되는 여인이 나타난다. 와, 싱가포르의 여인, 숙웨이다!

　다음 날 오전부터 이들과 하루 여정을 함께했다. 물론 싱가포르 숙웨이도 함께! 니스 토플리스 해변에서 오전 시간을 함께 보낸 후 시내로 돌아와 식사하고 각자 개인 여행을 떠났다. 나는 다시 해변에 돌아와 홀로 이런저런 상념에 젖는다. 이때, 너무 오랜 시간 작열하는 남프랑스 햇빛을 받은 이유로 내 어깨는 다음 날부터 배낭을 못 멜 만큼 탔다. 아마 1~2도 화상을 입은 듯했다. 다음 날 밤, 나는 니스를 떠나 파리로 떠났다. 그녀는 스페인 바르셀로나로 떠난다고 했다. 니스 기차역에서 본 것이 그녀와의 마지막 만남이었다.

　살다 보면 개인적으로 인연이 많은 사람을 만나게 된다. 그 인연이 선연인지, 악연인지는 누구도 모른다. 인생도 여행과 마찬가지다. 홀로 하는 여행처럼 사람의 인생도 홀로 살아간다. 그러다가 좋은 인연을 만나 결혼을 하게 된다. 이처럼 홀로 여행하는 여행객에게 선한 인연은 상당한 행운이리라.

　인생에 홀연히 나타난 선한 인연이 행복한 인생을 살길 바란다. 아마 숙웨이는 지금쯤 싱가포르에서 예쁜 가정을 꾸미고 잘살고 있으리라 예상한다. 나 또한 행복하고 예쁘게 잘살고 있으니 말이다. 그녀와 유럽여행 중에 3번이나 만난 것을 복기해보니 상당한 인연이 있었던 사람임은 틀림없어 보인다.

도쿄와
좋은 인연들

여행을 여기저기 하다 보면 깊은 인연의 친구를 만나게 된다. 이런 깊은 인연이 있는 친구와의 우정을 더욱 공고히 하고, 해당 국가의 생활문화를 직접 경험하기 위해서는 현지에 사는 친구 집을 방문해 1박이나 2박을 해봐야 안다. 좋은 인연은 이어지는 인연으로 인해 더욱 강한 인연이 되는 듯하다.

유럽 자전거 투어의 용사인
모토하루 집에서 1박 하기

모토하루 와타나베를 만났다. 모토하루는 앞서 말했던 아주 친절한 일본인 청년이다. 감기에 걸린 나를 위해 자기 자전거 안장에 태워 인터라켄 기차역까지 태워 주었던 그 의리의 사나이. 그를 만날 겸해서 도쿄 비즈니스 투어를 간 어느 날, 그는 자기 집에서 2시간이 넘는 거리에 떨어져 있는 도쿄 중심지까지 달려와주었다. 그 당시 내가 묵고 있는 요요기 유스호스텔 사무실까지 날 만나러 온 것이다. 나를 자기 집까지 초대해주러 먼 거리를 마다하지 않고 오다니 고마울 따름이었다.

멋진 일본인 친구와 서로의 근황에 관해 떠들고 나서 내가 만든 일정을 보여주었다. 그가 도쿄 인근 후지사와시(市)에 살기 때문에 근처 유스호스텔을 이용하고 싶다고 했다. 그랬더니 그는 자기 집에 초대하고 싶다고 적극적으로 제안했다. 이번 기회에 일본 가정을 알 좋은 기회를 가지라면서 말이다. 사실 집으로 초대한다는 것은 아주 친한 지인 아니면 쉽지 않은 행위임을 잘 알기에 더욱 감동했다. 사실 나도 마음으로는 일본인 집에 초대받고 싶고, 그들의 실생활은 어떤지 정말 알고 싶었다. 그래서 한편으로는 미안하지만, 그의 초대에 승낙하고 같이 그의 집으로 떠났다.

먼저 도쿄 신주쿠역 근처에 있는 어느 유명한 빌딩 52층 전망대에 있는 일식집으로 가서 조금은 거한 음식을 대접했다. 정말 전망 좋은 방이었다. 그의 초대에 감사하는 뜻에서 점심은 내가 사고, 바로 역으로 내려가 재팬 레일 패스(Japan rail pass)를 초록색 창구에서 새로운 종이(인증서)로 바꾸고, 신주쿠역을 떠났다. 재팬 레일 패스는 일본에서는 절대 구매할 수 없는 할인된 기차 이용권이다. 미국 안에서도 엠트랙(Amtrak) 이용권을 구매하지 못하는 것과 똑같다. 마찬가지로 유럽에서는 유레일 패스를 유럽이 아닌 국가에서만 아주 경제적인 가격으로 구매할 수 있다.

이런 시스템은 자국민이 아닌 외국인이 자국 여행을 많이 오도록 만들기 위한 선진국들의 여행객 유치 전략 중 하나다. 우리나라의 경우 외국인 관광객 유치를 위한 열차 이용 할인 티켓 시스템이 아직도 없는 듯해 애석하다. 당연히 한국에서는 구매 불가능하고 해외에서만 구매가 가능한 시스템인데, 아직 외국인을 통해 이런 시스템이 있다는 소리를 못 들은바 빠른 기획과 시행이 진행되길 희망해본다.

그와 함께 후지사와역에 도착해서 역 근처에 있는 버스를 타고 조금 가서 내렸다. 난생처음 일본인 집에 가는 탓에 조금은 들떠 있었다. 토요일이라 부모님이 모두 계셔서 인사드렸다. 그의 부모님은 두 분 다 인상이 무척 좋으셨다. 그의 집에서 유럽 및 캐나다, 미국 등을 자전거로 여행한 모토하루의 사진을 구경했다.

모토하루는 그 당시 유럽여행에서 나와 헤어진 뒤 홀로 자전거 여행을 하던 중에 사고를 당해 여행을 중단하고 일본으로 돌아와야만 했다고 한다. 다행히 크게 다치지는 않았지만, 자전거 여행을 할 수 없는 처지가 되어서 안타깝게 자전거 유럽투어를 중지할 수밖에 없었다고 한다. 지금은 다 나아서 괜찮다고 거꾸로 나를 위로해준다. 그렇지만 원하지 않았던 사고로 인해 여행을 종료해야만 했던 그의 심정을 생각해보니 내가 다 마음이 아팠다. 조금 있으려니 고등학교 2학년인 막냇동생도 합류해서 온 식구가 외식하러 나가게 됐다.

모토하루 아버지가 직접 운전하셔서 멋진 일식당에 도착했다. 나는 식사 중에 일본과 한국 사이에 있는 현안은 우리와 같은 젊은 세대가 반드시 풀어야 한다고 역설했다. 그런데 이랬던 내 감정도 세월이 흐르니 희미해진다. 과연 일본과의 관계개선이 가능할까? 언제나 과거에 발목 잡혀서 한 걸음도 나아가지 못한다. 더욱이 독도 문제가 겹치면서 한일 관계는 평행선을 달린다. 양국이 협력하면 정말 동북아, 나아가 세계 제일의 국가가 될 수 있을 텐데 말이다. 정말 아쉬운 대목이다.

일식당에서 돌아와 목욕하고, 그와 함께 TV를 잠시 시청하며, 처음 보는 축구 게임도 했다.이런 생활 패턴이 토요일, 주말 일본 가정의 표본인 듯싶다. 부모와 오순도순 살아가는 가정, 치안상태가 좋은

지 대문이 엄청 낮다. 대문이 거의 없으므로 안쪽 문만 잠그고 나간다. 이런 상태로 가족 모두 외식을 나가서 먹을 수 있는 정도로 지역 지안상태가 상당히 좋은 듯싶다.

다음 날 아침 7시쯤 일어났다. 일요일 아침 식사는 간단히 빵을 구워 버터와 에그, 햄 등으로 먹는다. 거의 미국식 식사라고 할 수 있다. 일본은 오래전부터 아침 식사를 반드시 밥과 국을 먹지 않는 식습관을 형성한 상태임을 알게 됐다. 일요일 아침인데 모토하루의 아버지가 안 보이신다. 아침 참선 때문에 집에 안 계신 것이다. 일본인 중년의 멋진 취미 활동이면서 동시에 중년 남성이 일요일에 하기 좋은 취미 활동으로 명상을 선택하신 듯싶다. 우리나라 중년 남성들도 일요일 아침에 잠만 자지 말고 일찍 일어나 참선 같은 활동을 해야 하지 않을까 생각해본다.

미국에서 만난 핸섬가이 토미가와 집에서 1박 하기

토미가와를 만난 것은 미국 샌프란시스코 배낭여행 기간이었다. 그와 샌프란시스코, 로스앤젤레스를 함께 여행하며 좋았던 추억이 정말 많다. 물론 전 구간을 함께한 것은 아니지만 함께 여기저기 많이 돌아다닌 것은 사실이다. 미국 여행을 마치고 그가 사는 집에 1박을 하면서 시간을 함께하려고 일본을 경유한 적이 있다. 그의 집은 도쿄 인근에 있는 이층집으로, 1층은 이발소이고, 2층은 주택인 건물이었다.

토미의 아버지는 이발사가 직업인지라 1층에서 근무를 하셨다. 50여 일의 미국 배낭여행을 마치고 바로 도쿄로 도착하자마자 토미를 만나는 일정을 잡은 것은 신의 한 수였다. 정말 절친처럼 반겨준 토미의 집에서 1박 2일간 묶으면서 일본인 중산층 가정의 참모습을 알게 됐다.

이곳에서도 아침 식사는 토스트와 계란 프라이였다. 일본의 아침 식탁이 우리와 전혀 다르게 밥보다는 빵을 주식으로 한다는 트렌드를 알 수 있는 대목이었다. 그 당시 아침 식사를 마치고 토미 가족과 함께 찍은 사진이 내 사무실 책상 옆 벽면에 붙어 있어서 그런지 그때가 아직도 며칠 지나지 않은 듯한 느낌이다. 현재 토미는 오스트레일리아의 시드니에 이민 가서 아들 둘을 둔 가장으로 가족들과 단란하게 살고 있다. 사실 그와는 작년부터 연락이 되어서 다시 긴 인연을 이어가고 있다. 그와 끊겼던 인연이 다시 이어진 것도 정말 대단하다.

여행 관련 책을 저술하기 위해 내가 여행 갔던 사진첩을 정리하다가 토미의 옛 주소를 발견하게 됐다. 바로 해당 주소로 안부 인사 편지를 보냈다. 사실 그의 집에 놀러 간 지 20여 년이 지났기 때문에 혹시나 하는 마음에 편지를 보냈다. 편지 끝에 이 편지의 주인공이 만약 이사 갔다면, 혹시 아시는 분이라면 인편으로 전달해주시면 감사하겠다는 추신도 함께 써넣었다. 설마 하는 마음으로 시간이 지나갔다.

그랬는데 약 3주 만에 토미로부터 연락이 왔다. 20년이 지난 지금도 그의 아버지께서 동일 주소에 살고 계신 덕에 그와 연결이 된 것이다. 참으로 귀한 인연인 듯싶다. 내가 늘 주장하듯이 해외여행은 참으로 귀한 인연들을 만날 기회를 준다. 정말 만날 사람은 언젠가 반드시 다시 만난다. 그래서 난 내 자식에게 배낭여행의 기회를 주려고 노력한다.

마포나루의
멋진 신사 아저씨

만약에 당신이 낯선 장소에 혼자 덩그러니 떨어져 오도 가도 못하고, 이를 해결할 돈도 하나 없다면 당신은 어떻게 할 것인가? 당신이 만약 오지에 덩그러니 홀로 떨어졌다면, 또는 무인도에 홀로 도착했다면 어떻게 그 위기를 모면할 것인가?

내가 스스로 여행을 좋아한다는 것을 안 것은 만 10세 때였다. 정확히 말하자면 초등학교 3학년 때다. 당시 여름방학 때는 학교에서 하는 특별수업을 신청하면 들을 수 있었는데, 주산을 특별수업으로 신청했던 경험이 있다. 다른 친구들은 집에서 쉬었지만, 나는 나만의 실력을 키우기 위해 특별수업을 받으러 매일 학교에 갔던 시절이었다.

그런데 주산수업을 열심히 듣고 집으로 오려던 어느 여름날, 학교 바로 앞에 있는 버스 정류장과 길 건너편 버스 정류장 양편을 모두 보니 3번이라는 버스가 왔다 갔다 했다. 어린 눈에 3번 버스는 '이편 정류장에서 버스를 타고 가면 다시 건너편 정류장으로 오는구나' 싶었다(당시 3번 버스는 정릉을 출발해서 광화문을 거쳐 서소문 그리고 마포를 지나 마포나루가 종점이었다).

어느 날, 이 어린 친구는 과감히 3번 버스를 탔다. 물론 한 번만 탈 수 있는 돈만 갖고 있었다. 버스에 처음 혼자 탄 이 어린 친구는 시내를 가면 갈수록 눈을 크게 뜨고 동네에서 전혀 볼 수 없었던 건물들과 멋진 시내 풍광을 열심히 눈에 담았다. 어린 김영호가 사는 서울의 정릉이나 길음동에서는 전혀 못 본 아주 높은 건물이 너무 많았다. 광화문의 해태 동상을 지나갈 때는 눈을 정말 뗄 수가 없었다. 이 3번 버스를 타고 서소문을 거쳐 마포에 있는 높디높은 건물들을 보면서 즐거운 시간을 만끽했다. 이런 즐겁고 행복한 시간은 왜 이리 짧던지….

그러던 버스가 마포나루에 도착하더니 버스 기사 아저씨가 모두 내리라고 했다. 종점까지 온 손님은 나와 두서너 명의 어른들뿐. 버스 기사 아저씨가 내리라고 하니, 나는 버스에서 내렸다. 내려서 이곳이 어딘지 탐색하기 시작했다. 보이는 것은 황량하기 그지없는 이곳저곳에 널린 자갈과 모래들뿐이었다. 공사판에서 자주 보이는 불순물 제거용으로 사용하는 '채'를 치려는 한 뭉텅이의 시멘트뿐. 유명 팝송인 〈더스트 인 더 윈드(Dust in the wind)〉처럼 황량하기 그지없는 아주 커다란 공사판 현장만 보였다. 이곳은 버스 종점으로 그냥 나대지인데, 주로 벽돌을 만드는 데 필요한 시멘트와 자재 등이 널브러진 장소로 활용되는 황량한 그런 곳이었다. 그 어디에도 집은 보이지 않았다.

나는 갑자기 눈물이 나왔다. 그런데 이런 상황이 몇 분 정도 지났을까? 어깨를 축 늘어뜨린 채 울고 있는데, 정말 멋진 양복을 입은 신사분이 지나갔다. 나는 이것이 마지막 희망이라는 육감이 들었다. 그 신사분을 졸졸 따라가서 부탁을 드렸다. 자초지종을 이야기하니 그 신사분이 상큼한 미소를 지으면서 "나랑 버스를 함께 타면 되겠구나!" 하시며 이내 내 손을 잡았다. 그분과 함께 종점에 있는 3번 버스를 타고 정릉을 향했다. 그 신사분이 주신 버스비는 일 회 이용금액을 제하고도 남는 금액이었다. 그 멋진 양복을 입은 신사분은 천사가 환생하셨을 것이라는 생각도 들었다.

그 신사분은 마포 번화가 어디에서 내리셨고, 나는 무서웠던 기억을 저 멀리 날리고 바깥 창에 비친 서울의 풍광에 다시 빠져버렸다. 한참 만에 버스는 길음동에 도착했고, 버스에서 내리자마자 나는 근처 가게로 들어가 아이스크림 하나를 바로 샀다. 그동안 떨어진 당을 채우는데, 이 아이스크림만큼 맛있는 것은 없었다.

나는 불과 1시간 전에 공포에 질려 울고 있었던 자신의 모습을 전혀 기억하지 못한 채 아이스크림을 맛있게 먹으면서 집으로 향했다. 집으로 돌아가는 길은 정말 행복했다. 불과 1시간 전에는 지옥에 떨어져 단 하나의 희망도 없었던 존재가 그 무서운 기억을 뒤로한 채 아이스크림 단맛에 빠져버렸다. 그러니 어린애지, 그러니 망각을 선물로 받은 인간이지 않을까 싶다.

어린 내 인생이 암흑으로 빠지지 않도록 도움을 주셨던 그 멋진 마포 신사분은 지금쯤 많이 늙으셨겠지?

인생과 여행은 내 계획대로
움직여 주지 않는다

홀로 여행을 하다 보면, 처음에 세워 놓은 계획대로 안 되는 경우가 허다하다. 마치 인생이 내 계획대로 흘러가지 않듯이 말이다. 그래도 괜찮다. 계획대로 안 됐다고 해서 실패한 것은 아니다. 인생이 계획한 대로 안 흘러간다고 실패한 인생이라고 말하지 않듯이 말이다. 삶은 그래도 흘러간다. 여행도 마찬가지다.

혼자 유럽 배낭여행을 한 지 꽤 시간이 지나간 듯싶다. 이탈리아 중부를 여행하던 날이었다. 피렌체에 오니 저녁 6시 30분이다. 환전하고 빵조각을 하나 먹으니 7시 30분. 숙박을 위해 여기저기 전화했으나 방값이 너무 비싸다. 더구나 이탈리아의 소문난 소매치기를 조심하려고 바짝 긴장하니 더욱 힘들다.

짐을 기차역에 있는 물품보관소에 보관하고, 우선 방을 찾으러 나섰다가 배가 고파 근처 '이탈리아'라는 맥도널드 같은 곳에서 햄버거를 또 먹었다. 다른 도시에서 숙박을 정하는 것이 나을 것 같아서 다시 역에 와서 짐을 찾아 볼로니아로 향했다. 그곳에 도착하니 저녁 10시 10분이었다.

역 앞이라 불량배만 있는 것 같고 도무지 마음이 안정이 안 됐다.

더 안전하고 나은 곳을 찾아 볼로니아까지 왔는데, 돌아가는 형국이 영 아니다. 근처를 한 번 돌아봤는데 마땅히 잘 곳이 더더욱 없다. 이젠 마지막 의사결정을 해야 했다. 고민한 끝에 할 수 없이 야간열차에서 잠을 자는 게 가장 최상의 방법이라고 생각했다. 이탈리아를 빨리 벗어나는 것이 좋겠다는 생각이 들어, 밀라노행을 타려 플랫폼을 가보니 바로 기차가 떠나려고 했다. 1등 칸을 잡아타고 일단 눈을 붙여 본다. 배도 조금 고프고, 눈이 자꾸 감기고, 눈꺼풀은 왜 이리 무거운지 한참을 자고 또 잤다.

얼마나 시간이 지나갔을까. 아침 햇살에 눈이 부셔서 잠에서 깼다. 어디쯤 왔을까 궁금해 앞에 앉아 계신 노신사분에게 지금 어디쯤 왔냐고 물었다. 그랬더니 좀 전에 나폴리를 지났다고 한다. 알고 보니 내가 탄 기차는 밀라노행(行)이 아니라 밀라노발(發)이었던 것이다. 이탈리아를 떠나려는데, 거꾸로 이탈리아 남부로 달리는 기차를 탔으니 이게 무슨 운명의 장난이란 말인가.

하여간 여행이란 것은 내가 계획한 것과는 너무 판이하게 돌아갈 수도 있다는 것, 그리고 그 도시가 나와 인연이 닿아야 방문하든지, 좋은 감정을 가질 수 있다는 진리를 발견했다. 이는 마치 인생이 미리 세워둔 계획대로 흘러가지 않음을 알게 되는 것처럼 말이다. 그리고 해당 도시나 사람과 인연이 있다면 다시 만날 것이고, 다시 찾아갈 것이라는 진리를 깨달았다.

결론은 이탈리아가 나와 인연이 많다는 의미로 해석할 수 있다. 여행도 그렇고, 인생도 그렇고 너무 성급한 선입관을 갖지 말아야 한다. 너무 앞선 결론을 내리지도 말아야 한다. 성질이 아주 급한 이탈리아 사람들은 우리와 참 많이 닮았다. 기차 차창 밖으로 보이는 이탈리아는 우리 산야와 아주 흡사해 보였다. 날씨 탓에 선천적으로 놀기 좋아하고, 손재주가 남다른 민족, 전 세계에서 반도 국가라는 의미에서도 똑같은 이탈리아. 이탈리아와 우리나라가 비슷한 부분이 참 많아 보인다.

우리보다 한 수 위인 부분은 손재주가 남다르므로 유럽에서 가장 많은 명품 브랜드를 보유한 국가이면서 디자인 중심의 나라라는 점이 부러울 뿐이다. 하지만 손재주라 하면 전 세계에서 두 번째라면 서러울 나라인 대한민국. 명품 선진국 대열에 끼지 못하고 명품 소비 대국이지만, 사실 3대를 잇는 전통을 계승하는 문화가 있었다면 명품 브랜드 대열에 분명히 끼고도 남았으리라.

역사와 문화적 측면에서 보면 우리 민족이 훨씬 뛰어난 자질이 있지만, 제대로 활용을 하지 못하고 있다는 점이 아쉬울 뿐이다. 이 모든 원인은 조선 시대부터 이어져 내려온 유교만을 숭상한 이유가 가장 큰 원인이라 본다. 그런데 이런 나쁜 인습이 오늘날에도 이어져 내려오는 듯해서 씁쓸하다.

젊은 사람들은 항상 버릇없고, 장유유서를 지켜야만 하고, 어른을 공경해야만 한다는 고리타분함이 오늘날 모든 대한민국 사회를 지배하고 있다. 꼰대주의와 사대주의는 아직도 유효한 듯싶다. 지금도, 아직도.

여행과 인생은 공통점을 많이 갖고 있다. 누구도 가보지 않은 길을 나 혼자 간다. 숲속에 난 두 갈래 길에서 어느 길을 선택해야 할지 고민하는 어린이처럼. 그 어느 것도 정답은 아니다. 그러니 제발 인생이 잘 안 풀린다고 극단적인 선택만은 하지 말기를 바란다. 내가 선택한 적은 없지만, 고귀하게 얻은 생명이니 최선을 다해 인생을 살아야 한다. 여행도, 인생도 최선을 다해 미지의 세계로 도전해 보는 거다. 그곳에는 실패란 없다. 그저 인연 따라 만나고 헤어지는 것임을.

상하이와 신여성이었던 외할머니

오후 5시, 상하이 푸둥(浦東) 공항 대합실. 출국 수속을 다 마친 상태다. 커다란 대합실 유리 밖으로 비행기와 활주로가 훵하니 보인다. 드넓은 하늘을 보며 좋아하는 가요를 들으면서 자세를 다시 고쳤다. 그런데 눈물이 툭 떨어졌다. 우리네 조상님들이 이곳, 상하이에서 독립운동을 위해 힘들게 살았을 것을 생각하니 마음이 아팠다.

일제 억압을 피해 조국의 광복만을 위해 머나먼 땅, 상하이까지 왔던 그때 그 시절, 우리네 조상님들은 무슨 생각을 하고 상하이를 보셨을까. 열강들이 모두 입성한 상하이 황푸강 가에 늘어선 외국 자본 금융의 현장을 보면서 무슨 생각을 하셨을까. 반세기가 지난 이곳, 상하이에서 미래 트렌드를 알려줄 의무가 있는 나로서는 어떤 중요한 일을 해야 하는 무거움을 느낀다. 물론 나 말고도 많은 분들이 상하이를 와서 정보를 알려주겠지만 말이다. 하지만 유통9단 김영호가 알려주는 정보는 그 무게감이 남다를 것이다.

상하이 시장 조사를 마치면서 며칠 만에 상하이를 이해한다는 것은 어불성설이리라. 그렇지만 수많은 중국 관련 책을 보고, 중국에 3년 넘게 산 후배의 이야기와 중국 한족 사람과 이야기를 모아서 내가 느낀 것은 대부분 정설에 가까울 것이다. 중국에 대해 고구려사를 왜

곡하고, 6·25 전쟁 때 북한을 도와준 나라로 보기도 하겠지만, 중국을 최대한 함께 갈 수 있는 친구의 나라로 만들려면 그들에 대해 더 잘 알아야 한다. 물론 그들은 우리나라를 자기네의 속국이나 변방 중 하나로 볼지 모르지만 말이다.

아무리 중국이 큰 나라라고 하더라도 그들 때문에 우리 국민은 거의 매일 미세먼지와 황사로 인해 질 낮은 공기를 마신다. 아주 질 낮은 삶을 살 수밖에 없다. 뻔히 중국에 거의 모든 책임이 있음에도 불구하고, 우리나라 정부는 지금까지도 단 한마디도 못 하고 있다. 나는 이런 현실이 너무나도 슬프고 화가 난다. 왜 미리 조심하는 것인가. 중국이 무서워서 제대로 말도 못 한단 말인가! 대한민국에 그 많은 똑똑하고 말 잘하는 사람들은 다 어디 갔는가? 왜 중국에만 미리 머리를 숙이는가? 이것은 셀프 사대주의 아닌가?

중국이라는 나라가 앞으로 어떻게 발전해 나갈지, 그리고 그들의 약점과 빈틈이 무엇인지 정말 잘 알아야 한다. 중국을 연구하다 보면 중국이 절대로 미국을 앞서지 못하는 이유 몇 가지가 보일 것이다. 그 빈틈이 바로 당신이 비집고 들어갈 수 있는 틈새 전략일 것이다. 지금 이야기한 부분은 상당히 중요한 팩트이면서 귀중한 정보다.

나의 외할머니는 1940년대, 상해에 오셔서 유학하신 신여성이었다. 그런데 너무 앞선 나머지 국내에 돌아와 빛을 보지 못했던 분이셨다. 그 당시 상하이에 유학 올 정도면 얼마나 신여성이셨는지 짐작하고도 남을 것이다. 외할머니의 유전자를 받고 태어난 나도 세상 여기저기를 돌아다니며 세상의 흐름을 먼저 알아채는 연구를 계속하고 있으니 피는 못 속이는 듯하다.

커다란 대합실 유리로 하늘과 태양, 그리고 비행기를 본다. 드넓은 하늘과 나를 생각한다. MP3를 통해 나오는 '가슴 아파도 나 이렇게 울어요…' 노래 가사가 가슴을 적신다. 80여 년 전, 1940년대 외할머니가 걸었던 상하이 와이탄 거리를 외손주인 내가 걸으면서 여러 가지 상념이 스쳤다. 서울보다 10배나 넓은 도시인 상하이에서 외할머니께서는 신여성으로서 삶을 개척하고자 많은 신식문화를 접하고 많은 이국인과 교류를 나누었으리라.

과거와 현재가 공존하는 도시 상하이에서 직장생활을 했던 외할머니의 숨결까지 느꼈다면 너무 앞서가는 감정인가? 내가 기억하는 외할머니의 젊었을 적 상하이 사진 한 장은 아직도 생생하다. 그 당시 사무실 앞에서 함께 일하는 젊은 독일 여성과 함께 자신감 있는 표정으로 서서 찍었던 빛바랜 사진 한 장. 모던(Modern)이란 신여성 이미지가 확 다가왔던 그 사진. 모더니즘의 최고 라이프를 사셨던 외할머니. 그렇지만 돌아온 고국에서 그녀를 기다리고 있는 것은 철저한 외로움과 궁핍한 생활뿐. 너무 똑똑하셔서 세상을 너무 빨리 앞서 사시느라 세상이 그분을 몰라보셨을까. 그때 그 시절, 외할머니는 무엇을 생각하시고 무엇을 보셨을까.

난징로에 있는 수많은 외국계 금융기업들과 푸둥 앞을 걸으면서 시간의 격차를 넘어서 외할머니를 만나고 있는 듯했다. 내가 지금 보고 있는 것을 외할머니도 똑같이 보셨겠지. 황푸강 가에 즐비하게 늘어선 외국 자본 금융의 현장을 말이다. 세상을 너무 빨리 가지 말자고 다짐하지만, 나는 항상 너무 빨리 가서 문제다. 세상과 말동무를 하면서 친하게 함께 가자. 딱 반보만 앞서가자.

해가 뉘엿뉘엿 지고 있다. 내 삶도 저 저무는 태양처럼 언젠가 힘이 다 빠지겠지. 하지만 죽는 날까지 최선을 다하는 삶을 살고 싶다. 앞으로 세상과 어울려 또는 세상을 내 품에 안고 타이거처럼 포효하면서 살고 싶다.

베이징 이화원에서
사라진 아버지

2007년, 베이징 가족여행은 내게 여러 가지를 알려준 힘든 여행이었다. 하지만 가장의 역할, 아버지라는 무게감은 그냥 생기는 것이 아니라 보이지 않는 희생이 필요하다는 숭고한 교훈을 일깨워준 여행이었다. 게다가 이화원에서 아버지를 잃어버리는 사건도 발생했다.

부모님의 50회 결혼기념일인 금혼식을 기념하기 위해 온 가족이 중국 베이징으로 떠났다. ○○투어를 이용한 단체여행이었다. 그 당시, 중국의 수도 베이징은 2008년 올림픽 준비가 한창이었기 때문에 준비상황도 보고, 베이징 시민의 서비스 수준도 미리 체험해보기 위해 베이징을 방문 도시로 선택한 것이었다. 그 당시, 베이징도 상하이와 비슷하게 무질서한 느낌이었다. 자동차, 자전거, 사람이 뒤엉켜 정신없는 느낌을 벗어날 수 없었다.

아침 6시에 일어나서 뷔페식 식당에서 간단히 아침 식사를 했지만, 별로 먹을 게 없었다. 조금은 허접한 뷔페식이라고나 할까. 아침 식사 뒤 7시에 출발했다. 이곳 호텔은 개인당 여행경비가 저렴해서 그런지 베이징에서 1시간 떨어진 외곽지역의 공항 근처에 덩그러니 있는 나 홀로 호텔이었다. 그래서 이화원이 있는 베이징 시내까지 진입하는 데 시간이 오래 걸렸기 때문에 아침 일찍부터 움직였다.

이번 단체여행을 통해 다짐하게 된 것은 앞으로 저가 단체 패키지여행은 절대로 하지 않겠다는 것이었다.

구매 의사도 없는 쇼핑센터에 들어가 물건을 강매하려는 상인의 말을 억지로 들어야 하는 불편함은 아무것도 아니었다. 가이드의 몰상식한 언행은 정말 여행 내내 불편함과 동시에 단체여행 참여자 모두의 기분을 상하게 만들기에 충분하고도 남았다.

향후 여행사 기획자들에게 부탁하고 싶은 점은 가이드 위주 여행이 되어서는 안 되고, 고객 위주의 여행이 되도록 사전에 기획을 해주시기를 바란다. 즉, 현지 가이드를 한국말만 한다고 선발하지 말라는 말이다.

물론 이번 가족여행이 불편함과 불쾌함만 준 것은 아니었다. 이를 통해 앞으로 피해야 할 여행패턴도 알게 만들어주었으니 해당 불량 가이드에게 고맙다고 해야 할까? 이번 베이징 가족여행은 여러 가지로 힘든 여행이었다. 하지만 가장의 역할, 아버지라는 무게감은 그냥 생기는 것이 아니라, 보이지 않는 희생이 필요하다는 숭고한 교훈을 일깨워준 여행이기도 했다.

오전 일찍 이화원에 도착해서 가이드로부터 설명을 들었다. 그런데 이화원 투어 중간에 화장실에서 아버지를 잃어버리는 사건이 발생했다. 내가 분명히 공중화장실 3번째 칸에 아버지가 들어가시는 것을 보고 그 앞에서 기다리고 있었는데, 하도 안 나오셔서 들어갔더니 아버지가 안 계셨다. 4개의 칸막이가 있는 화장실이기 때문에 그리 넓은 화장실이 절대 아니었다. 다급하게 모든 화장실 문을 차례로 열면서 "아버지"라고 외치니, 그 안에 있었던 중국인들이 놀라 자빠졌다. 볼일을 보던 중국인들이 놀라거나 황당해하는 모습은 눈에 안

들어오고, 보이지 않는 아버지를 찾으려는 의지만 있을 뿐, 정신없이 "아버지"를 불러댔다.

그것도 처음에는 아주 작은 목소리로 "아버지" 하다가 아버지가 보이지 않자 점점 더 큰 소리로 "아버지! 아버지!"를 외쳐댔으니 옆에서 보는 사람이 황당하고 웃기기까지 했을 것이다. 큰형을 부르고, 가이드를 부르고, 야단법석을 쳤다. 화장실에 몇 번을 가서 "아버지"를 외쳤지만 묵묵부답. 애타서 발을 동동 구르고 있는데, 한 15분 정도 지났을까?

한참 만에 큰형이 아버지를 모시고 나타났다. 얼마나 기뻤던지. 알고 보니 아버지는 화장실을 나오신 후, 들어온 길이 아닌 반대편 길로 휙 나가셨기 때문에 내가 볼 수 없었다. 아버지가 화장실에 간 사이에 난 휴대폰을 가지고 화면에 집중했던 것이 화근이었다. 정말 눈 깜짝할 사이에 벌어진 일이었다.

나중에 아버지 말씀을 들으니, 화장실을 나와서 내가 안 보이니 빠른 걸음으로 우리를 찾아 나선 것이 정문 입구 방향이었다. 큰형은 바로 정문 입구로 달려가 아버지를 찾은 것이다.

기념일을 위해 단체 가족여행을 가면 어느 가족 한 명을 잃어버릴 수도 있는 사건이 일어날 수 있음을 잊지 말자. 특히 연세가 있으신 가족분이 계신다면 전담으로 보호해주는 자식이 꼭 필요하다는 점도 잊지 말자. 또한, 이런 실종사건은 눈 깜짝할 사이에 일어난다는 점도 기억하자.

이렇게 해외에서 실종사건이 나면 가이드가 해줄 수 있는 부분이 전혀 없음을 알게 된 사건이었다. 거의 팔짱 낀 상태로 사건을 해결하지 못하는 가이드의 행태를 보면서 상당한 실망감과 불쾌감을 동시에 느꼈던 사건이었다.

가이드는 아버지가 없어졌다고 해도 느릿느릿 찾는 흉내만 내고, 잠시 앞으로 왔다 갔다만 했다. 이후 이 젊은 가이드는 40분씩 의무적으로 쇼핑센터를 가야 한다고 목에 힘을 주며 이야기했다. 그래서 이 불편한 가이드와 협상을 했다. 영업점에서 주는 소개비만큼 미리 돈을 줄 테니 쇼핑센터 방문을 자제해 달라고 말이다. 하지만 불친절한 가이드는 협상과 상관없이 계속 쇼핑센터를 갔다.

오후 12시 40분에 시작된 천안문 광장 투어는 오후 3시 30분이 넘도록 계속됐다. 무더운 뙤약볕에 36도까지 기온이 올라갔고, 체감 온도는 40도였다. 이런 뜨거운 날씨에 그늘이라고는 눈 씻고 찾을 길 없는 천안문 광장을 거쳐 자금성까지 진입했다. 젊은 우리도 힘이 드는데 나이 드신 부모님, 특히 참으로 무리한 일정을 묵묵히 소화하시는 아버지를 보면서 또 한편 존경과 연민의 감정을 느꼈다.

본인이 힘들어하시면 가족들에게 누를 끼치는 것이라고 생각하셨는지 나머지 가족들에게 폐를 안 끼치시려고 힘든 기색 하나 안 나타내시고 걸음을 옮기시는 아버지. 연세가 있으셔서 거동이 불편하신데도 말없이 따라오셨다. 이마에는 계속 땀이 흘러 내려오고, 숨이 목에까지 헉헉 차오르는 형편인데도 불구하고 말이다.

가족들의 화합을 위한 가족여행이 거꾸로 누군가에게 누를 끼칠 수도 있음을 베이징 가족여행을 통해 알게 됐다. 그러면서 가장이란 모름지기 힘들어도 고행하는 수도승처럼 묵묵히 수행해야 할 경우가 많다는 점도 일깨워준 여행이었다. 앞으로 연세가 있는 부모님을 모시고 떠나는 가족여행을 기획하는 가정이 있다면, 한 번 더 곰곰이 생각하고 의사결정을 하기 바란다. 해당 도시의 환경이 얼마나 열악한지 알지 못한다면 더더욱 말리고 싶다.

　나는 아버지 옆에서 양산을 들고, 비서 역할을 수행했다. 그 당시 나에게 자금성은 중요하지 않았다. 내게는 아버지가 더 중요하니까. 자금성에서 정말 귀중한 것을 보여주지도 않고, 아무런 설명도 없이, 그 흔한 깃발도 없이 홀로 가는 가이드를 보면서 화는 나지만 참았다. 가족여행을 망치지 않기 위해서.

　앞으로 단체 가족여행을 갔을 때, 현지 가이드가 수준 이하일 경우에는 돈으로 해결하는 방법밖에 없다고 생각했다. 아무리 이해를 구하려 해도 대화가 안 될 것이다. 만약, 가이드가 있는 여행을 한다면, 미리 수수료를 더 주고 시작해야 할 것이다. 그것만이 해외에서 얼굴 붉히지 않는 즐거운 가족여행이 될 것이다.

　그리고 가장의 무게감과 아버지라는 삶이 어떤 모습이어야 하는지 몸으로 보여주신, 지금은 하늘에 계신 아버지께 존경을 표한다. 어렸을 적에는 절대 알 수 없었던 아버지의 존재감을 이제야 이해를 하게 된다.

　"아버지, 사랑합니다."

불륜 세상에서
건전하게 살아남기

이번 내용은 세상에 사는 많은 후배 부부들을 위한 내용이다. 만약 인생 선배로서 대접을 받고 싶다면 그들에게 모범을 보여야 할 것이다. 특히 도덕적인 부분에서 말이다. 하지만 대한민국의 현실은 그렇지 못하다. 막장 드라마인 〈부부의 세계〉 같은 드라마가 최고의 시청률을 보였으니 말이다. 이런 드라마가 인기인 이유는 간단하다. 이 세상에는 불륜남, 불륜녀가 너무 많기 때문이다. 공감대가 형성된 시청자들과 불륜 드라마와의 궁합이 잘 맞아떨어진 작품이란 생각이 든다.

"사랑에 빠진 게 죄는 아니잖아!"

부부의 세계를 무너뜨릴 수 있을 만큼 치명적이어서 금기시되지만, 흔하기도 한 불륜을 어떻게 이해해야 할까? 나아가 이런 불륜 세상에서 어떻게 살아야 건전한 가정을 유지할 수 있을까? 우리나라의 불륜 상황이 얼마나 심각한지 2015년 자료와 2020년 자료를 비교하면서 알려 드리겠다.

결론만 먼저 말한다면, 2015년에는 4집 중 1집 가정에서 불륜을 경험했다면, 2020년에는 3집 중 1집 가정에서 불륜을 경험했다. 만약 당신이 동창 4명을 만난다면, 그중 한 명은 불륜을 경험했거나 경험하고 있을 확률이라는 것이 팩트다.

2015년 대한민국의 '잘못된 만남'

2015년 9월 13일, 〈서울신문〉에 나온 기사를 정리한 내용인데, 그 당시의 대한민국 불륜의 현황을 알려준다. 사실 이런 기사는 대놓고 많이 홍보할 수 없는 기사 내용이다. 사실 내 얼굴에 침 뱉는 기사 내용이지만, 향후 건전한 대한민국이 되기 위해선 거쳐야 할 통과의례로 생각하고 정리한다.

636만 명. 이 숫자는 2015년 현재, 국내 기혼 남녀 수(2,628만 명·사별 뒤 재혼하지 않은 인구 포함) 중에서 간통 경험률(24.2%)을 적용해 추산한 국내 불륜 인구 규모다. 이 숫자는 그 당시 〈서울신문〉과 마크로밀엠브레인의 여론조사 결과 드러난 간통 경험률(24.2%)을 적용해 추산한 국내 불륜 인구 규모다. 이 숫자는 서울에 사는 전체 기혼 인구(499만 명)보다 많고, 부산시 전체 인구(351만 명)와 비교하면 1.8배나 많다.

2015년 2월 헌법재판소의 결정으로 간통죄가 폐지된 이후 불륜은 점점 더하면 더했지 줄어들지 않고 있다. 636만 명이라는 숫자는 간통이 우리 주변에 얼마나 흔한 일인지, 그리고 이런 간통으로 인해 파생된 사회문제가 얼마나 큰지를 알려주는 수치다. 최근에 유아 학대 사건이 연일 나오는 이유와 이 숫자가 무관해 보이지 않는다.

그렇다면 대한민국 사회는 누가, 왜 불륜에 빠질까. 결론을 미리 말한다면, 2015년 당시 기혼자의 24%, 월급 700만 원 이상인 사람 중에 51.6%가 외도를 경험했다는 통계 수치가 있다. 과연 누가 누구를 가르치려 하는가? 이러고도 젊은이들에게 목에 힘주고 '꼰대라떼'를 행사하고 싶은가?

2015년 설문 조사에 응한 기혼자 2,000명 가운데 "간통 경험이 있다"라고 응답한 사람은 모두 484명이었다. 5명 중 1명꼴이다. 이들의 나이와 직업, 소득, 배우자와의 관계 등은 다 다르지만, 특정 사회·경제적 배경이 교집합을 이룰 때 간통할 확률이 높았다는 결론에 이른다.

나이별 : 불혹을 넘기면서 간통을 경험하는 비율이 급증했다. 결혼 뒤 배우자가 아닌 이성(성매매 포함)과 성관계(간통)를 가진 적이 있는지 묻는 말에 나이가 많아질수록 늘었다. 즉, 40~50대가 외도의 유혹에 쉽게 빠지는 블랙홀이다. 경제적으로 여유가 있을수록 간통 경험이 증가한 셈이다.

소득수준 : 소득수준과 간통의 비율을 보면 고소득자로 갈수록 높아진다. 월 소득 700만 원 이상 계층에서 51.6%, 즉 소득이 높은 군(群)일수록 간통을 흔히 경험했다. 연봉 8,400만 원 이상 고소득자는 2명 중 1명꼴로 간통 경험이 있다는 이야기다. 예전부터 돈 많고 시간 많은 사람이나 바람 피울 수 있다는 말이 있었다. 이번 통계는 이를 입증하듯이 정확히 맞아떨어진다.

직업군 : 응답자의 직업(직급 포함)이 간통과 어느 정도 연관이 있을까? 직업군 중에서 가장 높은 직업군은 어디일까? 바로 5급 이상 고위 공무원과 부장급 이상 기업 간부, 학교장 등 경영·관리직 종사

자군이었다. 무려 53.4%가 "간통 경험이 있다"라고 답해 전 직업군 가운데 가장 높은 경험률을 보였다. 이들 직업군에 속한 사람 2명 중 1명이 바람을 피웠다고 보면 이해하기 쉽다. 당신은 이 통계 수치를 보고 난 후 어떤 생각이 드는가?

그렇다면 비슷한 내용의 질문을 조사한 2020년 5월 9일자 〈조선일보〉의 기사를 간략히 정리해본다. 1차 조사 때(2015년)와는 5년이 지난 후의 대한민국 불륜 상황이다.

2020 대한민국 불륜의 세계를 파헤쳐 본다. 성인 남녀 700명에게 설문 조사한 내용이다. 결론만 말한다면, 기혼자 3명 중 1명은 "불륜 해봤다"라는 놀라운 답변을 듣게 된다. 〈조선일보〉의 설문 조사 결과, 전체 기혼자의 30.4%가 불륜 행위를 해봤다고 응답했다. 기혼 남성 중 41.3%, 기혼 여성 중 24.4%로 나타났다. 이쯤 되면 정말 막 가자는 이야기다.

당신이 추종하는 TV에서 말 잘하는 그 유명인이 간통남, 간통녀일 수 있다는 통계치다. 100만 명이 넘는 구독자를 지닌 인기 유튜버도 알고 보면 불륜남, 불륜녀일 수도 있다고 통계는 말해준다.

지금까지 이야기한 내용은 현재 대한민국 대부분 가정에서 일어나고 있는 일이다. 남편은 아내를, 아내는 남편을 지극정성 사랑하지 않는 현실을 이 숫자는 말해준다. 물론 연애 시절의 감정으로 결혼 후 몇십 년간을 살아갈 수는 없다. 하지만 배우자에게 신뢰와 믿음을 줄 수 없다면 문제가 발생할 수밖에 없지 않겠는가. 연애 때의 감정은 세월이 지나면서 연민의 정으로, 그리고 숭고한 헌신적인 사랑으로 진화하는 것이 가장 자연스러운 과정이 아닐까 싶은데, 당신의 생각은 어떤가?

나는 이런 생각을 해본다. 결혼을 결심할 때, 배우자를 최종적으로 선택할 때, 부모님이나 주변의 의견을 한 번 더 들어 보는 사전 필터링을 해보면 어떨까 싶다. 사실 다 큰 성인이 자신의 배우자를 선택함에 있어서까지 다른 사람의 도움을 받아야 할까 하는 생각도 들겠지만, 지금과 같은 유혹이 많은 대한민국에서는 더욱더 결혼 전 심사숙고가 필요해 보인다.

만약 결혼을 한 분이라면 다 알겠지만, 사랑에 빠지면 아주 중요한 팩트를 놓치는 경우가 발생할 확률이 높지 않겠는가! 이혼하지 않는 삶을 목표로 한다면, 한 번 더 자신의 결정 전에 조사하는 것이 좋겠다는 생각이다.

창업을 위한 오프라인 스토어를 계약할 때도 시장 조사를 수십 차례 하고 난 후에 가게 계약을 결정한다. 그런데 인륜지대사인 결혼을 충동적으로 결정한다면 결과는 명약관화하지 않겠는가!

그래서 이런 점점 늘어나는 불륜 통계치를 최소화하기 위해 나는 공교육에 부탁하고 싶다. 장기적으로는 중고등학교 교실수업에서 건전한 성과 행복한 가정에 대한 과목을 필수 과목으로 해서 청소년 시절에 사전 교육이 이뤄졌으면 한다.

즉, 공교육에 의한 건전한 가정 꾸미기 교육이 있어야 하겠다. 그저 대학교 입시에만 집중하는 교육이 아닌 실제 실생활에 꼭 필요한 교육이 진행되어야 할 것이다. 청소년 시기에 내 삶의 가치관과 직업관 그리고 결혼관 등이 확실히 수립된 후에 사회에 나오는 절차가 있으면 참 좋겠다는 생각뿐이다. 제발 이런 교육을 맡은 선생조차 불륜 경험자는 아니었으면 좋겠다.

지금까지 불편한 진실을 이야기했다. 불편하지만 우리 주변에 늘 있는 이야기다. 지금까지 그 누구도 이런 이야기를 피했겠지만, 나는 정면 돌파하고 싶다. 지금까지 나는 올곧게 살아왔기에 당당하게 말할 수 있다. 진정한 어른이라면 이런 주제에 대해 정확히 할 말을 해야 한다. 향후 대한민국이 공정한 사회로 가길 원한다면 우선 건전한 가정부터 지켜 나아가야 할 것이다.

대한민국 모든 가정이 평화롭고 행복해야 대한민국 전체 국민이 행복하다. 당연한 논리다. 이 부분은 국가가 직접 나서서 관리해줄 수 없는 부분이다. 하지만 지금까지 이야기한 부분은 국가경쟁력과 직결되는 아주 중요한 핵심요소이기도 하다.

그래서 시대정신에 맞춰 간통죄를 폐지하는 대신 행복한 가정생활을 유지하고, 이웃과 어울려 함께 사는 선진국형 가정보호법(가칭)을 제정하는 방안을 제안하고 싶다. 이 법에는 가정을 안전하게 지켜서 행복한 국가의 국민이 되도록 국가가 보호해줄 수 있는 항목을 넣어 전 세계 국가 중에서 가장 먼저 한 가정이 행복한 가정을 꾸미고 지켜나가도록 도움을 주는 법안이 탄생하길 바란다.

4장

존재 이유

왜 사람들은 지구의 땅끝마을에 가고 싶어 할까?

*

사람들은 땅끝마을을 동경한다. 그래서 우리나라 전라남도 맨 끝에 붙어 있는 마을인 해남의 땅끝마을까지 가서 자신이 왔다 갔음을 SNS에 올리곤 한다. 왜 사람들은 꼭 땅끝마을까지 가고 싶어 할까? 그 먼 곳까지 가야 직성이 풀리는 이유는 무엇일까?

그 이유는 간단하다. 사람은 누구에게나 도전 의지, 정복의 욕구가 있기 때문이다. 걸어서 또는 자동차로 갈 수 있는 가장 마지막 땅을 내 발로 딛고 싶은 것이다. 더는 갈 수 없는 대륙의 마지막 장소까지 가고 싶은 것이다. 무슨 이유가 달리 있겠는가.

인생을 살면서 지구 네 방향의 땅끝까지 가고 싶지만, 자연이 허락한 곳까지 또는 교통수단이 갈 수 있는 곳까지 되도록 가고 싶은 것이다. 누구나 그곳에 가면 마구 불어오는 바닷바람을 맞으며 도전하는 인생을 살겠노라 다짐을 한다. 또는 지금까지 나태했던 내 인생의 전기를 맞이하고픈 마음으로 저 먼바다를 지그시 바라본다. 자신의 발로 직접 갈 수 있는 대륙의 끝자락에서 정복자의 마음도 한번 가져본다.

언제까지 '을'의 삶을 살 것인가? 언제까지 잠시 나락에 빠진 내 인생을 그대로 가져갈 것인가? 나도 사람으로 태어난 이상 멋진 인생을 살고 싶은 것은 당연한 인간의 욕구 아닐까? 땅끝에 가서 잃어버렸던 도전의 의지를 불태운다. 아니 더 사람답게 살고 싶다고 자신에게 외칠 수 있는 유일한 장소일지도 모른다.

북아메리카의 가장 동쪽 끝자락, 몬탁

미국의 동쪽 끝에 있는 몬탁(Montauk)에서 큰 꿈을 꾼다. 몬탁은 뉴욕 롱아일랜드의 제일 동쪽에 있는 등대로서 북아메리카의 가장 동쪽에 위치한다. 이왕 미국을 배낭여행을 하기로 마음먹은 이상 미국 서쪽의 가장 끝인 베니스 비치의 태평양을 봤으니, 이제는 가장 동쪽인 몬탁에 가서 대서양을 보고 싶어 힘들지만 가기로 했다.

사실 이곳 뉴욕에 오기 전, 서부의 끝자락에 있는 로스앤젤레스에서 가장 서쪽에 있는 바다인 베니스 비치에서 낙조를 본 경험이 있었기에, 미국의 가장 동쪽 끝에 가고 싶은 욕구가 마구마구 생겼다. 몬탁을 가는 길에 브리지햄프턴(Bridge Hampton)이라는 동네에서 오래된 가옥들을 보며 산책하고 쇼핑했다. 이곳은 부촌이라 그런지 그 흔한 맥도날드 매장조차 찾을 수 없는 그런 곳이다. 간단히 점심을 먹고, 이스트햄프턴(East Hampton)에 들러서 또 쇼핑한다. 물론 가격이 비싸서 무엇을 구매하기는 힘들다.

그러던 중 커피를 많이 마셨는지 화장실이 급했다. 참고로 미국은 정말 공중화장실이 안 보인다. 큰 도시의 도심을 벗어나면 건물도 뜨문뜨문 있고 해서 더더욱 화장실 찾기는 정말 힘이 드니 미국에서는 되도록 이동 중 커피 음용을 자제하길 바란다.

그날은 비가 오려는지 흐리고 바람이 엄청나게 불었기 때문에 대부분 사람이 긴소매 옷을 입고 다녔다. 이곳 롱아일랜드 동쪽 부근은 뉴욕 부자들의 별장이 많고, 또 쇼핑하러 일부러 오는 곳이므로 대부분의 스토어에서 파는 상품 가격이 비싸지만, 대신에 유니크(Unique)한 제품이 많은 편이다.

드디어 저 멀리 빨간색과 흰색이 조화롭게 칠해진 몬탁 등대가 보였다. 몬탁 등대의 시그니처다. 이 먼 곳까지 왔는데 그냥 갈 수가 없어서 입장료를 끊고 좁은 계단을 오른다. 자그마치 137개의 계단을 올라야 한다. 그것도 성인 한 명이 겨우 올라갈 정도의 아주 좁은 넓이다.

하지만 몬탁 등대에 올라가서 비바람 부는 대서양을 쳐다보니 힘들었던 등반의 고통도 저 멀리 날아간다. 정말 경치가 좋다. 사실 이곳의 경치를 보러 이 멀리 있는 길을 온 것이 아니다. 내 앞으로의 인생을 멋지게 도전하면서 살고자 하는 다짐을 하기 위해서다. 나는 나에게 명령한다. 앞으로 어떤 고난과 힘든 일이 있어도 도망가지 말고 부딪히라고 말이다.

잠시 무념무상으로 대서양을 한참을 바라보니 대서양이 이렇게 내게 말한다.

"세상은 참 넓단다. 그렇지만 꿈이 있는 자에게는 아주 작은 골목길이다."

유럽 대륙의 가장 서쪽 끝,
포르투갈의 까보다로까

이번에는 유럽의 가장 서쪽 끝으로 간다. 그곳은 땅이 끝나고 바다가 시작되는 곳이다. 포르투갈의 서쪽 끝, 땅끝마을 '까보다로까(Cabo da Roca)'다. 유럽 대륙 서쪽에 있는 이베리아반도, 그 반도 내에서도 서쪽 끝을 지키고 있는 나라 포르투갈. 대서양을 마주하고 있는 포르투갈은 대서양을 발판 삼아 15~16세기 당시 세계에서 가장 넓은 영토를 지니며 해양 왕국으로 자리매김했다. 이 포르투갈에서 대서양을 만날 수 있는 곳이 바로 포르투갈의 땅끝마을인 까보다로까다.

포르투갈의 대표적인 서사시인 카몽이스(Camoes)는 "이곳에서 땅이 끝나고 바다가 시작된다(Aqui, Onde a terra se acaba e o mar comeca)!"라고 칭송했고, 그의 말은 땅끝마을을 상징하는 십자가 돌탑 뒤에 새겨져 있다. 이 짧은 명문(名文)은 유럽의 서쪽 끝이자 대서양의 시작점인 까보다로까를 가장 적절하게 표현한 구절이라 할 수 있다. 이 십자가 돌탑에서 또 한 가지 눈여겨볼 것은 이곳 위치가 우리나라 위도와 같은 38도라는 것이다. 신기하지 않은가!

그렇다면 우리나라도 포르투갈처럼 해양국가로 충분히 성장할 가능성이 아주 큰 국가임에도 불구하고 왜 그렇게 도전을 하지 않았을까? 나는 이런 현상을 이렇게 생각한다.

그 이유는 조선 시대부터 시작된 쇄국정책에 급급한 나머지 삼면이 바다임을 전혀 생각하지 않고, 지금까지 사는 중이라 생각한다. 만약에 조선 시대 관료들이 백성을 조금이라도 더 생각하고, 세상을 넓게 보며, 도전을 멈추지 않았다면, 만약 조선 시대 양반들이 기득

세력에 집착해서 권세 누리기에만 급급하지 않았다면 우리는 지금쯤 어떤 삶을 살까? 그곳에서 이런 사실을 알게 되니 참으로 답답했다. 조선 시대부터 해양국가가 됐다면 아마 우리네 후손들이 이렇게 쪼그라들고 주눅 든 채로 현재를 살아가지는 않았으리라.

역사상 단 한 번도 외침을 해본 적이 없는 국가인 대한민국. 지금도 중국, 일본이라는 대국 사이에 끼여 이러지도 못하고 저러지도 못하는 듯한 모습을 보면 안타까운 마음을 금할 수 없다. 도전하지 못한 민족은 언제든지 침략을 당하게 되어 있는 역사의 수레바퀴를 제대로 인식한다면 지금이라도 자신의 존재와 가치를 제대로 만들어가야 할 것이다.

2021년 8월, 아프가니스탄이 탈레반에 점령당한 사건을 보면서 더더욱 알게 된다. 치열하게 도전하지 않는 국가와 민족은 역사의 주역이 절대 될 수 없을뿐더러 역사의 뒤안길로 사라질 뿐이라는 팩트를 말이다.

언제까지 순한 양처럼 살아가는 듯한 대한민국에 살아야 하는지 그 현실이 정말 마음이 아프다. 그 당시 현명한 조상들이 있었다면, 우리나라는 해양대국으로 자리매김을 일찌감치 했을 것이다.

그 당시 사색당파에 휩싸여 자신들만의 논리로 당쟁만 안 했어도, 우리는 벌써 선진 대국 대열에 서서 선진 국민의 대접을 받고 있었을 것을 깨달으면서 유럽 서쪽 땅끝마을에서 상념에 잠긴다. 정치가 안정되어야 백성이 편안하다. 정치가 올바르면 국민이 안심하고 현업에 종사할 수 있다. 정치가 미래지향적이어야 나라가 부강하다. 유럽의 서쪽 끝, 땅끝마을에서 여러 생각이 든다.

29세 때 미국 동쪽 끝에 있던 몬탁 등대 위에서 대서양을 보며 꿈을 키웠는데, 벌써 30여 년이 흘러 대서양 반대편에 있는 포르투갈 서쪽 끝에서 대서양을 바라보다니, 정말 감회가 남다르다. 30여 년 동안 나는 어떤 삶을 살았는가 사문해본다. 안개와 비가 내려 대서양이 거의 보이지 않지만, 내 눈에는 아주 선명하게 보이는 듯하다. 대서양의 파도가 말이다.

이곳 대서양의 가장 정반대에 있는 미국 땅 가장 동쪽 끝에 있던 몬탁 등대에서 대서양을 바라보던 것이 바로 30여 년 전이다. 몬탁 등대가 대서양의 미국 쪽 끝이라면, 이곳 까보다로까는 대서양의 포르투갈 쪽 끝이라 보면 된다. 30여 년 만에 대서양의 양 끝에 선 것이다. 30여 년 동안 참 열심히 잘 살았다. 세상 사람들을 위해 전 세계 유용한 유통트렌드 정보를 전달하기 위해 무던히 노력했다고 자부한다. 내 어깨를 쓰다듬어주고 싶다!

끝으로 대한민국 관광을 위한 팁 하나를 제안한다. 아시아 대륙의 가장 동쪽에 있는 대한민국. 이 대한민국의 가장 동쪽에 있는 도시는 포항의 호미곶이다. 이곳을 전 세계에 알려라. 유라시아 대륙의 가장 동쪽 끝에서 태평양을 만끽하라고 홍보하는 것이다. 전 세계에서 올 관광객을 맞이할 준비를 하자. 멋진 대리석으로 만든 아주 큰 돌기둥에 멋진 시를 적어 놓자. 아주 근사한 아이디어가 아닌가?

내가 트렌드 투어,
비즈니스 투어를 떠나는 이유

　　세상의 현장을 알고 싶어 배낭을 메고, 한 손에는 디지털카메라와 한 손에는 캠코더를 들고 이 골목, 저 골목을 뒤졌던 세월이 정말 길다. 그래서 유통에 관해 이야기하는 교수나 다른 전문가라는 사람들보다 현장에 강하고, 실물경제에 강하다. 그 누구보다 유통트렌드, 유통마케팅 분야에서 현장과 이론에 강한 세계적인 독보적 실력을 갖추는 것이 목표였기 때문에 지금은 어느 정도 그 목표를 이룬 듯 보인다. 지금까지 42개국, 94개 선진 유통도시 위주의 마켓 서베이를 완료했다. 코로나19 때문에 비즈니스 여행을 잠시 쉬고 있지만, 나름 비즈니스 여행의 최고봉 단계에 들어섰다고 자찬한다.

　　20대부터 시작된 해외 배낭여행이 벌써 30여 년이 지나간다. 남들이 미국이나 영국 유명 대학교에 가서 박사학위를 따기 위해 유학 갈 때, 나는 세상의 현상과 현장을 알고 싶어 배낭을 메고, 전 세계 선진 도시를 참 많이 시장 조사를 했다. 나는 어느 정도 돈이 모이면 바로 비즈니스 여행을 떠났다. 누구보다 세상의 흐름을 제대로 알고 싶었고, 후배들과 소비자들에게 변하는 트렌드를 제대로 알리고 싶어서였다.

　　남들이 알아주지 않아도 앞으로 일어날 세상의 변화가 눈에 보이기 시작했고, 이런 변화가 어떤 영향력을 행사할지 예측할 수 있는 능력도 많이 발달했다. 그래서 요즘 공중파나 여타 TV에서 여행 관련 프로그램을 참 많이 방송하고 있는 경향이 있는데, 제대로 된 트렌드 정보나 비즈니스 관련 정보를 여행 중심으로 풀어주는 프로그램은 단 하나도 없어서 답답하다. 만약 깨어 있는 여행 관련 프로그램 제작자가 있다면, 돈 버는 새로운 트렌드 여행에 관해 의논하고 싶다.

최근 세상이 복잡다단해지다 보니 말만 정말 잘하고 겉보기만 아주 좋은 위선적 지식인들도 상당히 늘어만 가고 있다. 특히 이런 사람들은 유튜브에서 더더욱 많이 활동하고 있다. SNS 세상이 되면서 가짜가 더 진짜같이 위장할 수 있게 됐다. 특히 박사라 하면서 이상한 논리를 펴는 사람들이 상당히 늘었다. 아시다시피 돈으로 따는 이상한 박사도 넘치고 있어서 계속 사회문제가 되고 있지 않은가? 이 부분에 관한 사례는 차고 넘치기 때문에 이하 생략한다.

세상의 흐름을 알려면 정답은 세계 선진 도시에 있다. 부푼 꿈을 안은 많은 사람이 도시로 모여든다. 2050년이 되면 세계 인구의 70%가 도시에 살 것이라고 UN이 2009년에 발표했다. 인적 네트워크가 수월하고, 돈 벌 기회가 풍부하며 매우 생산적이고 소비적인 거대 도시들은 자석처럼 인재를 흡수하고 있다. 선진 도시를 가면 정말 배우고 익힐 것들이 많다.

물론 다른 나라의 사례가 꼭 좋은 것만은 아니다. 우리나라에 맞게 현지화하지 못하면 아무런 의미가 없다. 세상의 흐름을 남보다 빨리 읽는 전문가, 나아가 제대로 해석할 수 있는 전문가가 필요한 세상이다. 사실 선진 트렌드를 알려주는 사람은 많지만, 이를 제대로 해석할 수 있는 전문가는 드문 것이 사실이다. 우리나라만큼 트렌드 전문가가 많은 나라도 드물 것이다. 세계 주요 선진 도시에서 벌어지고 있는 새로운 트렌드를 가장 잘 읽고 해석할 수 있는 진정한 전문가를 잘 활용해야만 한다. 그런 의미에서 두 번 이상 찾은 몇 개의 선진 도시에서 느낀 단상을 알아보자.

홍콩

홍콩 마켓 서베이는 2007년, 2013년 그리고 2018년에 실시한 경험이 있다. 매번 갈 때마다 홍콩만 들르는 것이 아니라 마카오까지 꼭 가려 한다. 마카오는 중국 본토에서 온 관광객들의 쇼핑행위를 조사할 수 있기 때문이려니와 미국 라스베이거스를 능가하는 뭔가를 보여주기 때문이다. 동시에 젊은 중국 본토인들의 언행을 옆에서 관찰할 수 있는 아주 좋은 도시다. 변화된 마카오의 리조트 호텔가와 홍콩의 명품거리 등을 조사한다. 그리고 마카오를 조사한 후 홍콩으로 넘어와 지난번 왔을 때 인상 깊었던 아트 중심 백화점인 K11 백화점을 다시 방문했다. 그곳에서 5년 전을 비교하면서 대한민국 단독 백화점의 미래도 생각하게 됐다.

내가 유명 도시를 방문해서 항상 동일한 장소를 다시 가는 이유는 간단하다. 어느 정도 시간이 흐른 후에 같은 장소에 구매를 위해 온 해당 도시 소비자들의 구매 행동과 상권의 변화 등을 점검하기 위해서다. 동시에 몇 년 후 닥칠 미래를 예측하는 능력을 키워 줄 나만의 컨설팅 습관을 지니게 된다. 이 점이 내가 가진 세계 유일 최고의 강점이다. 아무도 가질 수 없는 나만의 경쟁력인 셈이다.

이번 홍콩 여행을 통해 향후 홍콩 유통의 미래와 중국 영향력이 점점 커질 홍콩의 상거래 행위 등을 보면서 앞으로 변화될 홍콩의 어두운 미래를 예측한다. 이와 더불어 대한민국의 유통과 소비의 미래를 예측해본다. 홍콩경제가 하강하게 되면, 한국은 반사이익을 얻을 수 있을지 고민한다.

독일 로텐부르크

아시다시피 '깨 먹는 과자'로 유명한 도시가 바로 로텐부르크다. 이 도시는 아주 아름다운 중세마을인데, 독일 물류망 중심에 있어서 사람과 물자 교역이 상당히 많은 도시다. 내가 1989년에 배낭족으로 처음 유럽여행을 갔을 때는 일본인 친구, 홍콩인 친구 등 3총사가 프랑크푸르트에서 만나 의기투합을 하고 이곳을 방문했다. 이번에는 아내와 함께 오니 나만의 기억이 새록새록 난다. 정말 '산천은 의구한데, 인걸은 간데없다'라는 말이 딱 맞는구나. 그동안 이 도시는 하나도 변한 것이 없어 보이는데, 나만 참 많이 나이를 먹은 듯하다.

많은 상념이 지나간다. 독일을 여행하다 보면 마치 동양의 일본을 보는 듯하다. 물론 일본이 독일을 많이 벤치마킹한 것이긴 하지만 말이다. 원칙주의자가 많고, 정리정돈이 아주 완벽히 잘된 도시, 기본에 충실한 나라다. 다른 점이라면 독일은 전범 국가로 주변국에 사죄를 거듭하지만, 일본은 전범 국가여도 이웃 국가인 대한민국에 조금의 사죄도 하지 않고 있다는 점뿐. 배워야 할 가장 중요한 점은 배우지 않는 일본은 앞으로 후손들이 계속 반성해야 할 것이다.

일본 마쓰야마

1996년, 백화점에 근무하던 때, 일본 통신판매를 제대로 알기 위해 방문했던 도시인 마쓰야마는 시코쿠의 현청 소재지다. 이곳 마쓰야마를 20여 년이 지나 두 번째 방문했다. 그 당시, 이곳에 있는 일본에서 가장 큰 통신판매를 운영하는 회사의 물류센터를 방문했던 기억이 새록새록 났다. 그때 우리나라는 통신판매가 아직 활성화되지 않았던 시절이라, 자동으로 움직이는 컨베이어 벨트를 이용한 화물의 이동이 상당히 신기했던 시절이다.

축구장 4개 넓이의 아주 넓은 물류센터를 보면서 부러워했던 때도 있었는데, 이제는 우리나라도 온라인쇼핑이 주류가 되면서 전국 곳곳에 아주 큰 대형 물류센터가 많이 들어섰다. 그러나 선진국 물류센터의 외형을 잘 따라 했지만, 내부의 시스템은 제대로 안 배워 온 듯싶다. 즉, 물류센터 내부에서 일하는 근로자 중심으로 물류센터를 설계하지 않은 회사가 많다. 당연히 화재와 인재(人災)가 끊이지 않고 일어나게 될 듯싶다. 하루빨리 이런 부분을 보완한 근로자 중심의 완벽한 대형 물류센터로 거듭나기 바란다.

이번 마쓰야마 여행은 고교 동창들과 휴식을 위해 겸사겸사해서 온 여행이다. '제주에어'가 마쓰야마를 취항해서인지 한국인 여행객들이 많이 늘었다. 이번 여행에서는 호텔 내에 있는 온천(노천온천)의 진미를 만끽했다. 아침저녁으로 야외온천에 들어가 하늘을 보고, 별을 보며, 바람을 느끼는 시간을 가진 힐링 여행이었는데, 상당히 멘탈이 순화되는 느낌이어서 이런 여행을 추천해드리고 싶다.

이곳, 마쓰야마에 있는 미쓰코시 백화점과 타카시마야 백화점을 조사해보니 지역 백화점의 한계를 느꼈다. 이 두 백화점을 조사한 후

느낀 점은 지역 백화점 고객이 절대 감소했다는 점과 MD 정책의 전면적 변신이 필요해 보인다는 점이었다.

일본인의 라이프스타일은 20년 전과 동일해 보이고, 일본의 젊은 세대도 20~30년 전 선배가 산 생활과 비슷한 삶을 살아가는 듯 보인다. 옛 선배들과 다른 점이라면 스마트폰을 이용한다는 점뿐. 우리나라도 그렇지만 일본도 마찬가지로 지방의 제법 큰 도시임에도 불구하고 젊은이들이 그렇게 많이 보이지는 않는다. 동시에 지역경제가 그렇게 활성화된 것처럼 보이지도 않는다. 아무래도 일본도 우리나라와 마찬가지로 도쿄나 오사카로 많은 젊은 인재들이 움직인 탓이리라 짐작한다.

이곳에 있는 상점가에서 맞춤형 젓가락을 사서 기분 좋았던 경험도 있다. 이곳에서는 고객이 써 준 한자 이름을 젓가락 상단에 레이저로 새겨주는 서비스를 해주는 젓가락 판매장을 발견했다. 21세기형 고객 맞춤형 전략을 펼치는 중이다. 내 것과 아내 것을 선물세트로 만들어 고국에 돌아왔다. 지금도 매일 사용하는 젓가락에 내 한자 이름이 새겨진 모양을 보면서 기분이 좋다. 이런 작은 이벤트가 삶을 기분 좋게 만들어주는 듯하다.

일본을 갈 때마다 느끼는 것이지만, 아주 큰 건물 입구를 너무 근엄하게 만들지 않아 좋다. 항상 우리와 비교하는 습관이 붙은 나로서는 어느 나라(주로 선진국)에서나 배울 것이 많다.

우리나라 고급 공무원들(지방의회 포함)도 참 많이 해외연수를 간다는데, 뭘 보고 오는지 일반 국민은 모른다. 이왕 말 나온 김에 국회의원을 포함해서 지방의회 의원들이 해외연수 프로그램에 참석한 후에 고국에 돌아와 며칠 내 일정 양식의 선진 문물 관찰 리포트를 의무적으로 제출하게 만들어야 하겠다. 물론 공공 SNS를 통해 온 국민이 열람할 수 있도록 해야 할 것이다.

즉, 국민에게 의무적으로 보고하는 제도를 가졌으면 좋겠다. 아예 법으로 명시하는 시스템이 되어야 이들이 제대로 해외 문물을 배워서 자기네 고장에 접목하려고 노력하지 않을까? 언젠가 우리나라에서 많은 것을 배우고 가려는 외국인들이 많아지는 날을 고대해본다.

내가 트렌드 투어를 떠나는 이유

트렌드 투어를 떠나는 이유는 우리와 '다름'을 발견하기 위해서다. 해외 선진국에 가면 우리와 많이 다른 라이프스타일을 발견한다. 우리와 다른 것은 당연하다. 그렇다면 왜 다른지, 그리고 무엇이 다른지를 세밀하게 검토한다. 그들이 우리와 다르게 행동하고 생각하는 이유를 알아야만 한다. 그래야 이 도시의 라이프트렌드를 알 수 있게 된다.

우리보다 1인 가구 증가 속도가 늘어나면서 여러 가지 변화된 매장 MD를 백화점에서 발견하게 된다. 지난번에 방문했을 때 없었던 코너가 새로 생겼다면 분명 새로운 수요가 발생했다는 것을 의미한다. 그냥 스쳐 지나가거나 관심을 기울이지 않고 지나가게 되면, 절대로 발견할 수가 없는 세상의 변화다.

제일 먼저 살펴볼 트렌드는 '저녁 식사 준비 트렌드'도 그중 일부다. 과거와 달리 노인 가구, 1인 가구 증가 등 가족의 모습이 달라지면서 저녁 식사 시간의 모습도 달라지고 있다. 일본에서는 백화점 지하에 있는 식품부에서 바로 이러한 변화를 직접 느낄 수가 있다. 그래서 되도록 저녁 시간, 도쿄 신주쿠에 있는 백화점 식품부들을 시간 간격을 두면서 이곳저곳을 모두 조사하는 시간을 가져보길 바란다. 물론 다리도 아프고 좀 힘이 들 수 있지만, 한꺼번에 도쿄 시민들의 식습관과 식품 구매패턴을 발견할 좋은 기회이므로 잘 활용하기 바란다.

그리고 시간이 나는 대로 TV를 틀어서 시청하는 방법이다. 특히, 일본에서 방송 중인 TV 홈쇼핑에서 주로 무엇을 팔고 있는지 점검하는 시간도 재미있으면서 유익하다. 또한, TV 교양 프로그램에서 무엇을 주제로 방송하는지도 점검한다. 우리나라 홈쇼핑 방송과 다른 점을 발견하고, 왜 다른지 스스로 차이점을 점검하는 시간도 유익하다. 그리고 TV 교양 프로그램의 주제를 보면, 가장 최근에 관심을 가지는 일본 국민의 관심사를 알게 된다.

두 번째로 살펴볼 트렌드는, 여성들의 소비패턴을 조사하는 것이다. 특히 젊은 여성들의 구매가 어떻게 변하고 있는지 유심히 살펴볼 필요가 있다. 오프라인 여러 스토어 중에서 '드럭 스토어'의 변화를 중점적으로 체크한다. 우선 MD의 변화다. 드럭 스토어는 의약품을 중심으로 화장품, 생활잡화, 건강보조식품까지 다양하게 취급하는 형태인데, 최근 들어 슈퍼마켓이나 편의점을 위협하고 있을 정도로 상품군이 다양해졌다. 이곳에서는 여성용 상품만을 취급한다. 그래서 나는 드럭 스토어를 '여성 편의점'이라 칭한다. 드럭 스토어를 통해서 여성 경제의 부상을 실감하기 바라며, 여성들이 관심 있는 분야가 어디인지 주목하기 바란다.

마지막으로 해당 도시의 트렌드를 집약적으로 살펴보려면 지하철을 꼭 타봐야 한다. 남녀노소 각계각층의 대다수 시민은 지하철 탑승 후 무엇을 하는지, 그리고 무엇을 입고, 무엇을 신고, 무슨 이야기를 주로 하는지 점검하는 시간이 중요하다. 특히 10~20대 MZ 세대들의 관심사가 무엇인지를 알아내는 장소로 지하철만 한 곳이 없다.

이런 트렌드투어를 통해 세상의 흐름, 해당 도시의 다름을 발견한다. 그렇지만 이런 트렌드 투어의 단점은 2~3년 안에 같은 도시, 같은 장소를 가야 한다는 것이다. 그래야 변화의 핵심을, 다름의 핵심을 알게 된다. 이를 달성하기 위해선 시간과 돈이 필수적이라는 뜻이다.

기원전 사건을
몇천 년 후에 만나면

*

내가 터키에 있는 트로이에 갔을 때, 그곳에서 느낀 단상이 이탈리아 폼페이에서 느꼈던 단상과 너무나 흡사해서 비교해 가면서 그 느낌을 이야기하고 싶다.

우선 위키백과에 나온 두 도시에 대한 설명을 비교해본다.

트로이	폼페이
트로야·트로이아라고도 한다. 호메로스 《일리아스》, 《오디세이아》에서는 '일리오스'라고 불렸다. 스카만드로스강과 시모이스강이 흐르는 평야에 있는 나지막한 언덕(근대에 와서는 '히살리크'라고 불렀다)에 있다. 바다에서 6km 정도 떨어져 있어 바다의 습격을 받을 위험은 적었다. 그러나 바다에서 그리 멀리 떨어져 있지 않고, 에게해(海)와 흑해(黑海)를 잇는 헬레스폰투스(다르다넬스 해협)의 입구에 해당하는 중요한 곳에 있어, 예로부터 번영을 누려왔다.	폼페이(이탈리아어 : Pompeii)는 고대 로마의 도시. 이탈리아 남부 캄파니아주 나폴리 인근으로, 현재 행정 구역으로는 폼페이 코무네에 속한다. 79년 8월 24일 베수비오산 분화로 인근의 헤르쿨라네움 등과 함께 화산재와 분석에 묻혀 파괴됐다. 농업과 상업의 중심지이자, 로마 귀족들의 휴양지였다. 79년 10월 정오. 이탈리아 남부 나폴리 연안에 우뚝 솟아 있는 베수비오 화산이 돌연 폭발하는 놀라운 일이 일어났다. 거대한 폭발과 함께 검은 구름이 분출되면서 화산이 분화하기 시작했다. 화산은 엄청난 양의 화산재와 화산분출물을 뿜어내면서 인근 도시로 쏟아져 내렸다.

당신이 기원전이나 서기 몇백 년에 존재했던 옛 도시를 방문한다면 어떤 감흥이 일어날까? 몇천 년 전, 당시 부강했던 이 도시들의 마차 소리와 사람들의 여흥 소리가 들리는 듯하지 않을까? 터키에 있는 트로이와 이탈리아 폼페이에서 느꼈던 단상이 너무나 흡사했다. 그래서 이 두 고대도시를 비교하고 싶다. 만약 당신이 이 두 도시를 방문할 경우가 생기면 나와 비슷한 감흥을 느끼리라 본다.

트로이

기원전 3300년 전 이야기다. 기원후(後)가 아니라 기원전(前) 이야기다. 너무 까마득해서 아무런 기억도, 떠오르는 이미지도 없을 수 있다. 그래서 영화 〈트로이〉를 다시 보고 난 후, 이 내용을 읽으면 이해하기 쉬우리라 본다. 영화 〈트로이〉를 못 본 이를 위해 이 영화의 간략한 줄거리를 적어본다.

트로이 전쟁에 승리하면 영원한 영광을 얻는 대신 죽음을 맞이한다는 예언을 듣게 된 그리스 영웅 아킬레스. 하지만 전장을 함께한 그의 동생이 트로이 왕자 헥토르에게 목숨을 잃게 되면서 아킬레스는 걷잡을 수 없는 복수심에 사로잡힌다. 명예와 죽음 사이에서 고뇌하던 아킬레스는 피의 복수를 위해 트로이와 헥토르에게 칼날을 겨누게 된다. 트로이 목마를 이용한 대역전 서사시가 진행된 영화. 그 당시 10만 대군이라는 어마 무시한 군인들이 참전한 사상 최대의 대격전을 주제로 한 영화다.

여러분은 '트로이의 목마'를 잘 아실 것이다. 하지만 트로이가 어디에 있는지 잘 모르실 듯싶다. 트로이는 현재 터키의 수도인 이스탄

불에서 버스와 페리를 이용해서 이동하면 약 5시간 정도 떨어진 곳에 있다. 우선 가는 행로가 쉽지만은 않다. 트로이를 보기 위해서는 엄청난 거리를 버스와 페리를 타고 가야 한다.

이곳, 트로이는 기원전 3000년 전~1000년 전에 생긴 도시다. 이 도시는 독일의 고고학자 겸 사업가인 슐리만(Schliemann)이 1870년부터 이곳을 발굴하면서 세상에 알려지게 된 도시다. 처음에는 독일의 사업가가 자비로 마구 난개발을 해서 그런지 체계적인 개발은 근래 들어 시작됐다고 한다.

이곳은 아직도 개발 중인데, 요즘은 체계적으로 국가가 맡아서 개발 중이라 한다. 지금까지 1기에서 9기까지 수십 년 동안 개발 중이어서 곳곳에 천막이 쳐 있고, 흙더미가 여기저기 흩어져 있어서 조금은 어수선한 느낌이다. 유적은 9층으로 이뤄져 있고, 최하층은 기원전 3000년 말기의 것으로 추정된다. 그러니까 이곳에는 여러 나라의 왕조가 지배해왔고, 역사의 수레바퀴가 돌아가듯 계속 새로운 역사가 쓰인 땅이라는 소리다.

기원전 3000년이라 하면 과연 어느 정도 윗세대를 상상해야 할까? 내가 아는 선조는 고작해야 2대 위의 할아버지 정도다. 그래봤자 100년에서 200년 정도 사이에서 일어나는 일들이다. 하지만 3000년 전이라 하면 내 조상님 몇 대를 올라가야 알 수 있을까? 과연 내가 사는 서울은 기원전 3000년 전에는 존재하기는 했을까? 기원전 3000년에 존재했던 도시의 일부 땅을 내가 지금 밟고 있다는 것, 그 자체가 경이로운 일이 아닌가!

그래서 나는 달나라 가는 것보다, 화성에 도착하는 것보다 지금 현재 내 발로 밟고 있는 기원전 3000년에도 있었던 이 땅에 서 있는

게 신기하다. 우주여행을 위한 로켓에 탑승하는 기회도 신선하겠지만, 기원전에 존재했던 역사의 현장을 밟고 상념에 잠길 기회를 더 가치 있게 느낀다.

아주 까마득하게 오래된 도시, 불교에서 말하는 영겁에 가까운 시간이 흐른 고대 도시인 이곳에서 나는 아주 먼지 같은 존재임을 다시 깨닫는다. 너무 까불지 말고 살아야겠다. 기원전 3000년에 왕성했던 도시에 서서 5000년이 지난 지금, 나는 어떤 인물로 기억되는 사람이 되어야 할까 곰곰이 생각해본다. 내 자취는 무엇으로 남길 수 있을 것인가? 내 발자국은 앞으로 1000년 뒤에 내 후손들이 찾을 수가 있을까?

폼페이

이탈리아 여행 시 엉겁결에 도착한 나폴리. 나폴리에 왔다면 당연히 '폼페이'를 안 가볼 수 없다. 나폴리 남동부에 자리 잡고 있던 폼페이는 화산 폭발로 커다란 피해를 당하고 소멸한 도시 중 하나다. 예전에 내가 초등학교에 다닐 때, 〈폼페이〉라는 영화를 본 기억이 어렴풋이 난다. 하늘에서 비 오듯 쏟아져 내리는 엄청난 양의 흙과 돌은 순식간에 폼페이를 뒤덮어버렸다는 것이 영화의 줄거리다. 이 폭발로 당시 폼페이 인구의 10%인 약 2,000명이 도시와 운명을 함께했다고 역사는 말해준다.

폼페이를 간 그날은 날씨가 너무 더운 날이어서 챙이 있는 모자를 썼음에도 굵은 땀이 계속 흘러내렸던 기억이 난다. 하지만 철저하게 로마처럼 생긴 폼페이는 마차 길과 수로 등 사람이 살기에 적합하도록 설계된 고대도시여서 여기저기 보면 상당히 발달한 도시의 건축기술에 감탄한다.

그야말로 약 2000년 전에 존재했지만, 화산 폭발로 잠시 없어졌던 도시를 후손들이 잘 발굴해놓은 유적지다. 아직도 계속 발굴 중이기 때문에 관광객이 들어가지 못하는 공간도 있었지만, 상당히 잘 발굴해 놓아서 그런지 그 당시 역사를 제대로 이해하기에 충분했다.

나에게 트로이와 폼페이는 여러 가지를 깨닫게 해준 고대도시다. 유럽여행을 해본 사람이라면 누구나 느꼈겠지만, 오랜 역사의 도시와 유물을 아주 잘 보존해놓은 점을 칭찬해주고 싶다. 유럽 어느 도시에 가나 오래된 역사의 흔적과 체취를 어디서든 느낄 수 있지만, 5000년 역사를 지닌 국가라고는 하지만 유럽과 너무 대조되는 대한민국 역사 발굴과 제대로 해석해주는 서비스는 조금 미흡해 보인다.

트로이와 폼페이는 아주아주 오래전에 존재했던 도시지만, 후손들이 정성을 다해 발굴하고 있다. 어떤 정권이 들어서도 천천히 유물을 발굴해서 자신들의 역사와 찬란한 문화를 후손들과 전 세계 사람들에게 자랑하듯 알려주고 있다. 이 두 개의 고대도시들은 나에게 그 도시에 살았던 사람들의 생활과 라이프스타일을 상상하게 만들어준 도시다.

그리고 인간은 정말 먼지와 같이 바람에 날아갈 수 있는 아주아주 가벼운 존재일 수 있다는 진리를 알게 해주었다. 그리고 어떻게 남은 생을 살아가야 할지를 생각하게 해준 고마운 두 도시다.

세계여행에서
무상 무아를 느꼈던 두 곳

＊

불교에서 가장 중요한 개념이 무상과 무아다. 이 두 개의 단어를 설명하자면 너무 길다. 불교를 지탱하는 여러 개의 기둥 중에 두 개의 큰 기둥이랄까! 내가 세계여행을 하면서 전 세계 딱 두 군데에서 무상과 무아를 느낀 장소가 있다. 그래서 여러분에게 이곳 정보를 공유하고자 한다.

불교 용어는 사실 이해하기가 쉽지 않다. 간단히 이야기하자면, 무상(無常)이란 말 그대로 이 세상에는 변하지 않는 것은 하나도 없다는 것이다. 즉, 모든 것은 변한다는 의미다. 일체의 만물이 끊임없이 생멸변화(生滅變化)해 한순간도 동일한 상태에 머물러 있지 않음을 의미한다. 현상계를 시간상으로 파악한 불교의 근간을 이루는 개념이다.

무아(無我)란 말도 그대로 해석하면, 이 세상에는 '내가 없다'라는 뜻으로 만물에는 고정 불변하는 실체로서의 나(實我)가 없다는 뜻이다. 내가 여기 이렇게 살아 있음에도 불구하고 내가 없다니, 이게 무슨 말인가?

이 두 개 단어는 일반인이 이해하기 정말 힘든 단어임이 틀림없다. 특히 불교를 믿지 않는 사람들에게는 더더욱 힘든 단어다. 하지만 세월이 가고 나이를 먹다 보면 조금씩 이 단어의 의미를 이해할 날이 올 것이다. 물론 타 종교를 믿는 사람들에게는 도저히 이해할 수 없는 단어일지도 모르지만 말이다. 그래서 나에게 무상과 무아를 느끼게 해주었던 지구상의 두 군데를 추천하고 싶다.

파묵칼레 온천수영장, 앤티크 풀(Antique Pool)

터키 파묵칼레에 있는 온천수영장은 파묵칼레에 있는 계단식 노상 온천 장소의 유명세 때문에 잘 모를 수 있는 장소다. 이곳은 입장이 무료이기 때문에 해당 장소의 특별함을 그냥 건너뛸 수도 있다. 아니면 이 수영장 뒤편에 있는 로마 시대의 유적지에 더 관심이 가는 사람들도 있으리라. 하지만 이곳은 내게 영감을 준 곳이며, 영겁의 시간을 알려준 장소다. 수천 년이 지났지만, 내가 그 시대에 같이 있었던 것 같은 착각이 오는 장소다.

파묵칼레에 도착한 시간은 아침 9시쯤이었다. 터키의 3대 명소를 꼽으라면 대부분 '이스탄불, 카파도키아, 파묵칼레'라고 한다. 그만큼 볼거리가 많고 느낌이 아주 좋다는 의미다. 당연히 세계적으로 유명한 장소이기 때문에 아침 일찍 가야 제대로 관광할 수 있는 곳이다. 이곳은 주로 석회층으로 이뤄진 지형이라 온천지대이기도 하다.

이곳은 고대 로마 시대의 유적이 함께 어우러져 있다. '히에라폴리스'라고 불리는 도시와 같이 있는데, 로마 시대 유적과 석회층 온천이 함께 존재한다. 그래서 석회층은 세계자연유산으로, 로마 유적은 세계문화유산으로 등재됐다고 한다. 한 지역이 두 가지의 세계유산으로 등재된 것은 상당히 드문 일인데, 이곳이 그래서 더욱더 세계적인 명소인 이유고, 자세히 오랫동안 음미해야 할 장소다.

파묵칼레의 자연온천은 평원 위로 솟은 높이 약 200m 절벽의 샘들에서 나오는 칼슘을 함유한 물로 계단 모양의 분지 형태로 만들어져서 상당히 이색적이면서 환상적인 느낌을 준다. 이곳에서 분출되는 섭씨 35도의 뜨거운 물이 건강을 유지하는 치유력을 지니고 있다는 것을 알았던 고대인들은 2세기 후반부터 이곳에 온천을 만들었다.

아침의 떠오르는 햇살에 비친 수천 년 자연의 비경, 파묵칼레는 내 입을 다물지 못하게 만들었다. 정말 멋진 자연의 풍광을 보면 감탄사밖에는 안 나온다. 하지만 이곳에서 나의 놀란 가슴을 더욱 요동치게 만들었던 곳은 바로 근처에 있는 온천수영장이다. 이곳이 바로 이집트의 클레오파트라가 온천욕을 하러 놀러 와서 머물고 간 온천수영장이다. 그 당시 이집트에서 터키까지의 그 먼 거리를 마다하지 않고 온천욕을 하기 위해 이곳까지 온 클레오파트라. 그녀가 수영하면서 온천을 즐기는 모습이 상상되는 듯싶다.

이 온천수영장은 거의 원형 그대로 있다. 무료로 입장할 수 있지만, 수영을 원하면 돈을 내고 입장하면 된다. 지금까지 수많은 여러 나라를 돌아보았지만, 이런 장소는 정말 보기 힘든 곳이다. 물론 이곳에 가기도 힘들지만, 이런 곳이 아직도 원형 그대로 보존되어 있다는 것이 더욱 놀랍다.

클레오파트라가 그 머나먼 길을 마다하지 않고, 이곳 파묵칼레까지 와서 온천수영장을 방문한 데는 이유가 다 있는 법! 이집트에서 터키까지 산 넘고 물 건너 마차와 배를 타고 이곳에 오게 만든 매력을 여러분도 추측해보기 바란다. 아주아주 오래된 옛것이 원형 그대로 남아 있어서 과거가 현재에게 말을 거는 듯하다. 과거 클레오파트라 여왕이 이곳에서 온천욕을 하면서 나도 수영하라고 유혹하는 듯한 환영이 보이는 듯하다. 그 당시에는 아무나 들어갈 수 없는 장소였으리라.

지금은 누구나 들어가고 나갈 수 있는 자유로운 장소지만, 이곳의 유일무이한 귀중함을 모르는 사람에게는 한낱 온천수영장일 뿐이리라. 만약에 '내 전생의 전생이 로마 사람이었다면, 이곳에 있었으리라' 하는 상상력을 마구마구 발동하게 만드는 곳이다. 뭐라 딱 꼬집어 말할 수 없는 정말 묘한 장소다.

프랑스 니스 해변

내가 프랑스 니스 해변을 찾은 날은 스페인 친구 2명, 싱가포르 친구 1명, 일본 친구 1명 등과 함께 놀러 간 날이다. 이 해변은 모래로 된 해변이 아니다. 주로 검은 자갈로 이뤄진 해변으로 작열하는 태양과 토플리스 해변으로 아주 유명하다. 유교만 배운 동양에서 온 이방인들에게는 더욱 매력적인 장소일 것이다.

하지만 내가 이곳을 추천하는 이유는 이 해변의 전반적인 분위기다. 작열하는 태양 아래서 누워 있는 사람들, 긴 타월에 배를 깔고 누워 책을 읽는 사람들, 물장구를 하는 청소년들을 보며 나도 긴 타월에 누워 선글라스를 낀 눈으로 태양을 바라본다. 너무도 센 태양 빛으로 정신이 하나도 없다. 소설가 카뮈(Camus)의 《이방인》에서 주인공이 태양을 보고 죄 없는 아랍인에게 총을 왜 쏘았는지 조금은 이해가 간다면 너무 앞서간 것일까?

프랑스 소설가 카뮈의 세계적인 소설인 《이방인》의 대략적인 줄

거리는 단순하다. 어머니의 사망을 전하는 전보를 받고, 장례를 치르며, 아랍인을 총으로 살해하고, 재판을 받아서 사형을 선고받는 과정을 서술한 소설이다. 이 소설을 분석한 문학평론가들의 말을 빌리자면, 카뮈의 '부조리 사상'과 '시시포스 신화'라는 철학적 에세이가 함께 제시된 소설이라고 평하는데, 해석이 난해하다고 느꼈다.

사실 내가 이 소설을 고등학교 문학 시간에서 배울 때는 이 대목에서 뭔 소리인지 몰랐는데, 해당 소설의 배경이 된 프랑스 남부 해안의 작열하는 태양 밑에 누워 있으니 조금은 작가의 의도를 느꼈다고 해야 할까. 이곳에서 정말 묘한 기분을 느꼈다.

해변에 사람들이 많긴 하지만 워낙 길고 넓은 해변이어서 그런지 복잡하진 않다. 니스 해변에서 자갈에 부딪히는 파도 소리를 들으며 전생이 있었을까를 상상해본다. 나는 전생이 인간이었을까? 아니면 개나 고양이었을까? 아니면 미생물이었을까?

무아와 무상…. 잠시만이라도 내 존재를 잊어버리고, 세상도 잊어버리게 만드는 정말 묘한 곳. 여러분도 이 두 곳에 홀로 여행을 간다면 내가 이야기한 체험을 한번 해보기 바란다. 영겁의 시간에서 나란 존재와 여기라는 장소가 무슨 의미인지 말이다.

나는 왜 40세에 창업을 했는가?

*

나는 대학교를 졸업하자마자 회사생활을 시작했다. 군대 가기 전에 문과생이 취업에 응시할 수 있는 유일한 회사(그룹)인 삼성그룹에 입사가 확정됐기 때문이다. 그 당시부터 마음속에는 늦어도 40세 전에 내 사업을 시작하겠노라 하는 결심을 가진 듯싶다. 적어도 40세 전에 사업을 시작해서 50세 전까지 멋지게 뭔가를 만들어내고자 하는 사업관을 가지면서 직장생활을 했다. 그런데 공교롭게도 회사생활을 마감하고 개인사업을 시작하게 만든 계기가 발생한다. 바로 내가 마지막 회사생활을 했던 백화점 사장님의 갑작스러운 퇴사 발표를 접하면서다.

1996년 12월 31일, 내가 다니던 백화점의 박 사장님이 사표를 제출하셨다. 내 회사가 아닌 다른 사람이 만든 회사에 월급 사장으로 직장생활을 하다 보니 이런 일이 벌어진 것이다. 갑자기 변한 사주(社主)의 마음이 무슨 원인인지는 나 같은 중간간부가 알 수는 없지만, 해당 그룹에서 30여 년 충직한 직원을 어느 날 갑자기 옷을 벗길 수 있는 것도 그룹 사주만이 가능한 일 아닌가! 내가 만든 회사가 아니니까 언젠가는 물러나야겠지만, 물러날 준비를 할 시간을 주고 내려오도록 하는 것이 수순 아닌가 하는 생각을 했다.

그리고 그렇게 쉽게 사표가 수리된 것이 웃기기도 하고 서글프기까지 했다. 마치 기다렸다는 듯이 사표를 수리하는 회사의 비인간성에 새삼 또 놀랐다. ○○그룹이 싫어 나올 때도 인간미가 없기에 도망쳐서 □□그룹으로 왔는데 말이다. □□그룹마저 이렇듯 월급 사장을 내치다니 말이다.

박 사장의 사퇴는 앞으로의 내 모습을 보는 듯해서 눈물이 앞을 가렸다. 그분의 마지막 말씀을 청취하면서 그의 비하인드 스토리를 생각한다. 33년간의 샐러리맨 생활의 종지부를 찍는 날, □□그룹에서는 그 누구도 오지 않았다. 그것이 바로 내가 더는 월급쟁이를 계속해서는 안 되는 이유인 것이다. 최고 보스를 위해 목숨 바쳐 일했는데 그 대가는 무엇인가. 과연 그에게 '경영 고문'이라는 허울 좋은 타이틀이 그만이란 말인가.

하루빨리 독립하고 싶었다. 이제부터 1일, 24시간을 나를 위해 쓰고 싶었다. 나를 위해 모든 것을 투자하고 싶었다. 다른 사람이 아닌 바로 나를 위해 말이다. 정신 바짝 차리고 1997년 12월 31일에 사표를 제출했다. 퇴직 스케줄을 차곡차곡 진행했고, 이 목표를 위해 1년간 정말 열심히 퇴직 준비를 했다. 그리고 1년간의 창업 준비를 한 나는 1997년 12월 31일, 독립선언에 성공했다!

누구나 자신만의 비즈니스 왕국을 만들고 싶어 한다. 하지만 누구나 자기 뜻을 현실로 만들어내지는 못한다. 또한, 창업했다고 하더라도 사업을 계속 지켜나가는 일은 정말 어렵다. 창업은 누구나 하지만 수성(守城)과 회사발전은 녹록지 않다. 그렇지만 자신만의 창업 아이템으로 나만의 회사를 창업하기를 목표하는 사람이라면, 40세 전에 반드시 창업해야 한다고 생각한다.

왜 40세인가? 사업이 정착하려면 적어도 5년에서 7년이 걸리기 때문이다. 물론 그사이에 대부분의 신생회사는 망할 확률이 상당히 높다. 만약에 망한다면, 다른 회사에 들어갈 나이까지는 될 수 있다. 하지만 50세를 넘어 남의 회사에 입사하는 것은 거의 힘들다고 본다. 그래서 40세 전에 창업을 한 후에 내 '운칠기삼' 창업의 성공을 향해 달려나가야 한다. 더욱이 요즘은 40세 전에 은퇴를 기획하는 젊은이들이 늘어나기 때문에 40이라는 숫자는 상당히 인생의 반환점인 아주 중요한 나이임이 틀림없다.

만약 IT 관련 회사를 창업한다면, 30대에 승부수를 던져야 한다. 이왕이면 20대에 전 세계를 상대로 하는 글로벌 비즈니스를 시작하는 방안도 적극적으로 검토해야 할 것이다. 20대의 상상력을 새로운 비즈니스에 심어서 전 세계 소비자를 대상으로 사업을 시작하는 나를 상상해보자.

평생직장의 개념이 사라진 비즈니스 세계에서 '조기퇴직'은 커다란 인사 트렌드다. 60세 정년까지 보장된 회사가 지구상에 얼마나 될까? 정년은커녕 40세 중반만 넘어도 언제 집으로 가라고 할지 모르는 게 현실이다. 명퇴보다는 40세 전에 창업이 답이다. 어쨌든 40세 직전에 인생의 승부수를 던져라!

창업 후, 1년은
정말 많은 것을 겪는다

당신이 창업해서 1년간 겪게 되는 일들은 아마 상상을 초월할 것이다. 자본금이 넉넉지 않은 상태에서 개인사업을 시작하기 때문에 늘 자금에 쪼들릴지도 모른다. 그러다 보니 요즘 청년들이 N잡(Job)을 갖듯 창업 1년 차에는 N사업을 벌이게 된다.

또한, 이 기간에는 생각하지 못한 사기 사건에 휘말릴 수도 있다. 왜 이 시기에 사기꾼들이 옆에 나타나냐 하면, 창업자금이 어느 정도 있으리라 예상하기 때문이다. 창업자금을 노리고 하이에나 같은 사기꾼들이 당신의 돈을 노리기도 하니까 항상 사주경계를 열심히 해야 하는 시기이기도 하다. 창업 1년은 똥파리가 많이 붙을 수 있으니 이 시간을 항상 사주경계해야 할 것이다.

처음 시작한 영업 대행 비즈니스

유통에서 잔뼈가 굵은 터라 유통을 잘 모르는 제조업체의 좋은 상품을 대신 유통해주는 유통대행 비즈니스를 시작했다. 그렇게 시작한 유통대행 사업은 〈문화일보〉에 기사가 나면서 순풍에 돛단 듯 바쁜 나날을 보냈다. 초반에 선택한 아이템은 씻지 않은 쌀이라는 특수한 무세미(無洗米) 고급 쌀, 그리고 '결혼답례품'이라는 사업 아이템으로 진짜 열심히 비즈니스를 했다. 그런데 이 두 사업 아이템 모두 좋게 마무리하지 못한 것이 아쉽지만, 사업을 하나의 모양새 있는 것으로 만드는 작업이 그렇게 쉽지만은 않음을 알게 됐다.

신개념 씻지 않는 쌀, 영업 대행 비즈니스

일본에서 '무세미(無洗米)'라 해 씻지 않고 바로 밥을 지을 수 있는 쌀을 우리나라에 처음으로 소개, 영업 대행을 했던 비즈니스다. 사업 초기에는 고급 백화점 이미지인 현대백화점 다섯 군데, 그리고 분당에 있는 삼성프라자 등에 입점해서 천천히 브랜드를 알렸다. 동시에 대량구매가 가능한 B2B 영업을 열심히 개척했다. 아시아나 비행기 기내식과 테스트 마켓용으로 구매가 가능하도록 성공시키는 쾌거를 이룬 프로젝트였다. 그 당시 아시아나 기내식으로 이 쌀을 채택시키기 위해 거의 매일 구매담당자를 만나러 발에 땀이 나도록 돌아다녔던 그야말로 영업에 미친 시절이었다.

그런데 여기서 문제가 생겼다. 제조업체가 매출이 어느 정도 안정궤도에 오르고, 내게 영업 대행료로 주는 금액이 커지니까 배가 아픈 모양이었다. 제조업체는 나와의 계약을 그냥 헌신짝 던지듯 버렸다. 계약서가 아무리 잘 만들어졌다 하더라도 그야말로 하얀 것은 종이요, 까만 것은 글자였다.

영업 대행을 하면서 세금계산서 문제 때문에 제조업체의 이름과 사업자 번호로 납품을 하다 보니 내가 영업을 위해 거래를 튼 아시아나 기내식을 비롯해 유명 백화점 등 모든 거래처를 제조업체가 냉큼 낚아채서 대신 납품을 대체해버린 것이다. 그야말로 재주는 곰이 부리고 돈은 왕서방이 버는 식이었다.

사업을 처음 하면서 열정과 신뢰만 믿고 앞만 보고 열심히 뛰었는데, 결과는 이처럼 처절하게 배신을 당했다. 이를 통해 새삼 느꼈다. 사회생활에서 상호 간의 믿음은 정말 존재할까 하는 의구심이 들었다. 돈 앞에 장사 없다고 하던데, 아시아나 기내식으로 영업망을 뚫고 매출이 많이 오르자마자 토사구팽 당하는 신세가 되다니. 그 양심 없는 욕심 많은 제조업체 사장과 육체적으로 싸울 수도 없고, 민사로 갈 수도 없는 상황이라서 해당 사업에서 타의에 의해 배제되는 상황이 됐다. 이때 결심했다. 앞으로 절대 남의 사업자로 사업을 하지 않겠다고 말이다. 또한 앞으로 절대 작은 업체와는 공동의 선을 위한 비즈니스를 하지 않겠다고 말이다.

'진인사대천명'이라 했거늘 사업 초기부터 정말 나쁜 거래처와 일을 함께하다 보니 세상에 믿을 사람이 없다는 말이 사실로 굳어지는 계기가 됐다. 동시에 첫 사업부터 검은 먹구름이 낀 것 같아 정말 우울했다.

만약 이때, 해당 제조업체가 좋은 거래처였다면, 내 사업은 정말 순풍에 돛단 듯 대한민국을 넘어서 세계를 상대로 하는 글로벌 유통 사업을 하나씩 개척해 나갔을지도 모른다. 일취월장할 수 있었던 첫 번째 비즈니스가 사업 파트너 회사 사장의 배신으로 싹도 못 피운 채 사그라져야만 했다. 그때만 생각하면 울화통이 터진다.

결혼답례품 사업

마지막 회사생활을 했던 ○○백화점 특판 팀장을 하면서 새로운 비즈니스 틈새를 계속 찾던 중 발견한 답례품 시장. 미국이나 일본

등 선진국의 결혼식 답례품 비즈니스는 당연히 존재하는 독특한 시장임을 알고 대한민국에 제대로 된 답례품 사업을 전개하고자 기획, 진행했던 사업이다. 맨 처음 서울 강남에 있는 고급 예식장을 영업해 답례품 관련 정보를 비치해놓는 방식을 채택해 열심히 영업했던 시절이다.

거의 매일 서울 강남에 있는 여러 예식장을 출근하다시피 해 내 답례품을 예식 후 보조상품으로 포지셔닝하려 했다. 물론 지금도 그렇지만 예식 후 하객들에게 드리는 선물은 당연히 음식 대접이다. 한식이나 양식으로 답례를 한다. 여기서 한발 더 나아가 혼주분들은 찾아오신 하객분들에게 조그만 선물을 드리는 경우가 있어서 이 기회를 노린 것이다.

여기에 나를 더 고무적으로 만든 뉴스도 있었다. 그 당시 DJ정권 보사부장관 측에서 앞으로 오후 2시 이후에 음식 대접을 법으로 금지하려는 법안을 검토 중이라는 뉴스가 나왔다. 이 소식을 듣고는 답례품 사업을 채택한 나의 빛나는 선구안을 스스로 칭찬하면서 정말 날아가는 듯 기뻤던 시절이었다.

그런데 나의 이런 들뜬 마음에 찬물을 끼얹은 아주 현실적인 분도 있었다. 서울 강남에서 가장 큰 예식장을 운영하는 회사의 영업이사가 내게 이런 말을 했다.

"지금 대통령을 누가 만들어주었는데, 그런 법안을 만들겠어? 가당치도 않은 이야기지."

그 당시 서울 강남의 일류 예식장은 적어도 300~500억 원 정도 있어야 사업이 가능한 시장이었다. 그리고 이들 예식장을 운영하는 사주는 대부분 전라도 출신이라는 점도 나중에 들어 알게 된 사실이다(이 부분은 순전히 들은 이야기라 팩트와 다를 수 있음을 밝힌다).

'아, 그래서 일개 예식장 영업이사가 그런 말을 감히 할 수 있었구나' 하는 생각을 나중에 했다. 그의 말대로 며칠 후, 오후 2시 이후 음식 대접을 금지하려는 법안을 입안하려던 이 보사부장관은 부동산 투기 사건으로 낙마하게 된다. 정말 무서운 세상임을 알게 된 사건이었다.

'진인사대천명'의 신념으로 열심히 뛰었지만, 사업의 성공은 하늘의 뜻이라 내가 아무리 발버둥을 쳐도 안 되는 것 같았다. 창업 1년 차에는 여기에 나오는 사업 이외에 패션스티커 사업, 서울 택시회사 추석 특판사업, 고급 영업 인력 대여 비즈니스 등 새로운 사업을 계속 만들어 전개해 나갔다. 지금까지 배웠던 영업과 마케팅 그리고 기획력 등을 총동원해서 새로운 사업을 전개했던 시절이었다. 이처럼 창업 1년 차에 7~8개 새로운 프로젝트를 혼자, 때로는 둘이서 전개하려니 머리와 발이 얼마나 바빴을까. 나란 인간이 그냥 쉬는 것을 절대 못 하는 성격이라 더더욱 나를 채찍질하던 시절이었다.

창업 1년 차에는 지금까지 사회생활을 하면서 알게 된 지인들과 나와의 관계가 어떤 사이였는지 여실히 알게 될 것이다. 결론만 먼저 말한다면 간단하다. 정승의 개가 죽으면 사람들이 많이 오겠지만, 정작 정승이 죽으면 상갓집이 썰렁할 것이다. 창업 1년간 정말 많은 일을 할 것이고, 정말 많은 사람과 만날 것이며, 정말 많은 사건을 맞이하게 될 것이다.

이런 과정에서 살아남으면 앞으로 5년간 생존할 것이고, 만약 이 과정에서 예상했던 매출이 나오지 않고, 함께 일하는 사람과의 불화도 있다면, 바로 사업을 접는 것이 좋다. 1년간의 노력을 안타까워하고 지나간 노력이 아까워서 "1년 더 1년 더"를 외치며 사업을 연장하려 한다면 그것은 자신을 더 비참하게 만들 것이라 본다.

물론 예외도 있다. 미국 '아마존'처럼 매년 적자이지만, 사업의 미래를 보고 투자를 계속 받으면서, 온고잉(On-going) 해서 대박을 내는 경우도 극히 드물지만 있기는 하다.

정말 운칠기삼(運七技三)의 비즈니스 세계다. 그런데 지금 와서 생각해보면, 내가 판단해본 비즈니스 성공의 확률은 운구기일(運九技一)이다. 비즈니스 성공은 운이 90% 정도 된다고 결론을 내렸다. 이것은 순전히 나만의 생각이지만, 내 결론에 동의하는 사람들이 꽤 많으리라 예상한다.

대한민국에
명품 브랜드가 없는 이유

이 글을 읽는 여러분은 우리나라에 왜 명품이 없다고 생각하는지 궁금할 것이다. 다른 나라 사람들보다 근면하고 성실하고 더욱이 손재주가 남다른 민족인 우리나라에서 명품이 하나도 없다는 사실이 이상하지 않은가?

우리나라와 비슷한 국가가 있다. 반도 국가이면서 낙천적이고 노래 부르기를 좋아하는 나라, 그리고 국토 대부분이 큰 산이 없고 그런저런 구릉지와 야산이 즐비한 나라. 바로 이탈리아다. 이탈리아에는 참으로 명품 브랜드가 많다. 왜일까? 똑같이 음악 좋아하고, 춤추는 것 좋아하고, 떠벌리기를 좋아하는 반도 국가인 대한민국과 이탈리아. 비슷한 지형의 나라인데, 뭐가 다를까?

내가 사회생활을 하면서 여러 회사에 다닌 결과, 알게 된 팩트를 알려주고 싶다. 사실 나처럼 여러 회사에 다닌 사람도 있을까 싶다. 삼성그룹(신세계백화점)을 나온 이후부터 나름 여러 도전을 하느라 새로운 회사에 도전하고, 새로운 업무에 도전했던 시절이 있었다. 유통의 여러 업태를 공부하고 싶어 회사를 많이 옮겨 다녔다. 새로운 회사에서 새 업무를 익히면서 나름의 유통을 이해했다. 내가 다닌 여러 회사 중에 유명 제화업체도 있었다.

장. 존재 이유 229

일단 제화업계만 보자. 우리나라 사람 중에 손재주가 가장 많이 근무하는 제화업계, 세계적인 명품 브랜드가 탄생하고도 남을 제화업계에서 왜 명품 브랜드가 없는지 아는가. 나는 유명 제화업체(지금은 다른 업체에 팔려서 주인이 바뀐 상태)에서 3개월 정도 짧게 일했다. 근무 기간은 짧았지만, MD 기획업무 파트에서 일하는 바람에 여러 주요한 회사의 내용을 알 기회도 있었다. 3개월이라는 짧은 기간 동안 회사 사보에 2번의 칼럼을 게재하는 등 새로운 업무를 익히고, 내 것으로 만드는 일에 전념했던 기간이었다. 당연히 나름 제화업계의 흐름을 알게 됐고, 다음과 같은 판단을 하게 됐다.

내가 아는 우리나라 제화업계의 3인방 회사가 있다. 제화업계 1세대인 창업주는 정말 성실하고 근면하게 일해서 어느 정도 규모의 회사를 만든다. 물론 이처럼 큰 브랜드로 성장하기까지 운도 정말 많이 도왔을 것이다. 여기서 과거형을 사용하는 이유는 그 회사 창업 회장이 사망한 후에도 이런 좋은 운이 이어지지 않는 사례가 많기 때문이다.

기업주들은 돈도 많이 벌고 시간도 많아지니 당연히 딴 곳에 눈길을 보낸다. 바로 여자 아니면 도박이다. 도전할 목표를 어느 정도 달성했다고 생각했는지, 아니면 자기를 과대평가했는지 모르겠지만, 그 회사는 더 이상의 도전을 멈춘 상태였다. 크게 일을 안 해도 회사는 잘 굴러갔고, 학력 높은 아랫것들은 알아서 일하고 있으니, 특별히 할 일이라고는 회사에 나와서 필요 없는 간섭을 하는 것밖에 없다.

당연히 회사는 점점 부정부패의 늪으로 서서히 빠진다. 새로운 도전의식을 가진 인재들이 조직에서 서서히 빠져나가기 시작한다. 또한, 친인척이 회사에 들어와 인사권까지 전횡한다. 그런 악영향이 내게 바로 닥칠 줄은 꿈에도 몰랐다.

　새로 패션의류업계에서 멋진 출발을 하고 싶어 경력사원으로 입사한 제화업계. 그중에서 제화업계의 의류사업부 중 여성 의류사업 MD파트에 경력사원으로 입사에 성공했다. 열심히 패션사업부 여성복 MD로서 열심히 일하고 있는 3개월 차. 어느 날 갑자기 회장이라는 오너가 나타나 태클을 걸었다. 예상치 못한 경험을 통해 내가 알고 있었던 어느 그룹 회장이라는 직책의 위상이 한꺼번에 동네 구멍가게 아저씨로 이미지가 실추됐다.

　어느 날, 3층 디자인실에서 디자이너들과 업무협의를 하는 중간에 갑자기 나타난 제화업체 회장이 갑자기 "자네는 전공이 뭔가?"라고 질문했다. 내가 마케팅 MBA 출신이라고 하자 회장은 "그럼 자네는 다른 파트에서 일해야 하고, 경험 있는 MD로 대체해야지"라고 말하고는 사무실을 나갔다. 이 한마디로 즉각적으로 내 직무에서 배제됐다. 바로 인사교체가 된 것이다. 그러고 나서 영업직으로 발령이 났다.

　회사의 인사 파트는 존재할 이유가 없었다. MD 경력이 하나도 없으니 앞에서 갈아 치우라는 말을 직설적으로 이야기하는 그 제화업체 회장에게서 그룹 회장다운 구석을 찾을 수가 없었다. 그 당시 회장 아들이 사장으로 있어서 면접 때 그에게서 받은 인상과 조금도 다르지 않았다. 그 나물에 그 밥이다. 그 회장은 구멍가게 사장과 똑같다. 주판알 퉁기면서 미주알고주알 세세한 업무만을 챙기는 뒷방 늙은이, 바로 이 모습이 대한민국 대부분 중견기업 회장이란 사람들의 자화상일지 모른다.

　결국, 이 회사는 상당한 내분을 거쳐 실적이 고꾸라져서 현재는 다른 회사에 경영권이 넘어간 상태다. 여기에 외국에서 대학물만 잠깐 먹고 온 2세라는 사람들은 경영보다는 연예인에 관심이 더 많았다. 당연히 딩대 최고의 여사 밸런트, 앵커와 결혼을 했다. 물론 얼마 못 가 결혼생활이 파탄에 이르렀지만 말이다.

또한, 최신의 경영기법이라고 해서 외국 대학에서 배운 것을 접목하려 한다. 당연히 잘 돌아갈 리 없다. 이렇게 저렇게 시간과 돈만 축낸다. 여기에 국내 제화업계의 경쟁력을 키울 동안 외국 브랜드가 들어오는 것을 막아주는 국내 유통법까지 제정해주는 혜택을 누리다 보니 '도전'이란 단어를 잊어버렸는지 모른다. 그야말로 경영 안팎으로 큰 변동 상황 없이 그런대로 잘 돌아가는 듯 보였다. 하지만 유통이 완전히 개방된 이후 선진 경영의 선진 제화 브랜드들이 속속 들어오니 당연히 소비자는 가성비 높은 상품을 선택하게 되고, 이 제화업체를 포함한 국내 제화 3사들은 나락으로 떨어졌다.

대충 이런 이야기가 대한민국 제화업계의 흐름이다. 그러니 어찌 세계적인 제화 브랜드가 탄생할 수 있겠는가! 우물 안 개구리에게 무슨 희망이 있겠는가! 제화업체 사례를 든 이유는 가죽을 다루는 산업이기 때문이다. 세계적인 명품 브랜드들은 거의 모두 가죽을 이용한다. 손기술이 뛰어난 한국의 장인들이 가장 많이 포진한 서울 성수동에서 우리나라 제화업체가 탄생했듯, 가죽을 잘 다루고 제대로 브랜드를 키웠으면 우리에게도 세계적인 명품 하나쯤은 탄생했을 것이다.

그렇지만 우리나라 가죽 사업자들은 시장을 배신했다. 소비자를 우롱했다. 상품권만을 갖고 장사를 했다. 하청 협력업체에 상품권을 떼 넘기기만 해도 기본적인 매출은 이미 이뤄놓은 셈이다. 세계를 상대로 비즈니스를 할 엄두를 내지도 않았다. 이것이 한계이고, 대한민국에 명품이 단 한 개도 없는 이유다.

도전의식이 결여된 업계, 도전하면 패가망신하는 나라, 과연 대한민국은 어떤 지도자가 나타나야 제대로 돌아갈까? 대한민국에는 시대를 앞서 보고 어떻게 살아야 할지를 가르쳐줄 어른이 있기는 한 걸까?

대한민국은 언제 기초질서와 법규 지키기가 생활화될까?

선진국일수록 엄격한 법규를 갖고 있고, 그 법규를 잘 지킨다. 반대로 후진국일수록 법규는 있지만 지키는 이가 드물다. 2021년 7월 초, 유엔무역개발회의(UNCTAD)가 우리나라의 지위를 개발도상국에서 선진국 그룹으로 변경했다. 1964년 유엔무역개발회의가 설립된 이래 개도국 그룹에서 선진국 그룹으로 이동한 사례는 우리나라가 처음이라고 한다.

그런데도 아직도 우리나라는 목소리가 크고 힘이 센 사람이 이기는 사회인 듯싶다. 우리나라의 힘 있고 목소리 큰 집단들에게 어떤 정책을 만들어주어야 제대로 돌아가는 진정한 선진국이 될까?

우선 내가 여행 중에 겪었던 경험담부터 시작해보려 한다. 우리나라 유명 인기그룹 자자의 노래인 〈버스 안에서〉처럼 참으로 황당한 일을 소개하려니 웃음부터 나온다. 일본의 모든 대중교통 수단에 노약자를 위한 자리가 있다는 것을 잠시 잊어버린 탓에 일어났던 사건이다. 20여 년 전 홀로 일본 배낭여행 중 교토에서 있었던 일이다.

저녁 6시, 교토역에서 '교토유스호스텔'로 가는 버스에 탑승했다. 교토중앙역이 종점이어서 내가 버스에 승차했을 때만 해도 모든 자리가 비어 있었다. 그렇지만 나는 운전석 두 칸 뒤에 자리를 잡았다.

교토는 초행인지라 내릴 곳을 운전사에게 물어볼 요량이었다.

4~5개 정거장을 지났을까. 시간이 오후 6시를 넘어서인지 퇴근하는 많은 샐러리맨이 탑승했다. 그런데 아무리 사람들이 타도 텅 빈 나의 옆자리에 앉으려는 사람이 없었다. 분명히 내 옆자리가 비어 있음에도 말이다. 이상하다 싶어 두리번거리니 뭔가가 눈에 들어온다. 한문으로 쓰여 있는 '노약자석'이라는 문구. 우리나라 같았으면 누군가 내 옆자리에 은근슬쩍 앉지 않았을까 싶다. 그런데 교토 사람들은 그러지 않았다. 나와 눈을 마주치는 사람들도 없었다.

나는 교토 사람들이 법규범을 지키는 모습을 존경스러운 눈으로 쳐다만 보았다. 물론 중간에 일어나기 창피했던 연유도 있었지만, 거의 만원 버스가 된 해당 버스에 빈자리라고는 내 옆자리밖에 없음에도 불구하고, 그 누구도 나와 눈도 안 마주치고 내 옆자리에도 앉지 않았다.

20여 년 전, 나는 교토 버스 안에서 일본인의 매뉴얼 준수 모습을 목격했다. 노약자석은 노인과 어린이, 그리고 임산부만 이용할 수 있는 특별좌석이라는 것을 말이다. 누구나 아는 내용을 묵묵히 실천하는 교토 사람들의 모습은 인상적이었다.

그렇다면 우리나라로 다시 장면을 바꿔 보자. 우리나라에서 이른 출근 시간이나 늦은 귀가 시간에 지하철을 타면 나이가 50대만 되더라도 빈 노약자석에 버젓이 앉아 신문을 보거나 잠을 청하는 경우를 흔히 볼 수 있다.

심지어 임산부석에도 버젓이 앉은 젊은 남자도 본다. 이런 사람들의 공통된 행동 양식이 있다. 당연히 눈은 아래로 깔고 휴대폰만 열심히 본다. 이런 사람들은 다른 사람과 눈을 절대 마주치지 않는다. 그러고는 자신이 내릴 역에 지하철이 도착하면 그제야 아주 빠르게 하차를 한다. 뒤도 안 돌아보고 말이다.

앞에서 이야기했듯 일본뿐만 아니라 선신국일수록 엄격한 법규가 있고, 그 법규를 잘 지킨다. 반대로 후진국일수록 법규는 있지만 지키는 이들이 드물다. 우리나라에서 법을 만드는 국회부터 법을 지키지 않으니 당연한 일이 아닌가도 싶다.

또 하나 선진국과 후진국의 차이점은 신고의식이다. 선진국으로 갈수록 기초질서를 파괴하는 불법행위, 공동의 삶을 무너뜨리려는 공공의 적 같은 사람들의 행동은 바로 경찰서나 관련 단체에 신고한다. 그런데 우리나라는 신고하는 사람들이 적다. 점점 줄어드는 느낌이다. 물론 어디에다가 전화해야 할지도 제대로 잘 모른다. 어떤 경우에는 어디로 전화해야 하는지 국민에게 잘 계도하지 않는다. 사실은 나부터 신고를 안 하고 못 본 채 해당 자리를 뜨려고 한다. 왜 이런 현상이 일어날까?

마치 중국 어느 길거리에서 누가 맞고 있어도 모른 체하고 지나가는 것과 똑같다. 중국인들은 남의 일에 절대로 간섭하지 않는 행동이 주류인 것처럼 우리나라도 나쁜 공동문화가 형성되는 듯해서 두렵다.

이제는 사람들이 그 어떤 사건, 사고에도 합류하기를 거부한다. 신사도 정신을 발휘하거나, 공익을 위해 솔선수범을 했던 사람들이 거꾸로 가해자로 당한 경우를 너무 많이 보았기 때문이다. 그야말로 선행 학습효과가 온 국민에게 퍼져 있는 상태다. 여기에 중범죄를 저질러도 인권이라는 핑계로 얼굴도, 이름도 가려주는 '개인정보보호법'으로 인해 악인이 더욱 활개를 칠 수 있도록 환경을 조성해주고 있는 듯하다. 선진국처럼 공익을 해하는 행위를 보고 바로 신고를 할 수 있는 여건이 된다면 그 누가 신고를 하지 않겠는가!

우리나라는 아주 예전부터 학교에서부터 선생님에게 잘못된 것을 이야기하면 고자질한다고 손가락질을 해댔다. 또는 배신자로 낙인을 찍어버린다. 아니면 오지랖이 넓다고 비아냥거린다. 잘못된 것을 잘못됐다고 말하는 사람을 잘못됐다고 몰아가는 이상한 사회 분위기가 유치원 때부터 있으니 스스로 배운 학습 효과가 아닐까!

자율적 신고제도가 정착하려면 무엇을 어떻게 시스템화해야 할까를 고민하기보다 교육현장에서부터 잘못된 부분을 신고하는 행위를 칭찬하는 분위기로 바꿔 놓아야 할 것이다. 정직한 삶, 공정한 인생, 공평한 인사 등 국가가 나서서 또는 지자체가 나서서 해야 할 일이 바로 이런 일이 아닐까 싶다. 그래야 진정 선진국 대열에 있는 대한민국이라고 할 수 있을 것이다. 대기업의 혁혁한 역할로 경제부문이 나아졌기는 해도 지금과 같이 엄격한 법규와 공정이 실종된 상태에서는 절대 선진국 대열에 진입할 수 없다는 것이 내 의견이다.

마지막으로 한 가지 더 지적한다면, 우리나라에서 하루빨리 정착해야 할 법규 중 하나는 노점상 관련 법규다. 지난 30여 년간 세계 각국 94개 도시를 비즈니스 여행 차 다녀왔지만, 내가 가본 선진국 도시 대부분에서 노점을 발견하지 못했다. 우리나라와 같은 노점을 발견한 곳은 베이징, 상하이가 고작이었다.

물론 노점은 대한민국 유통의 한 업태임이 틀림없다. 특히 우리네 노점은 주로 식품을 취급한다. 그러므로 철저한 위생관리가 전제되어야 한다. 노점이 일반 식당처럼 지자체에 영업 등록을 하고, 주기적으로 위생검열을 받아야 하는 이유다. 한발 더 나아가 노점 역시

지역 문화에 공헌하는 '이익단체'로 거듭나야 한다. 그러기 위해선 국민의 의무인 세금 납부를 피해서는 안 된다.

우리나라도 기초질서와 관련된 제대로 된 법규와 사회환경이 먼저 구축 및 시행되어야 하는데, 아직도 갈 길이 멀어 보인다. 이런 기초질서와 관련된 법을 만드는 사람들이 법을 어기고 있으니 어떻게 잘 돌아가겠는가! 법규를 어기면 벌을 주어야 할 사람들이 법을 어기고 있으니 어떻게 선진국이라 할 수 있을까?

세상을 새롭게 발전시키려고
노력했던 내 인생

나는 어렸을 적부터 항상 문제점을 발견하고는 새로운 대안을 생각하는 버릇이 있었다. 중학교 2학년 때 일이다. 학교에 가기 위해 버스를 타는 길음 시장 정류장이 아침 출근 시간에는 항상 붐벼서 새로운 대책을 마련해보았던 당시 일기장 내용이다.

1974년 4월 15일

집에서 버스를 타려면 10분 정도 걸어야 정류장에 도착한다. 길음 시장 정류장은 우리나라에서도 아침에 차들이 가장 많이 붐비는 곳 중 하나다. 걸어가면서 생각했다.

'이 러시아워를 이겨낼 수 있는 방도는 어떤 것일까?'

5가지를 생각했다.

첫째, 차를 더 많이 생산하면 차가 온통 거리를 뒤덮을 거니까 차를 더 크게, 시설이 좋은 고속버스같이 만들어야겠다.

둘째, 가까운 거리의 학생들은 걸어 다녀야겠다. 급한 일이 없는 한 자기 발로 걸어가야겠다.

셋째, 산모는 산아제한을 해야겠다. '둘만 낳아 잘 키우자'라는 표어가 있듯, 너무 학생이 많다.

넷째, 질서를 지키며 타야겠다. 차가 오면 우르르 몰려가고 우르르 몰려오는 그런 질서 없는 행동을 하지 말고 질서를 지키며 타고, 정 많으면 다음 비스를 기다려 다는 수밖에 없다.

다섯째, 출근 시간이나 등교 시간이 일정하므로 그 시간만 사람이 붐비고, 시간이 지나면 한산하다. 그러므로 출근 시간이나 등교 시간을 다르게 했으면 좋겠다.

이것만으론 불충분하나 그나마 조금은 덜 붐비게 될 것이고, 정부의 뒷받침이 없으면 안 되겠다.

어릴 적부터 새로운 삶을 위해 기획하는 습관은 성인이 된 후에도 계속됐다. 내 유전자 속에는 새로운 시스템, 새로운 기획안 만들기가 습관화됐는지 모른다. 새로움에 대한 열망이 지금도 계속되는 것을 보면 내게 온 선물인 듯싶다.

그래서 이 책 내용도 세상을 새로운 눈으로 보기를 원하고, 새로운 역사를 만들기를 원하기에 저술했다. 역사는 도전하는 사람에 의해 앞으로 진행된다. 역사는 항상 새로운 시각으로 새롭게 해석하려는 사람들에 의해 발전될 것이고, 그 반대인 경우에는 퇴보하게 된다.

내가 개인사업을 하면서 나름 대한민국에서 또는 세계에서 첫 번째로 시도했던 프로젝트이자 콘텐츠다.

상품평론

인터넷 세상이 되면서 상품마다 댓글이 붙기 시작했다. 당연히 제조사 측면에서 좋은 상품평을 만들기 위해 돈을 주고 아르바이트를 써서 좋은 평가만을 올리게 된다. 제조업체 입장에서는 일리 있는 행동이다. 하지만 소비자에게 정확한 신상품의 가치를 알려야만 한다. 그래야 제2의 가습기 사건이 생기지 않을 것이다. 정말 지구상의 수많은 상품 중에서 우리 소비자에게 어떤 상품들이 존재해야 하고, 어떤 제품들이 태어나지 말아야 하는지를 판단해주는 기준을 정해주는데 상품평론가의 존재 의의가 있다. 똑같이 소비자를 위해 태어난 상품 중에서 어떤 상품만 히트상품으로 부귀영화를 누리고, 어떤 제품은 우리 시야에서 사라지는지 그 이유를 알려준다. 한국 상품산업 및 건전한 소비문화 발전에 기여하고자 상품평론이라는 장르를 발전시키고 싶다.

히트로

대한민국 상품평론가 1호로서 제대로 된 상품평론을 위해 참 많은 책과 자료를 공부하면서 나만의 상품평론 브랜드를 브랜딩해보았다. '히트로', 히트하는 상품을 제조, 기획한다면 '히트로'의 도움이 필요할 것이다. 지금까지 국내외 성공한 상품의 사례, 실패한 상품의 사례를 너무 많이 알고 있기 때문이다. 그래서 제발 제조업체 사장님들은 제조한 상품을 가지고 와서 판로 및 매출 증대 방안을 묻지 마시고, 우선 제조에 앞서서 어떤 상품을 기획하는지 상품기획서를 함께 고민하면 정말 좋은 결과를 만들어낼 수 있을 것이다.

부자다이어리, '타이거리치다이어리'

세계 수많은 부자의 공통점 중 하나는 바로 스스로 부자가 됐다는 것이다. 과연 그들은 어떤 식으로 부자의 반열에 오르는 것이 가능했을까? 그 이유는 바로 철저한 기록의 힘에 있다. '부자의 꿈'을 모든 국민이 기록하고 한눈에 점검하기에 최적화된 3년 형 '타이거리치다이어리'를 국내 최초, 세계 최초로 출시했다. 3년 이후의 목표를 구체화해서 기록하고 그것을 위해 매일, 매월 자신의 자산 상황을 쉽게 체크하고 판단할 수 있다는 것이 이 다이어리의 가장 큰 장점이다. 특히 매해 같은 날 자기의 기록을 비교하며 스스로 성장과 방향을 보완해 나갈 수 있기에 자수성가형 부자가 되기 위해 이보다 더 확실한 방법은 없을 듯 보인다. '타이거리치다이어리'는 조직관리의 하나인 목표 관리(MBO : management by objectives)를 응용해 기획된 다이어리로, 종합적인 부를 달성하기 위한 기법으로 활용될 뿐만 아니라, 스스로 목표에 대한 도전정신과 가계예산 운영 및 재정관리의 수단으로 다양하게 활용될 수 있다.

창업노트, '타이거창업노트'

'타이거창업노트'는 더는 실패 없는 창업을 위해 탄생했다. 누구나 잘 알 듯 대한민국의 창업 실패율은 너무 높다. 실제로 한 조사기관의 조사에 따르면 3년 이내의 창업 실패율이 약 70%에 이르는 것으로 나타났다. 이러한 상황에서 무턱대고 창업에 도전하라고 부추기는 어른이 있다면 정말 무책임한 것이다. 이런 삭막한 창업 환경 속에서 대한민국 최초로 성공 창업을 꿈꾸는 모든 창업 희망자가 스스로 성공 CEO가 되도록 도움을 드리려 탄생한 창업 도우미가 바로 '타이거창업노트'다. 지금까지 내가 창업한 이후에 겪은 여러 창업 관련 내용을 이 창업 노트에 고스란히 녹여냈다. 20여 년 전 처음 창업할 때, 자신이 직접 노트에 기록하고 진행했던 경험, 그리고 20여 년 동안 창업 관련 업무를 하면서 느꼈던 많은 현장의 경험들을 고스란히 콘텐츠로 녹여냈다.

톡톡 튀는 국내 아이디어 생활용품 전문쇼핑몰, '타이거몰'

2000년 8월 15일, 국내 최초로 톡톡 튀는 아이디어 생활용품과 디자인용품만 판매하는 온라인 쇼핑몰, 타이거몰이 탄생했다. 각종 TV 방송국 여러 교양 프로그램에서 이 쇼핑몰 사이트에 나온 상품을 촬영하겠다고 줄을 섰던 시절이 있었다. 특히 '내 몸은 내가 지킨다' 테마 때와 1인 가구가 늘어나면서 1인 가구를 위한 제품군들을 가장 많이 촬영했다.

전 세계 선진 도시 위주로 마켓 서베이에 도전하다

1989년부터 지금(2020년 1월)까지 전 세계 주요 도시의 마켓 서베이를 해오고 있다. 그 결과 전 세계 42개국, 94개 도시를 시장 조사 완료했다. 주로 선진국, 선진 도시 위주로 비즈니스 여행을 한 것이다. 그곳에서 유통의 흐름, 소비의 변화, 소비자의 구매형태 등을 조사했다. 국내에 나와 같은 경력의 전문가를 아직 발견하지 못했다.

경영 분야 책 3,000권을 읽으니 경영이 보이기 시작한다

1998년, 개인사업을 시작하면서 경영 관련 책을 참 많이 읽었다. 물론 지금도 열심히 읽지만, 사업 초창기에는 모자라는 경험을 책으로 많이 배운 시절도 있었다. 1주일에 3권씩 읽었는데, 이것이 습관이 되어서 지금도 열심히 신간을 찾아 읽는다. 최근에는 유튜브 '유통9단TV'를 통해 양질의 책을 소개하는 시간도 갖고 있다.

경영 분야 저자와의 만남을 통해 내공을 직접 사사받는다

2015년 9월부터 2019년 8월까지, 약 4년간에 걸쳐 34명의 경제, 경영 분야 저자를 직접 만나 인터뷰를 했다. 물론 전화 및 인터넷 메일 등으로 접촉한 저자까지 합하면 약 150여 명이 훨씬 넘는다. 해당 분야 전문가인 저자의 내공을 배워서 내 것으로 만들고 싶었기 때문에 시작한 '저자가 저자에게 묻다' 코너를 인터뷰형식으로 칼럼을 썼다. 저자만 알고 있는 핵심을 짧은 시간 내에 내 것으로 만들 수 있는 아주 좋은 방법이다. 이로써 나는 저자만 가진 내공을 내 것으로 만들었다.

국내 경영 분야 저자들을 4년간 만나다

나는 최근 4년 동안 대한민국 대표 경제 주간지인 〈더스쿠프〉의 저자 인터뷰 칼럼인 '저자가 저자에게 묻다'를 운영한 경험이 있다. 이들을 통해 직간접으로 알게 된 그들만의 내공 배우기는 정말 귀중한 시간이었다.

2015년 9월부터 2019년 8월까지, 약 4년간에 걸쳐 34명의 경제·경영 분야 저자를 직접 만나 인터뷰를 했다. 물론 전화 및 인터넷 메일 등으로 접촉한 저자까지 합하면 150여 명이 훨씬 넘는다. 약 2개월에 한 번씩 한 분을 만난 셈이 되는데, 그렇게 나름 심혈을 기울여 책을 선정하고, 분석하며, 저자와 미팅 약속을 하고, 진지한 인터뷰를 한 뒤 다시 그 인터뷰를 정리 정돈해서 칼럼으로 만드는 작업은 꽤 오랜 시간이 걸렸다.

그렇다면 내가 왜 직접 나서서 경제·경영 분야 저자를 만났을까? 여기에는 두 가지 이유가 있다.

첫 번째 이유는 저자에게 편이한 질문도 하지만, 불편한 질문도 해서 의중을 알고 싶었다. 사실 지금까지 저자 인터뷰 기사를 보면 주로 경제 분야 기자가 경영 분야 저자를 만나 인터뷰한 기사였다. 그런데 그 내용을 보면 한결같이 해당 저자의 출판사가 만들어준 보도자료를 중심으로 풀어갔다는 점이 항상 마음에 걸렸다. 그래서 내가 직접 나서기로 한 것이다.

나는 30여 년간 경제·경영 분야 책을 3,000여 권을 읽은 경험이 있으므로 어느 저자를 만나도 거리낌 없이 질문할 자신이 있었기 때문이다. 적어도 경영 분야 저자와 대화할 정도는 되어야 그 저자가 말하는 것을 100% 이해할 것이고, 나아가 잘못된 주장에 반대의견을 펼칠 수 있기 때문이다. 적어도 3,000권 독서력 정도의 내공이 있어야 다양한 경영 분야의 저자와 만나 그(녀)의 콘텐츠를 평가할 수 있으리라 봤다.

두 번째 이유는 해당 분야 전문가인 저자의 내공을 배워서 내 것으로 만들고 싶었기 때문이다. 저자만 알고 있는 전공 분야의 핵심을 짧은 시간 내에 내 것으로 만들 수 있는 아주 좋은 방법이 인터뷰이기 때문이다.

나름 내 이름을 걸고 하는 인터뷰이기에 초대하려는 저자의 기준을 높게 책정했다.

첫째, 철저하게 실무중심의 콘텐츠를 저술한 저자를 선발했다. 자기계발 등 뜬구름 잡는 이야기를 하는 저자는 인터뷰에 초대하지 않았다.

둘째, 해당 분야 현장 경험을 적어도 15년 이상을 한 저자를 찾았다. 현장 경험이 없는 저자의 목소리는 사실 허황한 정보나 인터넷에서 올라온 정보를 짜깁기한 수준일 수 있기 때문이다. 그래서 철저히 현장 경험이 많은 저자를 선택하려 노력했다. 그래서 기본적으로 이런 2가지 원칙을 기본으로 저자를 찾았다. 하지만 내가 미리 알 수 없었던 한 가지가 있었다.

아시다시피 나는 우리나라 대표 경제경영 주간지인 〈더스쿠프〉의 전문기자 역할도 겸직하고 있어서 내가 선택한 책 저자를 만나 책의 비하인드 스토리를 듣고자 인터뷰를 한 뒤 그 내용을 정리해서 사진과 함께 주간지 그리고 웹과 앱에 올려주면 평생 홍보가 된다. 경영 분야 저자로서는 무상으로 광고홍보 되는 것이니까 상당히 혜택이 크다. 사실 요즘 책 저술하는 것도 본인 홍보를 위한 마케팅이라는 사실을 잘 알 것이다. 그래서 많은 사람이 책을 저술해서 저자라고 홍보하고 돌아다닌다.

그런데 문제는 기본적인 도덕 관념, 에티켓조차 없는 사람들도 간혹 있다는 사실을 간과한 것이다. 그야말로 현장에서만 알 수 있는 팩트다. 정작 만나봐야 그 저자의 진면목을 알게 된다. 또는 저자를 만나기 전부터 알 수도 있긴 하다. 즉, 전화를 통한 사전 인터뷰를 가질 때도 알 수 있다. 전화 매너를 일생 단 한 번도 배워본 적 없는 사람들이 너무 많다.

전화는 대면한 상태로 이야기를 하는 것이 아니므로 단어 선택이라던지, 상대방에 대한 기본 예의를 최대한 지키도록 노력해야 하는데도, 이를 무시하고 비(非)매너인 사람들이 참 많다. 물론 저자 중에서도 많다. 내가 전화로 상대방의 기분이나 표정까지 꿰뚫어 볼 수 있는 능력이 있다는 사실을 아직 잘 모르는 저자가 많으리라.

참 여러 분야, 다양한 종류의 저자들을 만났다. 내가 만난 대부분 저자는 실력도 있고, 내공도 남다르며, 해당 분야의 진정한 전문가였다. 그런데 일부 저자는 약속한 미팅시간에 30분이나 늦게 오고도 오히려 내게 화를 내는 질 낮은 저자도 있었다. 물론 그와의 인터뷰는 진행하지 못했다. 아니 안 했다는 표현이 맞다. 또는 출판사 담당

자까지 대동하고 나타나서 짙은 화장에다가 목에 한참 힘을 준 상태로 인터뷰를 하는 저자도 있었다. 또는 슬리퍼 차림으로 나타난 저자도 있었고, 3번이나 미팅 약속을 어기는 저자도 있었다. 인터뷰하러 오면서 인터뷰를 주관하는 사람인 나에 관한 사전정보를 아예 하나도 갖고 있지 않은 상태로 미팅에 참석하는 정말 준비 안 된 저자도 있었다.

나는 인터뷰하기로 한 책을 분석하기 위해 2번 이상 정독하는 것은 물론, 해당 산업 분야, 저자의 지난 인터뷰, 저자 관련 정보 등을 미리 많이 알고 난 후에 인터뷰 장소를 간다. 상대방을 많이 알아야 제대로 질문할 수 있고, 인터뷰 현장에서 미묘한 저자의 반응을 잡아낼 수 있기 때문이다. 그런데 전혀 인터뷰 준비가 안 된 저자를 보면 허탈한 웃음만 나온다. 이 인터뷰를 진행해야 할지 말지, 인터뷰 내내 정말 고민된다.

이 글을 읽는 독자분 중에 나중에 유명해져서 인터뷰할 경우가 생기면 사전에 준비를 아주 많이 해야 할 것이다. 그리고 누가 당신을 인터뷰하러 오는지 상대방을 아주 잘 알아야 한다. 그래야 최고의 인터뷰 결과물을 만들어낼 수 있고, 본인도 만족스러운 결과물을 받아 볼 수 있다.

사실 나도 책을 3권 정도 쓸 때만 해도 저자로서 목에 힘을 많이 주었다. 스스로 제일 잘난 사람으로 생각한 때도 있었다. 그런데 10여 권을 쓴 지금은 그때 '참으로 어리석었구나'라고 생각한다. 이런 저자들의 실상을 신문사 책 관련 기자들은 잘 모를 것이다. 현장에서 만나 인터뷰를 하더라도 잘 모를 것이다. 해당 저자의 진정한 실력 유무를 잘 모르는 것은 어찌 보면 당연하다. 출판사 입장에서는 책을 많이 팔아야 하니 저자를 멋지게 꾸밀 수밖에 없다.

학력위조, 논문표절 등으로 사회적 물의를 일으킨 몇몇 저자나 유명인들이 몇 년이 지나자 유튜브를 통해 다시 나타난다. 그것도 교육 분야 사업을 하면서 말이다. 워낙 말을 잘하니 구독자는 정말 많다.

여러분은 예전에 매우 잘나가던 저자들이 요즘 어디 갔는지 안 보이는 이유를 아는가? 왜 이런 일들이 계속 반복될까? 나는 항상 현장을 중요시한다. 현장에서 터득한 귀한 경영정보를 저술한 저자들의 깊은 내공을 내 것으로 배우고자 대한민국 많은 저자와 접촉했고, 그 결과 해당 저자의 실상을 알게 됐다. 무려 4년을 투자해서 나는 더 큰 내공을 쌓게 됐다. 언젠가 쌓이고 쌓인 나의 내공이 폭발하는 순간이 올 것이다. 그때를 오늘도 내일도 기다리고 있다.

5장

생(生)과 사(死)는
손바닥 뒤집는 일

인생은 정말 짧다. 도전하라! 도전하라! 도전하라!

*

내가 국내 여행이 아닌 세계여행을 떠난 이유, 갑자기 잘 다니던 일류 직장을 그만둔 결정적 이유, 대학교 때 놀기만 했던 내가 다시 공부하게 된 이유를 알려 드리고 싶다.

나는 27세 후반에 삶과 죽음을 눈앞에서 직접 겪은 후 새로운 인생을 살기로 했다. 그 당시 나는 신세계백화점 영등포점에서 근무할 때였는데, 야근을 마치고 귀가하던 중에 집 앞 10차선 도로를 건너다가 죽을 뻔한 큰 사건을 겪었다. 그 일 이후 삶은 유한하며, 참으로 짧다는 진리를 깨달았다. 내 의지와 상관없이 사랑하는 가족과 친구들에게 "안녕"이라는 말조차 못 하고 지구상에서 사라질 수 있다는 무서움이 엄습했다.

그 후, 이 세상에 사람으로 태어난 이상 내가 할 수 있는 일은 세상 사람들에게 유익한 일을 해야겠다는 것과 내가 지금 제일 하고 싶은 것을 나중에 하지 말고 현재의 시간에 충실해야겠다는 결심을 하게 됐다. 그래서 하루를 정말 귀하게 사용하려고 시간을 아끼는 습관을 들이게 됐다.

이제 내 나이 만 60세를 맞이했고, 해외여행 경험도 30여 년이 훌쩍 지나간다. 삶의 쓴맛, 매운맛을 다 본 나이이기에 삶을 관조적으로 바라볼 수 있다. 내 나이는 60세이지만, 다른 사람과 비교하면 100세인 듯싶다. 남들보다 40년은 더 산 듯싶다. 이 말이 갑자기 생뚱맞아 보이겠지만, 사실이 그렇다.

나는 60여 년간 내 시간을 많이 빼앗는 것에는 절대 시간을 투여하지 않으려 노력했다. 담배, 연애, 도박, 마약 등 남자가 쉽게 빠지기 쉬운 인생의 유혹이나 시간을 많이 투여해야 하는 골프 같은 스포츠에는 몰입하지 않았고, 오로지 내 콘텐츠 만들기에 열정을 다 쏟았다. 또한, 웬만한 사적인 모임에도 참가를 유보한 채 내 실력 키우기에만 전념했다.

그렇게 한 해, 한 해 열심히 살다 보니 60세가 됐다. 나는 성인이된 40여 년간 사회생활을 하면서 정말 많은 도전과 응전을 했다. 여러 사업에 도전했고, 다양한 프로젝트에 관여했으며, 전 세계 42개국, 94개 도시에 가서 우리와 다른 라이프, 삶을 찾고자 노력했다. 30년이 넘도록 해외여행을 하면서 정말 많은 사람을 만나고, 많은 사건을 겪게 됐지만 내 여행 철학은 간단하다.

우리나라와 무엇이 다른가? 그리고 어떻게 다른가? 왜 선진국과 선진 도시들은 이런 시스템을 구축했을까? 우리나라에 들여와도 성공할 수 있는 아이템과 시스템은 무엇일까? 너와 나, 우리에게 이익이 될 수 있는 시스템은 무엇일까? 세상은 생각만큼 어렵지도, 쉽지도 않게 흘러간다. 이렇게 그 누구도 막을 수 없는 세월 속에서 삶의 주체세력으로 살아남으려면 열심히 살아야 한다.

그래서 말만 번지르르한 위선적 지식인들의 입놀림에 속아 넘어가는 우를 범할 시간조차 없다. SNS 세상이 되면서 가짜가 더 진짜같이 위장할 수 있게 됐다. 그래서 어느 것이 진짜인지, 어느 것이 가짜인지 참으로 선택하기 힘든 세상이다. 하지만 그 어느 것도 진실은 아닐 수 있다. 살고 죽는 것을 피할 수 없다면 철저하게 현재에 충실하기 바란다. 내 삶이 어느 순간 내 의지와 상관없이 뒤바뀔 수가 있다는 것을 안다면 지금, 이 순간 최선을 다해 삶을 진지하게 대하자.

이 세상에 태어난 이상, 세상을 위해 좋은 일을 많이 하고 떠나야 할 것 아닌가. 이 짧은 인생의 대부분을 남을 등쳐 먹거나, 업무상 미리 알게 된 재테크 관련 뉴스를 이용해 돈을 벌거나, 남을 사기 쳐서 돈을 많이 번들 그것이 무슨 의미이겠는가.

내가 100세에 가까운 세상 보는 눈을 지녔다고 하는 이유는 상당히 많은 현장체험을 통해 나의 경영, 유통, 마케팅, 창업 등 전공 내공은 상당히 커졌고, 연관 학문과 연관 비즈니스 영역인 금융(주식), 부동산 분야까지 통찰할 수 있는 능력을 키우도록 노력했기 때문이다. 처음 보는 사람도 내 편으로 만들 수 있는 친화력도 상당히 높았다. 물론 사물과 사건의 핵심과 미래를 내다보는 예지력도 커가고 있다.

이제 세상은 소셜네트워크가 대세다. 트위터나 페이스북, 인스타그램 등으로 언제든지 실시간으로 세상 소식이 전달되고 있다. 하지만 지금은 너무 빠른 세상 소식 때문에 거꾸로 진실을 못 볼 수도 있는 역설이 성립되는 세상이다. 가짜뉴스를 퍼뜨려 자기(편)에게 유리하도록 만드는 검은 세력들도 많이 생겼다. 그래서 사회에는 분야별 전문가 집단이 중요해지고, 당리당략보다는 소비자, 시민을 위한 사회적 기업이 많아져야 한다. 하지만 아직도 자신의 출세, 영리만을 위해 세상 사람들을 기만하는 사람들이 정말 많이 존재한다.

마지막으로 삶을 마감하기 전에 세상에 내 이름을 영원히 새겨 놓고 싶은 분들에게 드리는 사례다. 로스앤젤레스에서 참으로 유명한 박물관이 있다. 오늘 사례의 주인공, 더 게티(The Getty)는 폴 게티 박물관(Paul Getty Museum)을 운영하는 회사다. 폴게티(Paul Getty)라는 부자가 로스앤젤레스 시민들에게 문화를 느끼게 해주고, 삶의 질을 높여주고자 사비를 들여 멋지게 박물관을 개장해 무료로 운영하는 곳이다.

미국 동부지역보다 상대적으로 문화 측면에서 낙후된 서부지역의 중심 로스앤젤레스에 내놓을 만한 박물관이 없자 통 크게 시(市)에 기증한 시설이다. 가보면 알겠지만, 상당히 넓고 조망이 좋다. 아이들과 어른이 함께 미술 및 작품과 예술의 세계에 빠지게 된다.

물론 그가 재물을 축적하는 과정에 문제가 있었다는 언론 보도를 본 적 있다. 하지만 그가 죽으면서 사회에 기부한 막대한 기부금이 오늘의 폴 게티 박물관의 설립과 운영의 기초가 됐고, 많은 사람이 무료로 그가 남긴 미술품들을 감상할 수 있게 됐다. 새로운 영감을 얻고자 하는 사람에게 좋은 기회를 주는 장소라 믿어 의심치 않는다.

이처럼 외국의 부자들은 돈을 벌 줄도 알지만 쓸 줄도 아는 멋쟁이들이 많다. 최근 우리나라 삼성그룹 고(故) 이건희 회장의 유산 가운데 1조 원을 어린이 환자를 위해 사회에 환원하기로 결정하고, 정선의 〈인왕제색도〉 등 국보 14건과 박수근, 김환기와 모네(Monet), 호안 미로(Joan Miro) 등 국내외 작가 미술품을 포함해 총 2만 3,000여 점도 미술관, 박물관에 기증하기로 했다는 뉴스를 봤다. 역시 대단한 어른이라는 생각을 해보았다. 우리나라도 미국 폴 게티 박물관과 비슷한 '이건희 박물관'이 곧 탄생할 것으로 보인다. 정말 감사할 일이다. 돈을 벌기만 잘하면 뭐 하는가. 문명의 후방에 있는 많은 사람을 위해 기꺼이 자신이 땀 흘려 번 돈과 시간을 투자하자. 아무런

대가 없이 말이다.

그래서 이런 생각을 해본다. '명예와 재산을 가진 사회 명사들이 시스템적으로 자진해서 기부할 수 있는 문화가 정착되려면 무엇을 어떻게 해야 할까?' 하고 말이다. 돈과 명예, 두 가지를 다 가진 사람들이 스스로 한 가지를 사회에 환원하는 것이 당연한 사회 분위기가 되도록 노력하자. 우리가 함께 살아가는 멋진 세상을 기대해본다. 그리고 젊은이들에게 제안한다. 도전하는 삶을 멈추지 마라. 마지막으로 내가 늘 즐겨 되새기는 말로 마감하려고 한다.

"도전하라! 도전하라! 도전하라!"

생(生)과 사(死)는
손바닥 뒤집는 일

우리는 살면서 무슨 일이 언제, 어디서 일어날지 아무도 모른 채 하루하루를 살아간다. 그러면서 오늘 해가 떴으니, 내일도 해가 뜰 것이라 믿는다. 하지만 우리네 인생은 내 생각과는 전혀 다르게 움직일 수도 있다.

1986년 9월 24일, 일생일대 전환일

과연 이날은 무슨 날일까? 그 유명한 BTS 멤버의 탄생일일까? 아니면 유명한 대통령이 돌아가신 날일까? 이날은 내 평생 잊으려야 잊을 수 없는 가장 큰 사건이 일어났던 날이다. 1986년이니까 27세 때의 일이다. 이날 이후부터 내 삶은 180도 다른 삶을 살고 있다고 보면 된다. 그날 이후 오늘을 가장 귀하게 살아가려고 노력한다.

그 당시 나는 신세계백화점 영등포점 의류부에서 근무했는데, 업무를 마치고 귀가하던 길이었다. 내가 살던 반포 S아파트는 고속버스터미널 뒤편에 있어서 고속버스터미널 버스정류장에서부터 걸어가야 했다. 이날도 어김없이 야근하고 지친 몸을 이끌고 퇴근하고 있었는데, 밤 10시 40분경이었다. 집에 가려면 10차선 도로를 건너야 하는데, 당연히 보행자 신호가 켜진 후라 아무 생각 없이 건널목을 건너고 있었다. 9월 하순 밤이라 그런지 조금은 추운 날씨여서 두 손은 바지 주머니에 넣은 채로 건너고 있었다.

그런데 내 왼쪽 귀에 나는 "윙" 하는 소리가 줄어들 기미를 보이지 않았다. 줄어들기는커녕 점점 더 커지고 있었다. 고개를 돌려 왼편을 쳐다보는 순간, 이 장면은 마치 영화 〈매트릭스〉에 총알을 피하는 주인공 모습을 연상하면 된다. 내 눈에 보이는 것은 정말 아주아주 커다란 두 개의 둥그런 불빛뿐, 나는 무의식적으로 뒤로 도망갔다. 주머니에 넣었던 손을 그대로 하고 뛰었는지, 손을 빼고 뛰었는지는 아직도 기억이 없다. 나는 코끝을 스치는 쇠 냄새를 맡았다. 여러분은 쇠 냄새가 어떤지 아는가? 어마어마하게 큰 이동체가 내 코를 스치면서 지나갔다. 그리고 그 버스는 20m를 더 가서야 정지했다.

나이가 지긋한 운전기사가 버스에서 내려와 달려오더니 살아 있는 나를 보고는 흠칫 놀랐다. 그러고는 손이 발이 되도록 미안하다고 했다. 그런데 나는 한마디도 할 수 없었다. 말이 목구멍으로 나오지 않았다. 나 대신 5m 정도 내 뒤에서 따라 길을 건너던 어떤 아저씨께서 화를 마구 내셨다. "아니, 횡단보도를 그냥 지나쳐 속력을 내는 버스가 어디 있냐?"라고 삿대질까지 하면서 화를 내셨다. 버스 기사 아저씨는 연신 머리를 굽히면서 잘못했다고 사정했다. 머리 허연 아저씨가 고개를 조아리며 계속 잘못했다고 했다. 이 모든 장면이 영화 〈매트릭스〉처럼 슬로우 모션으로 내 눈을 통해 머리에 녹화됐다.

1986년 9월 24일
밤늦게 귀가하다 차(버스)에 치여 죽을 뻔했다. 생과 사를 0.01초에 느꼈다. 순간적인 판단력 미스 또는 술에 취해서 반사신경이 둔했다면 아마 딴 세상 사람이 됐을 것이다.

이날 밤에는 집에 와 그냥 잠을 잤다. 그런데 사건 다음 날부터 약 3일간 머리가 아프고 혼란스러운 시간이 계속됐다. 잠도 제대로 잘 수 없었다. 지금은 이런 경우를 교통사고에 따른 '트라우마'라고 하는데, 그 당시만 해도 '이게 뭐지?' 하면서 전전긍긍하며 3~4일이 지나갔다. 머리를 망치로 맞은 것 같은 머릿속이 아주 복잡한 상태였다. 이런 상태를 어떻게 말이나 글로 설명을 할까.

5세 때 미친 말에 치이다

아는 먼 친척 아저씨가 집에 놀러 오셨다. 먼 조카뻘인 내게 솜사탕을 사주셨다. 5세 아이에게 솜사탕이란 꿈에서나 볼 것 같은 무지무지 먹고 싶은 잇템이었다. 솜사탕 이외의 것은 눈에 들어올 리 없었다. 더군다나 내 얼굴보다 큰 크기의 솜사탕을 먹고 있으니 어떤 일이 발생해도 보일 리도 없을 것이고 들릴 리도 만무하다. 당연히 미친 말이 달려와도 들릴 리 없고, 보일 리도 없었을 것이다.

어쨌든 그날, 그 시각에 좁은 골목길을 지나던 순간, 뭔가가 나를 툭 쳤다. 나는 떼굴떼굴 굴러 쌀집 아저씨네 가게로 튕겨 나갔다. 알고 보니 그 좁은 골목길로 미친 말이 쏜살같이 지나간 것이었다. 말이 지나간 길은 그야말로 아수라장이었다. 여기저기에 물건들이 나뒹굴었고, 사람들이 다쳐 쓰러졌다.

그 당시는 소나 말이 끄는 마차가 꽤 있었던 시절이었다. 그런데 마차를 끄는 말이 뭣 때문인지 모르겠지만, 마차가 있는 상태에서 미친 듯이 전력 질주를 하는 바람에 수많은 사람이 다치게 된 것이었다. 나는 다행히 이마와 왼쪽 다리에 찰과상만 입었지만, 다른 애들은 큰 병원으로 가고, 정말 난리였다. 그날 이후로 난 솜사탕을 먹지 않는다.

아마 이 두 가지 사례를 보면서 많은 분이 공감할 것이다. 많은 사람이 죽음의 문턱에서 다시 살아온 경험이 있을 것이다. 나와 같이 교통사고를 당할 뻔해서 죽음을 목전에 두었다가 다시 살아난 사람, 암에 걸려 죽음 앞에서 다시 살아나온 사람, 이상한 사건에 연루되어 힘든 삶을 살아온 사람, 코로나19에 감염되어 겨우 살아나온 사람 등 다양한 상황이 있을 것이다.

그날 이후로 내게 있어 새로운 하루는 정말 소중한 하루가 됐다. 오늘이 지나면 내일이 올 것이라고 믿는 대부분의 사람과는 다른 인생을 살게 됐다. 오늘이 지나면 내일이 안 올 수도 있음을 알기에….

내 인생은 내 의지와 상관없이 중도에 하차하거나 바뀔 수 있다는 것, 사랑하는 사람들에게 작별의 인사도 못하고 헤어질 수도 있다는 것, 나이가 들어 자연적으로 생을 마감하지도 못할 수 있다는 것, 이젠 웬만한 일에는 겁이 나지 않는다는 것, 내 인생의 버킷리스트를 한 달 단위로 세워 집행하려는 의지가 강해진다는 것, 내가 지금 하는 일을 가장 귀하게 여기게 된다는 것 등 기존에 갖고 있던 삶과 죽음에 대한 개념이 완전히 바뀌게 됐다.

내가 왜 살아야 하고, 내가 지구에 온 이상 뭔가를 남겨야만 한다는 것, 그리고 나와 남, 우리를 위해 열심히 살아야겠다는 다짐을 갖게 됐다.

과거에 매몰된 채
오늘을 사는 현대인들

*

　오늘도 신문 사회 면을 보면 과거에 한 자신의 말 때문에 구설에 오르는 사람들의 이야기가 넘친다. 특히 정치하는 사람들인 경우, 과거 잘못된 발언이나 행동 때문에 곤욕을 치르는 경우가 많다. 당연히 여자, 술, 골프 등이 원인이 되어 현재의 활동을 막아버리는 걸림돌이 된다. 이런 세상의 유혹을 잘 관리하지 못하는 사람들은 이로 인해 많은 사람의 입방아에 오르내리게 되고, 안 좋은 구설수 속에서 여생을 살아야만 한다.

　또 몇 년 전부터 국내 연예계에는 학창시절 학교폭력의 주동자로 낙인 찍혀 자의 반 타의 반 연예계를 떠나는 사람들의 이야기가 계속 이어지고 있다. 그래서 이 방송 프로그램, 저 방송 프로그램에서 자주 나오던 미모의 여배우가 어느 날부터 보이지 않게 되는 일도 비일비재하다. 또는 협찬을 받은 물건을 '내 돈 내 산(내 돈으로 내가 산 것)'이라고 거짓말을 해서 구독자가 상당수 떨어져 나간 유명 유튜버 이야기도 그렇다. 말이란 한번 뱉어 버리면 주워 담을 수가 없다.

　물론 이런 일은 유명인들만의 일이 아니다. 화가 나거나 성질을 못 다스려서 나온 말이 화근이 되어서 그렇게 친했던 사이가 벌어지거나 헤어지게 되고, 심지어 목숨을 위협하는 사건으로까지 발전하는 경우도 있다.

요즘에는 SNS로 메시지를 잘못 보내서 헤어지는 경우도 비일비재한 세상이다. 상대방의 거친 말과 행동으로 인해 지금까지 이어왔던 인연이 바로 끊어지는 사례는 우리 주변에 너무나도 넘치고 넘친다.

모두 생각 없는 말, 성의 없는 말, 흥분을 감추지 못하고 나오는 말 때문에 생긴 일들이다. 최근에는 스마트폰이 잘 발달해서 언제든지 언어폭력이나 공격성 있는 말을 바로 녹음해버릴 수 있는 세상이다. SNS가 발달하기 전에는 그야말로 과거에 했던 발언이나 행동이 크게 문제가 되지 않았다. 왜냐하면, 유명인들은 얼마든지 과거 행적을 막을 힘이 있었기 때문이다.

하지만 이제는 SNS 세상이다. 과거에 행했던 말이나 행동으로 인해 현재에 괴로워하는 사람들이 점점 늘어나고 있다. 학창생활이나 철모르던 청소년 시절에 다른 친구들이나 주변인들을 괴롭혔거나 거친 언어를 사용해서 상대방의 마음에 상처를 남긴 이들이 지금은 거꾸로 과거 그 폭력적인 삶 때문에 현재를 고민하고 어찌할 바를 모르는 어려운 삶을 살아간다.

높은 신분으로 인해 으레 받았던 선물이 현재 발목을 잡는다. 과거에는 넘어갔던 선물문화가 이젠 안 통하는 세상으로 변한 것을 모르는 사람들이 아직도 우리 주변에는 많다. 아주 많다.

누구나 사회에서 조직생활을 한다. 그런데 일 때문에 사회생활이 힘든 게 아니라 대부분 인간관계 때문에 힘들어한다. 내가 하지도 않은 말은 남이 대신했다고 해서 싸움의 근원이 된다. 아니면 뒷담화를 즐기는 누군가 때문에 조직생활이 재미없고 소모적으로 되기도 한다. 인간이 모인 단체나 회사에서는 비일비재하게 일어나는 일이다.

모두 과거에 내가 알게 모르게 행했던 말과 행동으로 인해 나와 주변 사람들이 괴롭다.

대부분 인간은 미래까지 생각하면서 말을 하지는 않는다. 만약 인간이 미래를 생각해서 현재를 준비한다면, 그리고 그렇게 현명하다면 이 지구의 역사가 이토록 시끄럽지는 않으리라. 대부분 현대인은 자신이 저지른 과거의 말이나 행동 때문에 괴로워하고 슬퍼한다. 만약 다시 과거로 돌아갈 수만 있다면, 다시는 그런 저급한 말과 행동을 하지 않았을 수도 있으리라 다짐하건만, 현실은 슬프기만 하다.

자, 주위를 돌아보라. 얼마나 많은 사람이 과거 자신의 행적으로 인해 현재 괴로워하는지. 물론 그들이 소리 내어 자신의 잘못을 만천하에 알리지는 않는다. 바보가 아닌 이상.

그래서 과거의 행적을 지워주는 '디지털 장의사'라는 신종 직업이 주목받는지도 모른다. 이들은 인터넷에 기록된 회원의 과거 말이나 정보 등을 없애주는 '흔적 지우기'를 직업으로 하는 사람들이다. 블로그, 페이스북 등에 올려둔 사진과 글을 삭제하는 것은 물론, 회원이 다른 사람 페이지에 남긴 댓글까지도 일일이 찾아 지워주는 역할을 대행해준다.

그렇다. 나이가 들수록 말을 줄여야만 한다. 입은 닫고 대신에 지갑은 열어야 한다는 말이 있듯 어른이 될수록 말을 삼가야 한다. 말을 아꼈다가 정말 필요한 경우에만 간략하게 전달해주는 것이 어른의 역할이다.

죽음의 새로운 해석,
우리는 매일 '작은 죽음'을 만난다

하루 중 1/3은 잠을 자야만 한다. 원하든, 원하지 않든 사람은 무조건 잠을 자야 한다. 그렇다면 잠에서 깨어나지 않는다면 어떻게 되는 것일까? 수면이 인생에 아주 중요하지만, 일에 쫓기거나 삶에 치여 가치를 낮게 평가하는 사람들도 많다. 일찍 잠자리에 들든, 늦게 잠자리에 들든 누구나 잠이라는 과정에 빠져들어야 한다. 잠을 자면서 꿈을 꾸기도 하지만, 대부분 아침에는 눈을 뜨게 되어 있다.

하지만 만약에 아침이 됐는데도 눈을 뜨지 못한다면 이를 두고 우리는 무엇이라 하는가? 그렇다. 영면에 들었다고 한다. 깊은 잠, 깨어나지 않는 잠을 잔다고 표현한다. 이처럼 우리는 매일같이 작은 죽음을 맞이하고 있는데, 이를 간과하는 중이다. 아무도 내일 깨어나지 못할 것이라는 상상은 하지도 않는다. 왜? 어제처럼 다시 해가 뜰 거로 생각하니 말이다.

나는 이제부터 '죽음'에 대한 새로운 해석을 하고 싶다.

우리는 매일매일 작은 죽음을 맞이하고 있는지도 모른다고 말이다. 물론 나도 매일 떠오르는 붉은 태양을 보고 싶고, 그 태양을 가슴에 품고 싶다. 모든 이들의 소원도 마찬가지로 세상을 자기 가슴에 품고 싶으리라. 그러기 위해선 당신은 오늘 무엇을 어떻게 해야 할까?

날마다 새로운 태양을 맞이하려면 우리는 뭔가 준비를 해야 한다. 술에 찌들거나 피로에 지칠 대로 지친 몸을 가지고 아침에 떠오르는 태양을 맞이할 수는 없다. 당연히 자신을 잘 관리해야 한다.

저녁 시간에 몸을 조금만 피곤하게 만들어 숙면해야 할 것이다. 술과 담배로 몸을 혹사하지 말고, 운동과 헬스로 몸을 피곤하게 만들어야 한다. 밤 9시 이후에는 되도록 야식을 금하자. 밤 10시 이후에는 신경을 쓰는 기획업무를 하지 말자. 간단한 스트레칭이나 가벼운 담소만을 나누면서 내일을 기다려야 할 것이다. 내일 뜨는 해는 오늘 뜬 해와 다르다고 생각하자. 당연히 내일은 다른 삶을 개척하는 나를 만나는 신성한 시간이기 때문이다.

당신이 앞으로 3개월만 살 수 있다면?

당신은 시한부가 나오는 영화나 드라마를 본 기억이 있을 것이다. 순애보 같은 사랑 이야기를 보자면, 가슴이 먹먹해지고 눈에는 눈물이 고인 경험도 있을 것이다. 만약 그런 상황이 당신에게 일어난다면 어떻게 하겠는가? 흥청망청 마구 살 것인가? 아니면 하루하루를 정말 귀중하게 보낼 것인가? 당신의 삶은 당신 것이다. 그 누구도 당신의 삶에 끼어들어 훈수를 들게 해서는 안 된다.

만약 당신에게 남은 삶이 3개월, 약 90일이라면 당신은 무엇을 할까? 아마 생각조차 해본 적이 없어 당황할 것이다. 자신의 죽을 날을 미리 안다면 정말 하루하루를 귀하게 맞이할까? 아니면 있는 돈을 다 쓰기 위해 동분서주할까?

만약 '나'라면 어떻게 90일을 보낼까? 잠시 상상해본다. 아마 세계 일주를 떠날 것 같다. 80일간 세계 일주를 하고, 나머지 10일은 내 인생을 정리할 것 같다. 그리고 세상을 향해 이렇게 외치고 갈 것 같다.

"아, 잘 살았다. 지구에 와서 참 재미있게 살다 간다. 지구야, 잘 있거라!"

27세에 삶과 죽음의 언저리를 체험한 경험이 있어서인지, 사실 지금까지의 삶은 덤으로 얻은 삶이라 생각하고 있다. 무서울 것도, 겁날 일도 별로 없다. 그리고 그렇게 놀랄 일도, 그렇게 무서운 것도 별로 없다. 삶은 그렇게 아름답지도, 그렇게 추하지도 않기 때문이다.

만약에 인생의 마감날을 알게 된다면 어떨까? 자신이 언제 죽을지를 안다면 어떤 마음이 될까 상상을 해본다. 아마 두렵거나 이상한 느낌이 아닐까? 아니면 마음이 편안할까? 당신이라면 어떻게 반응할까?

대학원 동기의 부음 소식을 듣고

그는 정말 젠틀맨의 표상이었다. 내가 다닌 대학원은 경영대학원이어서 저녁 시간에 수업이 시작된다. 그는 항상 투 버튼 영국식 정장에 행커치프를 양복 상의에 달고 나타났다. 키도 178cm여서 정말 외국 신사를 보는 듯했다.

그가 캐나다에 이민을 떠난 시기는 대학원을 마치고 약 7여 년 이후였던 것으로 기억한다. 그는 이민 가기 전에 어느 나라로 떠날지를 조사하기 위해 캐나다, 오스트레일리아 그리고 뉴질랜드 등 3개국을 시장 조사했다. 그런 후, 그는 심사숙고 끝에 캐나다로 결론을 내렸다. 캐나다가 자신하고 아주 잘 맞는다고 이야기해주었다.

그는 그곳에 가서 한국인 대상의 여행사를 창업해서 아주 잘 운영했다. 그런데 1998년 벌어진 IMF 금융위기 상황에서 사업상 연결된 국내 여행사들의 도산으로 인해 캐나다에서 운영 중인 그의 사업의 돈줄이 막히는 바람에 아주 힘든 상황으로 몰리게 됐다. 받은 어음이 모두 부도 처리되니 사업을 포기할 수밖에 없었다. 한때는 20여 명의 직원을 둘 정도로 사세가 좋았는데, 그야말로 그의 여행사업은 한 방에 폐업이라는 수순을 밟게 된다.

그 후 그의 몸이 좋지 않게 됐고, 대도시를 떠나 캐나다 중부 어느 조그만 도시의 호텔 지배인으로 취업을 하게 된다. 아주 조그만 도시지만 살기에는 좋은 환경에서 조용히 지내고 있었다.

한국에는 7~8년에 한 번씩 나오곤 했다. 그를 마지막으로 본 게 2019년 10월이었다. 암에 걸렸다고 했다. 몸이 많이 야위었다. 그래도 그의 카랑카랑한 목소리는 아직도 허공을 진동했다. 그러던 어느 날, 그가 임종을 맞이했다고 그의 부인께서 동창 그룹 카톡에 올려주셨다. 뭐라고 해야 할까? 그냥 먹먹했다. 아직도 그가 카톡에 올린 글들을 보면 그가 생생히 살아서 숨 쉬는 듯하다. 하지만 지구상에 그는 없다. 공기 좋고 자연 친화적인 청정 환경에서 살아도 사업 실패 이후의 좌절이 가져온 스트레스가 결국 암이라는 화병이 되어 그의 유명을 달리하게 했을 것이다. 참으로 삶과 죽음은 정말 종이 한 장 차이라고 다시금 생각한다.

나도 개인사업을 한 지 벌써 20여 년이 지나가지만, 명맥만 유지하는 중이다. 사업이란 게 정말 어렵다. 하면 할수록 힘들다. 나도 3년 전부터 1인 사업체로 시스템을 수정해서 운영 중이다. 정말 시간이 갈수록 힘들다. 하지만 오늘도 내 콘텐츠를 정리해서 후배들을 위해 유튜브도 만들고, 새로운 판을 만들기 위해 끊임없이 노력하고 도전한다. 그리고 사업의 운은 내가 결정하는 것이 아니라 하늘이 결정한다는 단순한 진리를 되새긴다. 진인사대천명의 자세로 오늘도 하루를 열심히 살아가고 있다.

삶의 마지막에
후회하는 일들

*

많은 사람이 《백 년을 살아보니》라는 책을 읽었거나 저자의 강연 내용 등을 유튜브나 신문 등을 통해 보았을 것이다. 왜 책을 잘 읽지도 않는 사람들이 그 책만큼은 읽으려 했을까? 답은 간단하다. 내가 아직 가보지 못한 길을 간 사람의 이야기이니까, 그 가보지 못한 길을 알고 싶어서다. 물론 100세를 넘게 살다가 간 분들이 많이 계셨겠지만, 글로 자기 생각을 잘 정리해서 후손들에게 남긴 분이 이분뿐이기 때문이다.

우리는 아직 가보지 못한 나이에 어떤 일이 일어날지 알지 못한다. 즉, 미래를 미리 알고 싶은 인간의 기본적인 속성이 독서 열기를 더했다. 마치 내 죽을 날을 미리 알고 싶은 것처럼 말이다.

그렇다. 인생은 아주 짧다. 하지만 하루하루는 정말 길게 느껴지기도 한다. 아직 살 날이 이렇게 많이 남았는데, 그 나이가 되면 무엇을 생각하고 무슨 행동을 해야 할까? 여러 가지 나이 듦에 대한 의문을 먼저 산 인생 선배에게 여러 가지를 묻고 싶을 것이다. 앞으로 살 내 인생의 궤적을 미리 알고 싶을 것이다.

이런 현상은 아마 동양이나 서양이나 마찬가지일 것이다. 그래서 죽음을 앞둔 시점의 인간에게 나타난 후회들을 우리나라와 미국의 경우를 비교, 정리해본다. 죽음 앞에서 어떤 점을 깊이 반성하고 후회하는지 말이다.

죽음을 앞둔 한국 사람들의 후회 3가지

얼마 전, 유튜브에 나온 정신과 의사가 말기 환자들을 상담한 내용을 인터뷰한 내용을 보았다. 그 의사분 말에 의하면 죽음을 바로 앞둔 사람들이 가진 후회가 공통으로 3가지가 있다고 한다. 나는 그 3가지 공통으로 후회하는 내용을 알고 싶어 자세히 보았다. 과연 인간은 죽기 바로 전에 무엇을 후회할까? 《백 년을 살아보니》라는 책에 나오지 않는 내용이기에 더욱 집중해서 보았다.

다시 태어난다면 어떤 삶을 살고 싶은가? 후회하는 3가지는 무엇일까? 다음 내용은 유튜브 TV에 출연해서 질문에 답을 해준 정신과 의사 이근후 박사의 인터뷰 내용에서 발췌했다. 여러분도 궁금하리라 본다. 죽음을 앞둔 사람들은 살아오면서 어떤 항목을 제일 후회하고 있는지, 그리고 무엇을 가장 못 해서 후회할지를 말이다. 그럼 하위 순서부터 알아본다.

3위, 나누고 살고 싶다

그동안 베풀면서 살지 못한 것을 후회했다. 공수래공수거(空手來空手去)인 인생을 알면서도, 왜 그리도 돈을 움켜쥐고 남에게 베풀지 못했는지 후회했다. 물질적인 나눔도 있겠지만, 지식의 나눔, 사랑의 나눔을 못 한 것을 후회하는 대목이다.

2위, (맺힌 것을) 풀고 싶다

인생을 살면서 얼마나 많은 사람과 다투고 의견충돌이 있었겠는가. 대부분 자신에게 유리한 쪽으로 의견을 냈을 것이고, 이로 인해 다른 사람들과 앙숙이 되기도 하고, 때로는 형제간, 부모, 자식 간에 생긴 반목으로 인해 왕래를 끊는 일까지 발생한다. 하지만 죽을 때가 되니 그런 맺힌 것들을 풀고 저세상으로 가고 싶다는 것이다.

1위, 내 마음대로 살고 싶다

가족들을 먹여 살리느라 제대로 자기가 하고 싶은 일을 못 했다고 한다. 세상 그 누가 자기가 하고 싶은 일만 하고 살 수 있겠는가? 당연히 이 항목이 1위다. 압도적으로 1위다. 정말 1년만이라도 내 마음대로 살고 싶은 사람이 얼마나 많을까? 아니 1개월만이라도 말이다. 하지만 인생은 그렇게 녹록지 않다. 늘 뭔가에 쫓기며 살고, 불안정한 심리상태를 가진 채 꾸역꾸역 나이를 먹는다. 이 세상에서 먹고 싶지 않은 것이 있다면 그것이 바로 '나이'다. 그런데 세월이 얼마나 빠른지 '내가 벌써 이 나이가 됐다니' 하고 허탈한 웃음을 짓게 된다.

그렇다면 '나의 60년 삶은 어땠을까?' 다시 복기해본다. 나는 3위인 나누면서 살려고 노력했다. 내가 알고 있는 지식, 지혜를 후배, 후학들에게 아낌없이 주기 위해 지금도 열심히 유튜브를 통해 내 지식 나눔을 하고 있지 않은가. 비즈니스를 하다가 다툼의 여지가 생기거나 문제가 생기면 내가 대신 문제를 해결해주려 노력했다. 물론 사회에 환원할 만한 돈을 가지고 있지는 않다. 하지만 지금까지 세상에 뭔가를 베풀려고 노력을 한 것은 사실이기에 후회는 없다.

2위 부분은 많은 분이 할 말이 많을 듯싶다. 나도 할 말이 많다.

항상 모든 일이 일방향은 없는 듯하다. 두 손으로 손뼉을 쳐야 소리가 나듯, 쌍방 모두 잘못이 있으리라 본다. 물론 이 부분을 푸는 것은 어느 정도 시간이 걸리리라 본다. 시간이 해결해줄 것임에는 틀림없지만, 가능하면 빠른 시일 내 푸는 것이 정답일 것이다.

1위 부분인 '내 마음대로 살고 싶다'는 내게는 해당하지 않는 듯싶다. 거의 모든 사람의 후회하는 인생의 첫 번째 항목이 내게는 해당하지 않아 정말 난 행운아라고 자평한다. 정말 하고 싶은 대로 인생을 살았고, 현재도 살고 있다. 아마 이 글을 읽는 여러분도 부러워할 듯싶다. 이런 결론을 내기까지 주위에 많은 사람의 도움이 있었기에 가능했다. 특히 아내의 도움이 없었다면 아마 불가능했을 것이다. 그래서 나는 아내를 사랑하고 존경한다.

누구보다 후회하지 않는 삶을 살기 위해 지금까지 노력했다. 27세, 집 앞 횡단보도에서 교통사고로 유명을 달리할 뻔했던 사건 이후로 말이다. 이때 이후로 나는 삶을 달리 해석했고, 달리 살았다. 그래서 돈을 많이 벌지는 못했지만, 인생을 후회 없이 살기 위해 노력했고, 지금까지 잘 살았다고 자평하고 싶다.

이제부터는 죽음을 앞둔 시점의 인간에게 나타난 후회들, 미국의 경우를 정리해본다. 《내가 원하는 삶을 살았더라면》이라는 책을 보면, 죽음을 앞둔 미국 환자들의 5가지 후회가 있다.

1위, 나는 다른 사람들이 내게 기대한 삶이 아니라 나에게 진정으로 필요한 삶을 살아갈 용기를 가졌어야 했다

이 말이 가장 많이 후회하는 말이었다. 사람들은 자신의 삶에서 명확하게 목표를 세우지 못하고, 부모님이나 주위의 기대에 부응하고자 달려갔던 인생이 과연 내가 진정으로 원했던 삶이었는지에 대한 후회가 대부분이었다. 진정 내가 원하는 삶의 목표와 방향을 늦어도 20대 초반에 세워둬야 함을 알게 해준다. 우리나라 사람들이 죽기 전에 후회하는 1위 내용과 정확히 동일하다. 거의 모든 사람이 죽기 전에 후회하는 항목이 내 삶을 살지 못했다는 것이다. 그러니 지금이라도 이 글을 읽는 독자들은 앞으로 남은 인생을 오롯이 자신을 위해 살도록 다시 설계하는 계기를 갖도록 노력하길 바란다.

2위, 지나치게 일에 매달리지 않았어야 했다

물론 일을 사랑하고 그 일에 최선에 다하는 것도 중요하지만, 일과 삶의 균형을 잘 잡지 못했음을 알게 해준다. 가족과 주위 사람들과의 관계 형성, 그리고 함께하는 삶에 시간을 투여하지 못했음을 알 수 있다. 가족과 친한 사람일수록 더욱 시간을 함께해야 할 때가 있다. 그런데 한참 일에 빠져버리면 그 시간을 놓치게 되고, 결국은 가족이지만, 이름만 가족이 되는 경우가 많다. 특히 자식이 어렸을 적에 부모와 함께한 '추억 쌓기'가 정말 중요하다. 그때가 아니면 정말 만들 수 없는 추억이기에 아무리 바빠도 아빠와 엄마는 자식을 위해, 행복한 가정을 위해 함께하는 시간에 투자해야 할 것이다. 자녀가 10대라면 더더욱 필요한 항목이다.

3위, 나의 감정을 용기 있게 표현했어야 했다

상대방과의 관계를 해치고 싶지 않아 자신을 솔직히 표현하지 않고, 평화를 깨뜨리고 싶지 않아 침묵을 지킨 것을 후회했다. 아니라고 이야기할 수 있는 용기가 부족했거나 잠시 겁쟁이가 됨으로써 불편한 현재와 미래를 피한 현대인의 후회를 대변해주는 대목이다.

4위, 친구들과 연락하며 지냈어야 했다

많은 사람이 일에만 매몰되어 오랜 친구들과의 관계에 소홀한 경우가 다반사다. 대부분 일에 매몰된 채 친구라는 존재를 잠시 잊기도 한다. 하지만 나이가 들어가면서 친구의 존재, 친구의 가치를 재해석할 수 있는 능력이 생긴다. 이 부분은 내게도 해당하는 항목이라 반성한다.

5위, 나 자신을 더 행복하도록 놓아두었어야 했다

나는 과연 어떤 경우에 행복할까? 나는 정말 나만을 위한 시간을 보낸 적이 얼마나 될까? 결혼 후 애들을 양육한 이후부터 내 개인적인 삶보다는 가족을 더 생각하는 삶을 산다고 살았지만, 아직도 가족들의 불만은 크다. 하지만 나는 어디에도 없는 듯하다. 내 생의 대부분을 가족을 부양하기 위해 정말 열심히 일만 했는데, 이제 와 뒤돌아보니 가족을 위한 것도 아니고, 나를 위한 것도 아닌 듯하다. 과연 나는 제대로 인생을 산 것일까?

우리나라나 미국이나 죽음을 앞둔 사람들의 마음가짐은 정말 비슷함을 알 수 있다. 그렇다. 당신이 죽음을 앞둔 상태라도 아마 비슷할 것이다. 죽음 앞에서는 모든 사람이 겸손해지고, 정직해질 것이다.

자, 지금부터라도 자신이 주인공인 인생을 살도록 노력하라! 너무 남을 의식할 필요도 없고, 한 번뿐인 내 인생, 내가 주인공이 되어서 멋지게 나머지 인생을 살도록 노력하길 바란다. 그래서 죽는 날, 정말 한 점 부끄럼 없이, 한 점의 후회도 없이 살도록 오늘부터 시작해보자. 이 글을 읽는 당신과 내가 동시에 약속하자. 그리고 지금부터 실천하자. 내 인생은 나의 것이다!

돈이 많으면
행복한가

*

　역대 정권이 전국 땅값을 모두 올려놓아서 전국에는 부동산 졸부가 차고 넘친다. 부동산 정책의 실수와 실기로 인해 전국 아파트값, 땅값이 올라도 너무 올랐다. 그래서 부동산으로 돈을 번 사람들이 앞다투어 돈을 번 사례를 책으로 출간하고 있다. 부동산 관련 책이 넘치는 이유는 단 하나, 우리나라 부자 중 대부분이 땅이나 건물로 돈을 많이 벌었기 때문이다.

　요즘 인기 유튜버들은 거의 모두 다 부동산이나 주식으로 돈을 번 사람들이다. 정말이지 제대로 된 부의 축적이 아닌 한 방을 노리는 재테크 열풍은 대한민국의 정상적인 경제발전을 저해할 수도 있다는 생각이다. 이를 통해 국가기관의 부동산 정책, 금융 정책이 얼마나 중요한지 알게 된다. 해당 분야 전문가의 말을 듣지 않고 제멋대로 설계한 부동산 정책으로 인해 고통은 국민의 몫이 됐다. 부의 불균등한 분배, 기울어진 운동장이 더 기울어지고 있다.

　또 하나 이상한 점이 있다. 대한민국 서점의 특징 중 하나가 '부동산' 섹션이 아주 많이 발달해 있다는 점이다. 나는 수많은 나라를 시장 조사한 경험이 있다. 그중 다른 나라의 여러 유명 서점을 가보면 부동산 섹션이 대한민국처럼 넓은 면적을 차지한 서점을 발견하지 못했다. 나아가 부동산 분야는 경영 분야에 끼워주지 않는 나라도 있었다. 다시 말해 '경영'이라는 학문 분야에 부동산은 끼워주기가 낯간지럽다는 소리다. 부동산은 학문 분야기 아니기 때문이다. 그야말로 돈 놓고 돈 먹는 분야다.

어느 정도 종잣돈만 있다면 은행대출을 최대한 이용해서 발품을 팔아 해당 부동산을 선점하고 기다리면 되는 아주 단순한 로직이다. 머리를 거의 사용하지 않아도 된다는 이야기다.

눈치만 빠르면 누구나 부동산을 통해 돈을 벌 수 있는 나라, 대한민국. 여기에 부동산 정책마저 부동산 졸부를 양산하도록 부추긴다. 부동산 졸부를 막아야 할 정부가 도움을 주고 있는 형국이다. 부동산 정책을 입안하고 집행하는 기관의 실무자들이 미리 알게 된 정보를 이용해서 돈을 버는 나라가 대한민국이다.

정말 있을 수 없는 일이 현실로 일어나는 형편없는 나라에서 산다는 것이 창피할 정도다. 그런데 이런 불편한 진실을 제대로 정상으로 만들려는 노력과 후속 조치가 너무나 미흡해서 차라리 이민을 떠나고픈 나라가 됐다.

그럼 화제를 조금만 돌려본다. 우리나라에 부자는 참으로 많은데, 행복한 부자는 몇 안 된다는 것이 내 주장이다. 그 이유는 돈은 많을지 몰라도, 가정에 행복이 없는 가정이 참으로 많다는 것에는 아마 당신도 동의할 것이다.

사업한다고 매일 늦게 퇴근해서 집을 하숙집으로 알고 지내는 남편, 아이들을 학교에 보내고 자신의 취미 생활을 즐기기 위해 바깥으로만 나도는 아내, 밤 12시까지 학교, 학원으로 이어지는 일류 대학병에 걸린 아이들…. 도대체 가족이라고 하지만 일주일에 한두 번 식탁에서만 겨우 만난다. 그것도 식사하는 아주 잠깐의 시간 동안만이다. 대화라고는 찾아볼 수 없는 가정이 정말 많다.

대한민국의 현실은 참으로 험난하다. 겉모양만 화려하고 속을 들여다보면 빈 껍데기다. 각 분야의 시스템과 선두그룹이 정상적이지 않아 보이는데도 불구하고, 어떻게 세계적인 국가가 됐는지 잘 모르겠다. 아마 음지에서 묵묵히 자기 일을 열심히 하는 국민이 정말 많기 때문이 아닐까 싶다.

전 세계에서 경제부국 10위권 언저리에 속한다고 하는데, 행복한 가정을 찾기가 참으로 힘들다. 우리 인간이 사회생활을 하고, 돈을 벌려는 이유가 무엇일까? 바로 행복을 추구하기 때문이 아닌가. 그런데 밤낮없이 돈 버는 기계로 전락하고, 가정은 파탄 나며, 부부 사이에는 대화가 없어지고, 자녀와는 언제 얼굴을 보았는지 모른다. 심지어 외국에 유학을 보내 몇 년 또는 몇십 년간 부모, 자식 간에 그나마 남아 있었던 정도 없어지고 있다.

이제부터 행복한 가정을 유지, 발전하기 위한 나만의 방법을 찾도록 하자. 내가 추천하는 행복한 가정 만들기 행동강령을 몇 가지 추천해드리려 한다.

설거지를 열심히 하라

음식 식사 후에 누구나 후식을 먹고 편히 쉬고 싶다. 그렇다면 당신이 먼저 솔선수범하라. 설거지하면서 음식을 담은 식기와 한번 대화를 해보자. "우리 가족을 위해 먹을 것을 담아 주느라 고생했구나. 내가 예쁘게 닦아줄게"라고 한번 말을 걸어 보라. 나와 가족이나 지인이 사용한 식기 등을 깨끗이 세척하는 과정을 통해 내 마음이 정화되는 느낌도 받으리라 본다. 사람은 살기 위해 당연히 뭔가를 먹는다. 먹는 행위에 수반되는 식기 세척 과정을 다른 각도에서 살펴보기 바란다.

가족사진을 찍어라

우리 가족들의 사진을 찍어주는 촬영사가 되어보자. 어느새 하얀 머리가 듬성듬성 난 우리 아내의 머리도 찍고, 성큼 커진 우리 딸의 발바닥도 찍어 보고 말이다. 전에는 전혀 보려고 하지 않았던 감추어진 곳을 찾아내는 즐거움을 만끽해보자. 새로운 세계가 펼쳐질 것이다. 이왕이면 가족사진을 5년에 한 번씩 스튜디오에 가서 촬영하는 이벤트도 가져보자. 5년 동안 우리 가족이 얼마나 변했는지 사진으로 점검해보자. 자녀들의 결혼으로 인해 가족의 수가 늘어날 수도 있다. 인간의 기억보다 사진은 늘 똑똑하다. 작게 축소한 가족사진을 지갑 안에 넣고 다니면서 힘들 때, 한번 들여다보면 얼마나 힘이 나는지 모른다.

요리에 도전하라

태어나서 요리 하나도 못 만드는 가장은 반성해야 하지 않을까. 이 부분은 우선 나부터 반성해야 한다. 그리고 지금 당장 앞치마를 두르자. 유튜브 등에 나오는 레시피를 보고 요리를 만들어보자. 가족이 좋아하는 요리로 말이다. 요리를 만들면서 가족의 얼굴을 다시 한번 떠올려보자. 내가 이렇게 행복한 이유를 가족을 통해 간접체험을 해보자.

벼룩시장이나 중고품 시장에 참가하라

한 달에 한두 번은 공공단체가 벌이는 바자회나 벼룩시장, 중고품 마켓에 적극적으로 참가해보자. 가족 모두가 참가해서 필요하지 않은 물품을 팔아보자. 혹 안 팔리면 자선단체에 모두 기증하고 오면 된다. 집 안에 있는 사용하지 않는 물건을 찾아내서 비워내는 삶을 살아보자. 분기에 한 번씩, 집 안 곳곳에 숨어 있는 사용하지 않는 물품을 찾아서 정리하는 시간을 일부러 가져보기 바란다. 이제부터 미니멀 라이프를 지향하자.

이처럼 아주 사소한 행복을 체험해보자. 아마 가족의 의미를 다시금 느끼는 귀중한 시간이 될 것이 틀림없다. 나는 아직도 나이 어린 자식만 유학을 보내기 위해 국내에 홀로 남아 돈을 외국에 보내는 가장의 현실이 슬프기만 하다. 본인은 자식의 미래를 위한 투자라고 생각하겠지만, 매일같이 혼자 세 끼를 때워야 하는 고충이 결국은 다른 삶을 선택하게 만든 것이 아닐까 싶다. 아예 가족 전체가 이민 가든지 해야지, 가족이 살면서 중간에 헤어지는 것은 결단코 바람직해 보이지 않는다.

단, 아이가 성인이 되어 유학을 가는 것은 찬성하는 편이다. 하지만 미성년자인 아이를 홀로 외국 유학을 보내는 방식에는 찬성하기 힘들다. 또는 엄마를 대동하게 한 유학도 바람직하지 않아 보인다. 가족이라는 의미를 제대로 해석한다면, 함께하는 것이 좋다고 본다.

그리고 나아가 돈을 많이 벌었다면 사회를 위해 공헌도 많이 하기 바란다. 특히 부동산이나 주식으로 돈을 많이 벌었다면, 책을 쓰려고 노력하지 말고, 유튜브를 통해 구독자를 늘리려고 하지 말고, 사회 환원에 더 신경을 쓰기 바란다. '기부'라는 행위는 타인을 위한 일처럼 보이겠지만, 사실 자세히 보면 자신을 위한 일임을 알게 될 것이다. 남을 위한 삶이 얼마나 행복한지 직접 경험해보기 바란다.

세계에서 가장
살기 좋은 도시의 삶

여러분은 세계에서 가장 살기 좋은 도시가 어디인지 아는지 모르겠다. 세계에서 가장 살기 좋은 도시로 연속해서 7년간이나 선정된 도시가 있다. 다음의 힌트를 보고 알아 맞춰보기 바란다.

이곳은 도시 중간을 관통하는 '야라강'을 중심으로 넓게 펼쳐진 저지 및 구릉지다. 기후가 온화해서 연평균기온이 14.7℃이며, 가장 더운 달(2월)의 평균기온은 19.9℃, 가장 추운 달(7월)은 9.6℃다. 이 도시의 인구는 4백만 명(2011년) 정도이고, 면적은 479.6㎢이니까 서울과 비교하면 인구는 40% 수준, 면적은 80% 수준이다. 이 도시에는 곳곳에 정원이 참 많고, 시내에는 로열파크와 야라파크를 비롯해 2,400ha에 이르는 공원과 녹지대가 있어서 살기가 너무 좋다.

이곳은 과연 어디일까? 이곳은 바로 오스트레일리아의 멜버른이다. 이곳이 도시다운 모습을 한 것은 약 100여 년 전부터다. 1851년, 멜버른 서쪽 약 100km에 있는 '밸러랫'에서 금광이 발견되고, 이에 따라 오스트레일리아 전역에서 골드러시가 일어나면서 사람과 자본이 멜버른으로 몰리기 시작한다. 미국에서 그랬듯 오스트레일리아의 멜버른에도 많은 부(富)가 몰리게 된다. 멜버른이 급속하게 발전한 이유는 대형선박이 들어갈 수 있는 유일한 항구이기 때문에 외국무역이 성행했다.

　세계 역사에서 배웠듯 무역이 발전하면 이 항구를 중심으로 선진 문물, 신문명이 급속도로 들어오게 되고, 당연히 이런 새로운 문물을 좋아하는 사람들이 모이게 된다. 이곳은 오스트레일리아에서 시드니 다음으로 큰 도시로, 유럽풍의 건물과 거리가 많아 '오스트레일리아 속 작은 유럽'이라 불리기도 한다. 벽에 수많은 벽화가 있어서 드라마 촬영지로도 유명하다. 우리나라에서도 드라마 〈미안하다 사랑한다〉 촬영지로 많이 알려져 있다.

　또한, 바둑판 모양의 중심지를 지나가는 트램이 무료이기 때문에 아무나 쉽게 타고 내릴 수 있다. 멜버른의 명물 중에 트램을 지목하는 이유는 멜버른 곳곳을 쉽게 갈 수 있도록 설계되어 있어서다. 당연히 멜버른 시민들의 가장 보편적인 대중교통 수단이다.

　이런 기본적인 인간 중심적 환경을 생각하다 보니, 이코노미스트 '인텔리전스 유닛'이 매년 발표하는 세계에서 가장 살기 좋은 도시 순위에서 연속 7년간 1위를 차지했다. 자료를 보면 알듯이 이코노미스트 인텔리전스 유닛의 조사에 따르면 캐나다, 오스트레일리아, 오스트리아, 핀란드, 뉴질랜드가 높게 평가되고 있다.

세계에서 가장 살기 좋은 도시 순위
(The Economist Intelligence Unit's Global Liveability Report)

순위	도시	나라	수치
1	멜버른	오스트레일리아	97.5
2	빈	오스트리아	97.4
3	밴쿠버	캐나다	97.3
4	토론토	캐나다	97.2
5	캘거리	캐나다	96.6
6	애들레이드	오스트레일리아	96.6
7	시드니	오스트레일리아	96.1
8	헬싱키	핀란드	96.0
9	퍼스	오스트레일리아	95.9
10	오클랜드	뉴질랜드	95.7

출처 : 이코노미스트 인텔리전스 유닛, 2018년

나는 운이 좋아서 1위, 2위, 3위 도시를 모두 방문한 경험이 있다. 오스트레일리아의 멜버른, 오스트리아의 빈 그리고 캐나다의 밴쿠버. 내가 가본 3개 도시의 공통점은 아주 간단하다.

여러분도 가보면 알겠지만, '정말 살기 좋은 도시구나'라고 느낄 것이다. 며칠간만이라도 해당 도시에서 살다 보면 왜 수많은 선진 도시 중에서 이 도시들이 랭킹 1, 2, 3위 안에 들어갔는지 곧 느끼게 될 것이다. 한 달 살기를 한다면 '이런 도시에서 살고 싶다'라는 생각도 가질 수 있다.

그런데 대한민국 서울이나 부산이라는 제1도시, 제2도시 지자체 수장이 되겠다는 희망자가 이런 선진 도시를 방문해본 적도 없이, 또는 한 달 살기도 해보지 않은 채 후보로 등록한다면 여러분은 어떤 생각이 드는가?

그래서 나는 이런 제안을 하고 싶다. 만약 누군가 인구 1,000만 명인 복합도시 서울의 수장이 되거나, 또는 부산의 수장이 되려고 한다면 적어도 세계 살기 좋은 도시 10대 도시 중에 3개 이상의 도시에서 한 달씩 살아봐야 하지 않을까 제안한다.

세계에서 살기 좋은 도시의 수장이 되고 싶다면서 벤치마킹할 도시에 관해 모르고 어떻게 수장이 되겠다고 할 수 있을까? 더군다나 서울이나 부산에 산 지도 불과 10년여밖에 안 되는 행정만 배운 사람이 어찌 서울이나 부산의 최고 수장이 된다고 출마한단 말인가? 서울뿐만 아니라 부산 등 5대 광역도시 수장 희망자도 마찬가지다.

이런 기본적인 소양조차 없으면서, 나아가 성 인지 능력도 바닥을 치는 사람들이 지자체 수장이 되겠다고 출마한다면, 그것은 잘못되어도 한참 잘못된 거 아닐까 싶다. 그리고 이런 사람을 적극적으로 옹호해서 한 도시의 수장을 만들려는 감투 좋아하는 사람들은 누굴까?

화제를 바꿔 세계에서 가장 살기 좋은 도시의 삶 속으로 들어가 보자. 가장 먼저 오스트레일리아 멜버른에 사는 사람들은 하루에 얼마큼 일할까? 대부분의 멜버른 사람들은 오전 8시에서 오후 3시까지 근무하는 경향이 많다. 누구든 오후 4시가 넘으면 친구들과 자유시간을 갖는다.

아웃도어 스포츠가 정말 많이 발달한 곳이어서 도시에서 바닷가 근처로 가서 바로 해양스포츠를 즐긴다. 정말 부러운 일상생활이다. 우리가 주 52시간 때문에 말이 많은데, 이곳은 주 38시간이 법정 근로시간이라 한다.

그리고 도시 전체가 너무 예뻐서 무슨 시스템을 미리 구축해놓았는지 궁금했다. 모든 건물과 길이 너무 예쁜 이유가 있을까? 이곳, 멜버른은 정말 멋진 건물이 넘치고 넘친다. 멜버른은 스토리텔링 도시라고 생각한다. 1900년대 지은 건물을 부수고 새로 짓는 것이 아니라, 가장 현대식 건물을 그 전통 건물에 더하는 방식을 채택했다. 즉, 기존 역사적인 건물을 그대로 두면서 가장 첨단 공법의 건축물을 더했다. 그래서 건축물의 우수성은 세계 최고 수준이다.

그리고 멜버른에 있는 건물 중 하나도 같은 건물이 없다. 이곳에서는 건축법으로 아예 같은 건물을 짓지 못하도록 했다. 멜버른 의회는 똑같은 디자인의 건축물이 없도록 법을 제정했다니 존경스럽기까지 하다. 우리나라와 너무 비교되지 않는가? 즉, 100년 된 건축물이 아주 탄탄하게 건설된다. 느긋하게 건설한다는 이야기다. 옛것과 현대 건축물이 어우러져 합체가 된다. 빼는 방식이 아니라 콜라보 방식, 즉 더하는 방식을 채택했다. 우리나라와 정말 매우 다르다.

우리나라는 모든 일이 행정 중심으로 일사천리로 진행된다. 예전에 행정가 출신이 서울 시장이었던 시절, 모든 역사적인 건물과 가게들을 다 밀어 없애 버렸다. 역사의식 없는 행정담당자가 부숴버린 옛건물과 가게들은 어떻게 되는 것일까? 그리고 우리나라의 관광업무를 관장하는 한국관광공사 직원들은 외국에 나가 무엇을 배우고 오는 것인지 정말 궁금하다.

공항에서 무료 배포하는 도시 소개 잡지, 무료 시티 투어(걸어서 그리고 무료 트램을 타고 하는 무료 투어 방식)를 한 번이라도 경험했다면, 지금과 같은 서울 관광 시스템은 절대 아닐 텐데 말이다.

우선 한국관광공사 사장 선출방식이 공개채용이라 하는데, 말만 그렇게 하지 말고 제대로 시행됐으면 한다. 정치색이 같은 사람 중에서 선정하는 방식이 아닌, 진정 선진 도시의 핵심 시스템과 건축, 유통, 커머스, 경제, 경영, 예술 등 다방면으로 조예가 깊은 사람이 그 자리에 앉아야 관광이라는 업무가 제대로 돌아갈 것이다. 단지 영어만 잘하는 사람, 정권에 충성하는 사람을 앉히는 자리가 아니란 말이다.

다시 정리해본다. 세계에서 가장 살기 좋은 도시를 방문하기 바란다. 그곳에서 사는 현 주민들과 만나 이야기도 하고, 그들의 삶 속으로 빠져들어 가보자. 그리고 어떤 삶을 살아야 하는지 곰곰이 생각하기 바란다. 하루를 살아도 정말 행복한 삶을 살려면 어떤 환경과 어떤 조건이 필요한지 현지에서 직접 체험해보기 바란다.

당신은 언제든지
죽을 준비가 됐는가?

누구에게나 '죽음'은 두려움일 것이다. 아무리 학문이 뛰어난 석학이나 사회적으로 유명한 사람도 인터뷰한 기사를 보면, 죽음에 대한 상당히 큰 두려움을 종교를 통해 넘어가려는 인상이다.

그렇다. 아무리 인생에 대해 많은 고민과 연구를 한 학자도 다른 사람의 죽음에 대해선 초연하게 이야기를 했겠지만, 정작 자기 죽음과 관련해서는 일개 범인들과 다름이 없어 보인다.

죽음과 관련해서 불교 경전인 《반야심경》에 나오는 구절을 한번 보자.

눈도, 귀도, 코도, 혀도, 몸도, 의식도 없고,

색깔도, 소리도, 향기도, 맛도, 감촉도, 법도 없으며,

눈의 경계도 의식의 경계까지도 없고,

(무 안 이 비 설 신 의   무 색 성 향 미 촉 법   무 안 계   내 지   무 의 식 계,

無眼耳鼻舌身意   無色聲香味觸法   無眼界   乃至   無意識界)

무명도 무명이 다함까지도 없으며,

늙고 죽음도 늙고 죽음이 다함까지도 없고

(무 무 명 역 무 무 명 진 내 지 무 노 사 역 무 노 사 진,
無無明 亦無無明盡 乃至 無老死 亦無老死盡)

그렇다. 불교 교리에 의하면 '죽음'이라는 것은 없다.

보통 사람들은 이해하기 너무 힘든 문구이지만, 불교 교리에서 전달하는 이 내용을 이제는 이해하기 시작했다. 사실 나는 60여 년간 행복한 인생을 살아왔다.

태어나면서부터 지금 60세까지 나는 내가 하고 싶은 대로 살아온 듯싶다. 정말 이 세상에서 나같이 행운의 사나이가 있을까 싶다. 연애 운도 그렇고, 직장 운도 그렇고, 결혼 운도 그렇고, 사업 운도 그랬다. 대부분 내 생각대로 내 목표대로 움직였다는 소리다. 대학교 졸업 후 직장 취업부터 개인사업을 시작한 이후 지금까지 잘 진행됐다. 물론 중간중간에 내가 예상치 못한 장애물이 나타나기도 했지만, 무사히 잘 피해서 목표를 향해 진행했다. 이런 결과가 나온 이유는 무엇일까? 내가 생각건대, 지금까지 참 행운아였지 않나 싶다.

가끔 이런 생각을 혼자 해본다. 내가 만난 사람 중에 내일 당장 죽음이 온다면 기꺼이 그 길을 떠날 수 있는 사람은 얼마나 될까 궁금하다. 아마 대부분 지금까지 먹을 것 안 먹고, 남들 잘 때 안 자고 모은 돈과 재산을 제대로 써보지도 못한 채 죽는다는 것이 억울할 것이다. 그래서 절대로 자신만은 죽지 않을 듯이 행동할 것이다. 또는 사랑하는 자식들, 친구들과 떨어져 혼자 어디로 가는지도 모르는 길을 떠나야 한다는 사실을 받아들이기조차 힘들 것이다.

사회문제를 자주 만드는 연예인들도 그렇고, 재벌 자식들도 그렇고, 젊었을 때 돈과 명예를 한꺼번에 받게 된 행운을 잘 관리하지 못

해 망신이란 망신은 다 당한 채 해외로 나가서 사는 사람들도 많은 것으로 알고 있다.

언제 죽음을 맞이하더라도 놀라거나 두려워하지 않는 삶을 살도록 노력하자. 무엇을 믿으면 영원히 산다는 허무맹랑한 믿음을 벗어나 삶을 정면으로 쳐다보기 바란다. 영원히 살면 무슨 일을 하면서 살 것인지 목표도 없으면서 양적으로 늘린 삶만을 위해 기도하지 마라. 100세까지 살든, 50세까지 살든 언제 이 세상과 작별을 한다 하더라도 후회하지 않을 삶을 살도록 하는 것이 정답이라 본다.

오래만 산다고 행복할까? 삶은 길게 산다고 좋은 것이 아님을 잘 알면서도 누구나 길게 살고 싶어 한다. 머리 따로, 마음 따로인 삶이다. 참으로 어리석고 어리석다.

나는 지금까지 너무 많은 사랑을 받았고, 너무나 많은 좋은 사람들과 만났으며, 너무나 많은 행운을 맞이했다. 그리고 지금도 후배, 후학들을 위해 내가 알고 있는 정보를 정리해서 남기고 있어서 그런지, 내 생명이 다하는 날까지 열심히 전달하고자 한다.

이런 무명의 삶을 살려면 전제조건이 있다. 나를 정말 사랑해야 한다. 나를 정말 사랑한다면 나를 해치는 말과 행동을 하지 않을 것이다. 당신이 자신을 정말 사랑한다면 스스로 귀하게 관리할 것이고, 귀하게 행동할 것이다. 그렇다고 죽으면 썩을 몸을 아끼고, 그냥 숨만 쉬라는 소리는 절대 아니다. 자신을 사랑한다면 여러 가지 실천 행동강령이 필요하다.

그래서 평상시 7가지 행동강령의 삶을 제안한다.

1. 책은 나에게 좋은 정보 위주로 많이 읽는다.
2. 유해한 정보는 피하고, 양질의 정보를 제공하는 발신처의 정보만을 입수한다.
3. 거의 매일 운동을 통해 내 몸을 최고의 컨디션을 유지하도록 만든다.
4. 몸에 좋은 음식과 영양분을 적당히 섭취함으로써 최상의 컨디션을 유지한다.
5. 삶에 유익한 내용만 시청하고, 유해한 정보 발신처는 차단한다.
6. 내 삶에 유익한 모임에만 참석하고 나머지 시간은 내 실력양성에 투자한다.
7. 시간의 귀중함을 누구보다 잘 알기 때문에 시간 관리 방식을 주기적으로 점검한다.

이러한 7가지 행동강령을 통해 우리는 정도의 삶을 살 수 있을 것이고, 위선적인 종교인보다 더 진정한 종교인처럼 삶을 살 수 있게 된다. 자신이 정해 놓은 스케줄대로 하루 정해진 시간을 정말 알차게 살도록 노력한다면, 언제 죽음이 찾아와도 담담하게 맞이하리라 예상되며, 이런 준비를 미리미리 해야 할 것이다. 각종 암에 걸리지 않기 위해 이것 피하고, 저것 피한다고 암이 당신을 피해가지 않듯, 항상 경건한 마음과 몸을 유지하도록 인간으로서 최선의 노력을 다해야 한다.

홈(Home), 돌아갈 곳이 있다는 것은 안도감, 평온을 준다

오늘도 열심히 삶을 산 당신은 지친 몸과 마음을 편안히 쉴 수 있는 가정으로 돌아간다. 아침에 가정에서 출발한 하루의 여정을 끝내고는 내 몸을 가눌 공간을 찾아간다. 이 세상에 사는 누구라도 자가든, 전세든, 또는 월세든, 아니면 고시원이라 하더라도 내 두 다리를 쭉 뻗을 공간이 필요하다.

그래서 집이 상당히 중요하다. 집은 하루의 여정, '하루'라는 여행을 마무리하는 곳이다. 아침에 눈을 뜨면 누구나 일터로 향한다. 유치원, 학교, 직장으로 말이다. 그런데 어떻게 된 일인지 집의 의미가 변질되어도 한참 변질됐다. 재테크, 부를 만들기 위한 수단으로 전락한 것이다.

집을 사고, 팔고를 잘 해서 돈을 번 졸부들이 책을 통해 아니면 언론 플레이를 통해 집의 의미를 깡그리 바꿔버렸다. 집은 부동산 졸부가 만들어낸 돈벌이 수단이 절대 아니다. 인간의 지친 영혼과 육체를 잠시나마 쉬게 해주는 쉼터, 그것이 가장 확실한 역할이다. 동서양을 막론하고 집의 의미가 퇴색되고 뒤틀려버린 현실이 참으로 안타깝고 안타깝다. 오늘도 유튜브에는 부동산으로 돈을 번 졸부들이 활개를 친다.

야구에서는 타자가 안타를 치고 일루, 이루, 삼루를 거쳐 홈으로 들어오면 1점으로 인정해준다. 홈의 홈플레이트를 제대로 밟지 못하면 1점을 인정해주지 않는 규칙도 있다. 그래서 선수들은 점수를 낼 수 있는 그 시점에 아주 정신을 차리고 홈플레이트를 확실히 밟는다.

그렇다. 야구와 마찬가지로 인생에서의 하루를 마감할 때도 마찬가지다. 홈플레이트를 밟듯 집에 오면 하루를 정확히 마감해야 한다. 하루를 제대로 정확히 마감한다는 의미를 제대로 해석하고, 집에 감사하라.

각자에게 미리 정해진 운명

27세 때 겪었던 삶과 죽음을 가르는 교통사고 이후부터 내게는 새로운 철학이 생겼다. 바로 인생에는 운명이란 것이 존재한다는 확신 말이다. 아무리 발버둥을 쳐도 각자가 태어나면서 받은 운명을 거스를 수 없다는 것을 말이다.

그러니까 누구나 스스로 운명이란 것을 선물 받고 태어난다. 그럼 누가 이런 운명을 주느냐고 묻는 어리석은 사람이 있을 것이다. 운명은 마치 인간의 탄생과 비유할 수 있을 것 같다. 남녀가 만나 새로운 생명이 탄생한다. 그런데 어떻게 두뇌, 내부 장기, 손발을 갖춘 형태로 구성해서 태어나는지를 묻는 것과 같다.

하지만 자신의 운명을 멋지게 만들거나 후지게 만드는 운명의 주체는 '나'라는 진리를 함께 이해해야 한다. 즉, 내가 태어나면서 받게 된 운명을 가장 훌륭한 결과물로 만드는 주체는 '나'이기 때문이다. 이해 가능한가? 물론 특정 종교에 매몰된 사람들은 이해하기 힘들 것이라 본다. 그 또한 당신의 운명이다. 절대 이해 못 하는 운명이랄까.

여러분은 히말라야 등반에 나섰다가 선두그룹에 속한 4명의 사람은 눈사태로 인해 죽고, 불과 6m 떨어져 따라오던 후발그룹의 6명은 살아난 사건을 기억할 것이다. 이런 결과는 무슨 말로 설명할 것인가. 선두그룹의 사람들이 나쁜 마음을 지닌 사람들이라서 또는 특정 종교를 믿지 않는 이단아들이기 때문이어서 이런 사고를 당했을까? 내 생각은 이렇다. 모든 인간에게는 태어나면서부터 정해진 운명이라는 굴레가 있는 법이다.

하지만 세상에는 정말 자기 편한 대로 해당 사건을 해석하는 사람들이 차고 넘친다. 특히 많이 배웠다는 지식인들과 정치인들을 중심으로 이런 현상이 일어난다. 그 이유는 이런 부류의 사람들은 자기보호 능력이 뛰어나기 때문이란 생각이 든다. 지금까지 배운 지식을 자기방어에 사용하는 사람들이 정말 많다. 삶은 정해진 운명대로 움직인다. 운명에 순응하되, 자신의 운명을 개척해야 하는 것도 운명일 것이다. 자신의 멋진 운명은 자기 스스로 개척해야만 한다는 팩트도 이미 정해져 있다.

오롯이
나에게만 투자하라

개인사업을 한 지도 벌써 20여 년이 지나간다. 그사이 수많은 우여곡절 끝에 이 자리까지 왔다. 유통 분야에서 두각을 내다 보니 동창생 중에 제조 및 장사하는 동창생 친구들의 도움 요청이 많이 온다. 특히 초등학교 동창인데 자연 친화적으로 닭을 키워서 유기농 계란을 사업목표로 아등바등 사는 친구가 내게 도움을 절실히 요청했다. 그래서 그가 운영하는 사업을 무료로 컨설팅도 해주고, 마케팅 대행도 해주고 더 나아가 직원처럼 일을 도와주기도 했다.

내 시간을 많이 빼내서 그가 진행하고자 하는 유기농 닭 사업을 무료로 코칭도 해주고, 사업 방향을 잡아주느라 정작 내 사업은 등한시했던 시절도 있었다. 덕분에 우리나라 양계사업의 전체적인 흐름을 알게 되긴 했지만, 딱히 내 사업에 도움을 준 것 같지는 않다. 그는 늘 사업이 잘되면 뭘 어떻게 해주겠다는 말을 했다. 그의 빈말에 힘을 내서 도움을 더 주었다. 그런데 언제부터인가 열심히 도와준 나에게 연락이 없어지면서 나도 내 사업에 전념하느라 정신이 없어서 그와의 연락이 뜸해지게 됐다.

그러던 중 몇 년이 흘러 그를 발견했다. 우리나라 검색 포털 중 한 코너에 인터뷰한 기사가 실린 것이었다. 검색창에 나온 그의 인터뷰

기사를 보면서 그의 근황을 알게 됐다. 이젠 어느 정도 자리도 잡고 부업으로 하는 삼계탕 사업도 잘되는 듯 보였다. 친구가 잘됐다고 하니 기분이 좋아야 하는데, 정작 나는 입맛이 씁쓸하다. 이 모든 낙담한 감정도 내 탓이다. 시간 관리, 인간 관리를 제대로 못 한 내 탓이다. 누구를 탓하랴!

내가 담배를 안 피우는 이유, 골프를 안 하는 이유, 친구들과 자주 오프라인 미팅을 안 하는 이유는 바로 내 시간을 오롯이 나만의 콘텐츠를 만드는 데 사용하기 위해서다. 인맥을 만드는 시간에 내 콘텐츠의 가치를 높이기 위해 열심히 노력해왔다. 그래서 누가 내 시간을 뺏는 것을 제일 싫어한다. 그런 내가 초등학교 친구라는 명분 하나로 시간과 내 노력을 다해 도와주었건만, 고맙다는 소리 하나 없이, 금전적 보상도 하나 없이 홀연히 사라졌다가 어느 정도 자리 잡은 모습을 간접적으로 보니 기분이 별로였다.

비단 이 친구만의 사례뿐만 아니라 그사이에 수많은 친구와 지인들이 도움을 요청해오면 내 딴에는 도움을 주기 위해 시장 조사를 하고 무료로 컨설팅해주는 등 내 노력과 시간을 투자했다. 나는 지금도 투입하는 비용을 시간 단위로 책정해서 고액을 부른다. 하지만 친구이기에 그냥 무료로 다 해주었는데, 인생사 다 그렇듯 잘되면 내 탓이요, 못되면 조상 탓이라고 했던가.

전 세계 부자들의 공통점을 찾아보면 여러 가지 면에서 보통 사람들과 다르다. 부자 관련 책과 콘텐츠가 넘쳐나기 때문에 많은 내용을 알고 있으리라 본다. 하지만 부자가 된 사람과 여러분과 또는 나와의 차이를 보면 간단하다. 그분들이 말한 부자 되는 실천법을 제대로 내 것으로 만들지 못하고 있기 때문이다.

많은 사람이 매일 아침 만원 버스나 지하철에 시달리며 출퇴근을 한다. 그야말로 살인적인 혼잡함과 모르는 사람과의 접촉 등으로 인해 하루의 시작부터 진이 빠지고 불쾌지수가 높아진다. 그러면서 이런 불쾌한 아침 일상을 벗어나고 싶어 한다. 하지만 그것도 잠시 아주 바쁜 회사생활을 하다 보면 아침에 세운 이 지긋지긋한 지하철 출퇴근 생활을 벗어나겠다는 목표도 사그라든다. 그렇지 않은가?

"시간은 금"이라는 말이 있다. 정확히 말하면 "시간은 돈"이다. 전 세계 부자들은 누구에게나 똑같이 부여된 1일, 24시간을 오롯이 자신만을 위해 투자한다. 자신의 사업에, 자신의 생활에만 말이다. 그래서 예약 없는 만남은 절대 사절한다. 철저하게 자신이 만든 스케줄대로 움직이려 한다. 그래서 자신이 좋아하는 것을 포기하거나, 가족이나 친구와 보내는 시간을 미루지 않는다. 즉, 취미에 몰두하는 시간이나 가족, 동료, 친구와 함께 보내는 시간을 아까워하지 않는다는 소리다.

여러분은 이제부터 오롯이 여러분, 자신만을 위해 시간을 투자해야 한다. 만약 동창이든, 지인을 돕는다고 하더라도 컨설팅 비용을 받고 움직여라. 또는 도움에 관련된 계약서를 체결한 후 시간을 투입하기 바란다. 절대로 그냥 무료로 또는 선의로 도움을 주지 말기 바란다. 당신이 시간도 많고, 좋은 일도 하고 싶다면 말리고 싶은 생각은 없다. 하지만 아무리 선의로 도움을 준다고 해도 계속해줄 수는 없을 것이다.

만약 그 선의라는 것이 굳어진다면 당신은 친구도 잃고, 돈도 잃을지 모른다. 친구를 도와준다고 할 시간에 본인 일에 집중하기 바란다. 오롯이 나에게만 집중적으로 투자하라. 그렇게 되면 당신의 도움을 필요로 하는 수많은 사람이 당신 앞에 줄을 설 것이다. 정말 불필요한 낭비하는 시간을 잘 관리하기 바란다. 이제 와 생각하면 그 시간에 아예 낮잠이라도 잤으면 억울하지나 않지 않았나 생각해본다.

내가 주인공인 인생은 40세부터다

　사람마다 인생을 바라보는 눈이 다르다는 전제하에서 이야기해 볼까 한다. 어느 책에 의하면, 인생을 살아보니 60세부터 정말 멋진 인생이 시작된다고 한다. 하지만 난 다른 의견이다. 내가 60년을 살아보니 그럴지도 모르겠지만, 60세 인생을 100세처럼 열심히 살았으니 나도 인생을 논할 자격이 있다고 생각되어 내 주장을 펼친다.

　내가 60년을 살아보니, 내가 내 인생의 주인공으로 살기 시작하는 나이는 40세다. 그러니 그전까지는 나만의 실력을 키우는 데 전력을 다해야 한다. 나만의 온리원 실력, 나아가 해당 산업에서 넘버원 실력을 키워야 한다.

　이 부분은 정말 중요하다. 내가 40세가 인생의 터닝 포인트라고 보는 시각은 심리학자 겸 정신분석학자였던 칼 융(Carl G. Jung)과 똑같다. 그도 나와 같이 인생은 40세부터라는 견해를 밝힌 바 있다.

　진정한 인생은 40세에 시작된다(Life really does begin at forty).

　그때까지만 해도(Up until then),

　그저 연구만 하고 있을 뿐이다(You are just doing research).

그냥 대충 살다가 갈 인생이 아니라면 더더욱 40세 전에 온리원, 넘버원 실력을 키워야 한다. 그리고 40세 이전에 나만의 사업을 시작해야 한다. 아니면 내가 몸담은 분야에서 두각을 확실히 나타내야 한다. 40세를 넘으면 창업하는 게 쉽지 않을 수 있다. 40세가 넘기 전에 내가 활동하는 분야에서 내 존재를 확실히 알려야 한다. 회사생활은 40세 이전까지라고 생각하고 사회생활을 시작하기 바란다.

물론 40세라는 나이는 참으로 고달픈 시절이다. 위로는 점점 연로해지시는 부모님을 잘 모셔야 하고, 아래로는 청소년기에 접어드는 자식들을 잘 교육해야 하며, 건강에 대한 자신감도 조금씩 떨어지는 시기다. 심지어 배우자와의 관계가 틀어지면서 그 빈틈을 타고 새로운 연인이 나타날 수도 있는 위험한 시기다. 물질적으로 약간 풍요로운 시기이므로 이사와 신차 구매 등 인생의 큰 이벤트가 발생할 수도 있다.

이 시기는 인생에 있어서 상당한 터닝 포인트가 될 만한 굵직굵직한 사건들이 마구 일어날 수 있는 시기이기도 하다. 그러므로 이러한 인생의 전환기에 정신을 조금이라도 놓게 된다면 당신의 인생 후반부까지 영향을 줄 수도 있으므로 정신을 바짝 차리지 않으면 안 될 아주 중요한 시기다.

40세 이전까지 정말 해당 분야에서 많이 배우고 익혀라. 그런 후, 40세 이전에 나만의 사업을 시작하기 바란다. 사업에 탄력이 붙으면 글로벌 비즈니스로 사업의 영역을 넓혔으면 한다.

사실 대한민국은 너무 작다. 당신의 목표는 전 세계를 향해야만 한다. 나 또한 40세 이전에 개인사업을 시작했다. 사회생활을 하면서부터 40세 이전에 내 사업을 창업할 것이라는 나만의 목표를 가지고 열심히 실무를 익히고, 내 것으로 만들기 위해 참으로 노력을 많이 했다.

이 책을 읽는 젊은이들은 40세 이전까지 자신만의 실력을 키우기 위해 정말 노력을 많이 하기 바란다. 한 살이라도 젊었을 때, 나만의 사업을 시작해서 나만의 비즈니스 왕국을 만들기 바란다. 누군가 60세가 넘어서 인생의 맛을 알고 인생을 제대로 산다고 하지만, 나는 너무 늦다고 생각한다. 100세 인생이라 해도 그렇다.

35세 이전에 한 사업 부문 책임자(팀장)가 되고, 40세 이전에 독립하거나 최소한 자회사 사장이 되겠다는 목표를 세우기 바란다. 그리고 책상 앞에 40세까지 남은 날수를 적도록 하라. ○○○○일이 지나면 내가 주인공인 인생의 시작일이라고 적어 두라. 40세를 내 인생의 터닝 포인트 연령이라 목표를 정하고 열심히 한 해, 한 해를 최대한의 결과물이 나오도록 매진하고, 도전하기 바란다.

40세부터 정말 내가 주인공인 인생을 살아봐야 할 것이다. 한 번밖에 없는 인생을 폼 나게 살아봐야 할 것 아닌가. 언제까지 남이 부자가 되는 데 일조할 것인가. 40세부터는 내가 부자 되는 일에만 집중해야 할 것이다. 그러려면 머리는 차게, 하지만 가슴은 뜨겁게 달구어라. 내 인생에서 주인공 역할을 맡는 것은 40세부터다!

오늘도 상식이 통용되는 세상을 꿈꾼다

세상이 정말 빨리 변해 간다. 모바일 디지털 세상이 된 이후부터 정말 새로운 문물이 하루가 다르게 넘쳐난다. 새로운 세상이 매일 열리고 있지만, 세상을 제대로 살아가는 방법은 예전이나 지금이나 앞으로도 비슷할 것이다.

아무리 세상이 변한다고 해도, 인간답게 살아가려는 사람들의 목표는 한결같다. 수천 년 전에도 그랬고, 지금도 그렇다. 부모로서 가정을 잘 보살피고, 자식들을 잘 키우며, 열심히 일하는 가족 구성원들의 모습은 지구가 보존되는 한 계속될 것이다.

매일 해는 뜨고, 다시 해는 질 것이다. 60세가 넘으니 이 사회의 어른 축에 한 발은 들어간 듯싶다. 그런데 대한민국에는 존경받는 어른들이 잘 보이지 않는다. 세상이 흉흉해서 잘못된 것을 잘못된 것이라고 말하지 못하는 세상으로 가는 것은 아닌지 모르겠다. 나이 먹은 어른들이 이야기하려고 하면 "꼰대가 왜 저래?"라는 말이 뒤통수에 꽂힌다.

- 코로나19로 인해 거리 두기가 당연한데, 사람들이 떠난 전국의 유명 장소들은 맥주 페트병과 종이컵, 비닐봉지 등이 널브러진 '쓰레기판'이 된다.
- 서울 아파트값은 지난 4년 동안 1평(3.3㎡)당 평균 2천 61만 원에서 3천 971만 원으로 올라 93% 상승했다. '집'이라는 부동산은 휴식하는 쉼터 개념에서 이제는 전 국민 재테크의 대명사가 됐다.
- 대한민국의 제1도시, 제2도시의 수장들이 보여준 성에 대한 인식과 행동은 상식을 초월했다. 그런데 이런 현상은 비단 최고위 공무원 조직뿐만은 아니라는 것이 더 큰 문제다.
- 아동학대 사건이 꼬리에 꼬리를 물고 계속 나타나고 있다. 자식을 마치 자신의 소유물인 양 대한다.
- n번방 사건 포함 3년여간 기소된 315명 중 92%가 집행유예·벌금형이란다. 미국 같았으면 종신형을 받을 범죄를 대한민국은 솜방망이 처분을 내린다.
- 전국 지자체 땅 부자 의원들이 소유한 땅은 대부분 주변에 개발사업 등이 이뤄지고 있는 경우가 많았고, 이들 땅 부자 의원의 숫자가 해마다 늘고 있다.
- 지난 2020년, 서울 광화문 집회 허가로 인해 대한민국 코로나19 방역체계는 일순간에 무너져 버렸다. 그런데 이런 결과가 나올 것쯤은 아마 삼척동자도 알았을 것이다.

이외에도 대한민국은 상식을 벗어난 일들이 매일같이 계속 일어나고 있다. 너무 많은 상식 밖의 일들이 일어나다 보니 이젠 무감각해진다. 어떻게 하다가 이 지경까지 왔을까?

그런데 잘못된 세상, 상식을 벗어난 세상을 꾸짖는 어른이 보이지 않는다. 잘못된 관행과 잘못된 시스템을 고쳐야 하는데, 시간만 자꾸 간다. 기득권 세력에 너무 기죽지 마라. '갑'으로 사는 사람들에게 너무 굽신대지 마라. '갑'으로만 산 사람들의 이야기는 단지 참고만 해라.

내가 만 60년을 대한민국에서 살면서 느꼈던 바른 사회생활의 방법론을 공유하고 싶었다. 내가 30여 년간 선진국, 선진 도시에서 만난 수많은 사람의 이야기를 함께 공유하고 싶었다. 내가 먼저 알게 된 선진국, 선진 도시의 선진 사회 시스템을 함께 공유하고 싶었다.

공정한 세상을 만들기 위해, 깨끗한 사회를 위한 우리의 도전은 계속되어야 한다. 나는 오늘도 대한민국에 상식이 통하는 날이 올 것이라는 기대와 희망을 품고 살아간다. 오래 살기보다 제대로 나이를 먹고 싶은 분들과 함께 이 지구에서 살고 싶다.

세상을 돌고 돌아보면

제1판 1쇄 2021년 10월 25일

지은이 김영호
펴낸이 서정희 **펴낸곳** 매경출판(주)
기획제작 ㈜두드림미디어
책임편집 배성분 **디자인** 얼앤똘비악earl_tolbiac@naver.com
마케팅 강윤현, 이진희, 장하라

매경출판㈜
등록 2003년 4월 24일(No. 2-3759)
주소 (04557) 서울시 중구 충무로 2(필동1가) 매일경제 별관 2층 매경출판㈜
홈페이지 www.mkbook.co.kr
전화 02)333-3577
이메일 dodreamedia@naver.com
인쇄·제본 ㈜M-print 031)8071-0961
ISBN 979-11-6484-322-0 (03810)